マリエル・クララックの誘惑

桃 春花

illustration まろ

ICHIJINSHA IRIS NEO

CONTENTS

シメオン・フロベール
27歳。マリエルの婚約者。
名門フロベール伯爵家の嫡男で、
近衛騎士団副団長。
実直で有能な若手出世株の筆頭。
部下からは尊敬されつつも恐れられているが、
マリエルには振り回され気味。
淡い金髪に水色の瞳の、
貴公子然とした美貌の青年。
セヴラン・ユーグ・ド・ラグランジュ
27歳。ラグランジュ王国の王太子。
黒髪に黒い瞳の精悍な美青年。
王子らしい威厳の持ち主だが、マリエルを前にすると
ツッコミ役になってしまう。シメオンとは幼馴染にして親友。
Marriel Clarac III temptation
character

マリエル・クララック

18歳。クララック子爵家令嬢。
茶色い髪と瞳の、これといった特徴のない
地味な眼鏡少女。存在感を限りなく薄め
周囲に埋没するという特技を活かし、
人間観察や情報収集をしている。
流行小説家アニエス・ヴィヴィエという
裏の顔を持つ。

ジュリエンヌ・ソレル

マリエルの友人で本好き。少々特殊な傾向を嗜む。

オレリア・カヴェニャック

カヴェニャック侯爵家令嬢。金髪と緑の瞳の華やかな容貌の持ち主。

エミール・クララック

クララック子爵。マリエルの父親。
人の良さそうな顔をしているが、したたかな一面もある人物。

リュタン

諸国に名を知られた怪盗。貴族や富豪ばかりを狙うので
庶民からは英雄的にもてはやされている。
マリエルのことを気に入っている。

フランシス・ルヴィエ

シメオンの幼なじみ。温和で優しげな青年。
国営貿易会社所属で、南のガンディア王国から一時帰国した。

ローズ・ベルクール

国営貿易会社所属の女性。
シメオンとは旧知の仲で、色香匂い立つ男装の美女。

アドリアン・フロベール

24歳。フロベール家次男。
海軍所属でガンディア王国に赴任していた。兄の結婚のため帰国。

ノエル・フロベール

15歳。フロベール家の三男。一見すると、天使のような愛らしい美少年。

オルガ

トゥラントゥールの娼女。最高位の花のひとり。栗毛の知的美女。

イザベル

トゥラントゥールの娼女。最高位の花のひとり。赤毛の華やかな美女。

クロエ

トゥラントゥールの娼女。最高位の花のひとり。
金髪の可愛いらしい印象の美女。

用語

トゥラントゥール

サン＝テール市最大の歓楽街プティボンでいちばんと言われている娼館。
王族すら通うと噂されている。

この作品はフィクションです。
実際の人物・団体・事件などには関係ありません。

マリエル・クララックの誘惑

1

シメオン様と婚約を結んだのは、昨年の夏のこと。あれ以来わたしの生活はがらりと変わった。どこへ行っても好奇の視線を集めたし、それまで近寄ることもできなかった雲の上の人々と、直接お話をするようにもなった。

いろんな思い出があるけれど、特に印象深かったのは、やはりはじめてシメオン様とともに出かけた集まりだ。そう、会場中の人々が話題の婚約者を待ち構えていて、わたしが現れるや一斉に視線を向けてきて、そして一斉に首をひねったあの瞬間だった。え、アレですか？　あんなのが婚約者なの？　実は余興とか言いません？　とラグランジュ貴族たちを困惑に突き落とした夜である。

はじまりからして強烈だったけれど、そのあといろんな方とのご挨拶《あいさつ》を終えて一段落してから、はじめてシメオン様と踊ったのよね。

あの瞬間のときめきを、今でもはっきり思い出す。本当に素敵な夜だった。

くるり、くるり、軽やかに回りながらフロアを移動していく。長身のシメオン様と組むとわたしでは少し釣り合わないのに、踊りにくいということはまったくなかった。近衛《このえ》騎士団副団長は武術だけでなく、ダンスの腕前もお見事だ。巧みにわたしをリードして優雅に曲に乗る。おかげでわたしまでダンスの名手になれた気分だった。

「シメオン様って、ダンスがとてもお上手《じょうず》なのですね。こんなに踊りやすいのははじめてです」

「あなたも上手ですよ。もう少しテンポを速くしてもついてこられそうですね」

「それではすぐに疲れてしまいますわ。このくらい、ゆっくりしている方が楽しめます」

「周りも眺められるから？」

眼鏡《めがね》の向こうから見下ろしてくる水色の瞳《ひとみ》が、ちょっとだけいたずらっぽい光をきらめかせる。この頃《ころ》はお互い内心を隠していたから、そう言われた意味を深くとらえることはなかった。わたしがひそかに人々を観察して、楽しくネタ集めしていたことをからかわれたのだとは思わなかった。

「そこまで余裕はありませんわ」

そう答えたのは建前半分、本音も半分。たしかに周りの反応も楽しいけれど、シメオン様が素敵すぎて目が離せない。

本当に、嘘《うそ》みたい。この人がわたしの婚約者で、わたしをエスコートして、そしてわたしと踊っているなんて。

名門伯爵家の嫡男にして近衛騎士。王太子殿下の覚えもめでたく、将来重臣になることが約束されている出世株。しかも物語の王子様のように美しく、若い令嬢たちは皆彼に胸をときめかせている。できすぎなほどの完璧《かんぺき》美青年がわたしの婚約者だ。嘘でしょうって誰《だれ》もが思うはず。政略結婚にしてもあまりに釣り合わない縁組だった。身分も容姿もなにもかもが違いすぎる。ついでに歳《とし》も離れている。わたしにはもったいないと言ってもまだ足りないほどの、はるか高嶺《たかね》の花だった。

――でもでも、それだけではない。シメオン様のいちばんの魅力は、もっと違うところなのよ。優しげに見えて、さり気なくも鋭いまなざし。今はお仕事中ではなく私的な時間なのに、彼は周囲に目を配ることを怠らない。それは会場に王太子殿下や王女殿下がいらっしゃるからだろう。部下にまかせきりにせず、殿下方に危険が及ぶことはないかと注意している。優雅な所作と微笑《ほほえ》みの陰に、油断なく光る目を隠している。警戒ついでに、すみっこのテーブルでつまみ食いしている部下のこともしっかり見ていたわね。きっとあとでお仕置きよ。ああ、ドキドキする。

鬼副長の鋭い視線がたまらない。どんな企《たくら》みも見逃さない、とても怖い人。美しい微笑みを浮かべながらしたたかに策略を練る腹黒参謀。わたしの萌《も》えツボど真ん中な、理想の中の理想が目の前に！　そんな人と手を取り合って踊っているなんて！　この気持ちをわかってもらえるかしら⁉　物語の憧《あこが》れのヒーローが目の前に飛び出してきた気分よ！

ああ、いい……腹黒尊い。腹黒副長万歳。

うっとりと彼に溺《おぼ》れ、わたしは夢見心地でステップを踏む。遠くから眺めるばかりだった人とふれ合い、言葉を交わし、寄り添っている自分が信じられない。これは全部夢だったと言われても納得できちゃうわ。だってこんなにわたしの理想どおりな腹黒美形、現実に存在するのが不思議なほどだもの！

――と、この頃は思っていた。ええ、たしかにシメオン様は策略家な一面も持ってはいるけれど、本当はとても優しく生真面目《きまじめ》な人なのだと気付くのは、もう少しあとになってから。まだ婚約したばかりのお互い本音を隠した付き合いで、わたしは彼を物語の登場人物のように見ては萌えていた。

人々に注目されながら踊り、ドレスの裾《すそ》をひるがえす。急にシメオン様が方向を変えたので、他《ほか》の組にぶつかりそうになったのだとわかった。そちらへ目を向けてみれば、なんと主催者のご夫妻だった。

黒髪を長く伸ばした男性と、対照的な銀髪の女性。シルヴェストル公爵ご夫妻だ。国王陛下の従弟《いとこ》君がこの夜の招待主だった。向こうもこちらを見ていて目が合ったので、わたしたちは踊りながら会釈した。

公爵からは感情の読み取れない淡い笑みが、夫人からは会釈と優しい微笑みが返ってくる。互いの距離はすぐに離れたけれど、わたしはしばらくお二人の姿を目で追っていた。

「どうしました」

シメオン様に尋ねられて我に返る。ちょっとはしたなかったと反省して謝った。

「いいえ、申し訳ありません。あのような方々と間近に接する機会は今までなかったものですから」

視線をシメオン様へ戻す。

「わたしなどがおそばへ寄ってはいけないような、ちょっぴり怖い気もしますわ」

「あまり身構えなくても大丈夫ですよ。公爵は権勢に興味を持たない趣味人ですし、夫人も似た者同士です。おおむねおっとりしていて、他者にきつく当たる方々ではありません」

「ええ、存じておりますわ。さきほどのご挨拶の折にも、意地悪なことなどおっしゃらず普通に答えてくださいましたものね。でもあまりにご身分の高い方々ですから、気後れしてしまって」

シメオン様と違ってこちらは中流子爵家ですもの。こんな立場になることに慣れていないのよ。

そう言うと、シメオン様は少し意地悪く笑った。ああん、腹黒っぽい笑顔がたまらない。それ、その曲者《くせもの》感がいいの！　もう素敵すぎてハァハァします。

「気後れですか？　好奇心の間違いではなく？」

そう言われた理由が今ならよくわかる。わたしが萌えとネタを求めて人々を観察していたことを、シメオン様は何年も前からご存じだったのだ。おすまし顔の下の好奇心は、全部ばれちゃっていたのよね。

そうとは知らず、わたしはあたりさわりのない言葉でごまかしたものだ。

「もちろん、好奇心もないとは言いませんけれど……でもさすがにおそれ多いですわ」

「意外ですね。セヴラン殿下やシャリエ公爵には気後れしていなかったのに」

「緊張はしましたよ？　でも殿下やシャリエ公爵様は明るい方々ですから、安心してお話しできます。シルヴェストル公爵様は……どこか謎《なぞ》めいた、近寄りがたい雰囲気ですから」

「なるほど」

あちこちで噂《うわさ》話を聞き集めていると、シルヴェストル公爵のお名前を耳にすることもある。たしかにシメオン様がおっしゃったとおりの方なのだけれど、嘘か本当かたまにびっくりするような逸話もあるから、ご本人を間近にすればつい気になってしまうのだ。興味をかきたてられて、でもあまり近付くのもためらわれる。そんなところだった。

ただ遠巻きに、あるいは物陰から、ひっそりと眺めるだけだったこれまでとは、いろいろ勝手が変わってしまった。観察だけでなくお付き合いもするのなら、どこまで近付いてよいのか、どこまで気

を許せるのか、相手次第で考えなければいけない。シメオン様との婚約は、そうした変化もわたしにもたらした。玉の輿《こし》に乗ったと人々はうらやみ、妬《ねた》み、揶揄《やゆ》してくるけれど、呑気《のんき》なばかりではいられない。頑張って意識を変えていかなければと、はじめて自分に言い聞かせたのもあの夜だった。

いちばんの大好物をそばで観察していくために、猫もかぶるし社交も頑張る。萌えのためにマリエルは頑張ります！　——って、今にして思えば、ずいぶん肩に力が入っていたものだ。

あれから季節はめぐり、落ち葉や雪を眺め、お互いの想《おも》いをたしかめて。隠した心も全部さらけ出せば、残ったのはいとしさだけだった。今は一人で頑張ろうとは思わない。シメオン様はわたしの理解者だと信じ、頼ることができる。わたしも誰より彼を理解して守っていきたい。

ふたたび訪れた明るい季節を喜び、また人々が集い出す。シメオン様と踊るのはもう何度目だろう。ときめきは少しも変わらず、いとしさと揺るぎない安堵《あんど》は増すばかり。水色の瞳と見つめ合い、今宵《こよい》もわたしはステップを踏む。誰よりもわたしを萌えさせ夢中にさせる人は、優しい笑顔でわたしをとろかす。

待ち望んだ時まで、あと少し。

庭が花盛りになり、薔薇《ばら》も咲きはじめる頃になれば、わたしは真白い衣装に包まれる。あなたのもとへ嫁ぐその日まで、指折り数えて毎日ときめいている。

2

街から雪が消え、日を追うごとに風が優しくなっていく。分厚い上着がなくても外へ出られるようになれば、いよいよ春本番だ。木々は芽を吹き、地面に小さな花が咲きはじめる。

長い冬を乗り越えてようやく迎えた春には、誰《だれ》もが心を浮き立たせた。

まだ風の冷たい日もあるけれど、淑女たちは負けずに軽やかなドレスでくり出している。冬の間流《は》行《や》ったのが一見地味っぽい隠れた豪華さだったため、その反動で今度はうんと華やかな装いが流行っていた。この季節、一般的に好まれるのはやはり淡く明るい色だ。スカートの後ろにはたっぷりとひだを寄せ、何段にも切り替えられたレースが滝のように流れている。

一足早く花盛りな、ラグランジュ王国は首都サン＝テール市を、しかしそんな世間の華やぎに背を向けて歩く女が一人。

流行遅れのドレスは大切に手入れしているのだろうが、着古したものであることが一目でわかる。ありふれた茶色の髪を彩る飾りもなく、手提げもよく見ればすり切れている。やはりくたびれた手袋を外さないのは寒さのせいではなく、淑女らしからぬ手荒れを隠そうというものか。懸命に体裁を保とうとしているものの経済的にあまり恵まれていないことが明らかな、若い娘だ。父親を亡くして苦労しているのだろうか、などと見る人に想像させることだろう。

「うふふ、われながら完璧《かんぺき》だと思いません？　これなら知り合いに会ってもきっと気付かれませんわ。もとよりわたしは、人込みにまぎれたらすぐに見分けがつかなくなると評判ですが」

出版社の窓硝子《まどガラス》に映った自分の姿にはしゃいで言えば、たくさんの資料を抱えた少年が苦笑した。

「大変ですね。ご身分を隠して出向かれるために、そこまで変装しなくてはならないのですか」

わたしと同年代の可愛《かわい》らしい顔立ちをした彼は、どことなく女性的な調子でしゃべる。それもしかたのないことで、十七年間の半生をつい先日まで女性として暮らしていた人なのだ。ひょんなことから知り合ったミシェル様は、貴族の父親とすっぱり縁を切り、もう立派に一人前の男性として働いていた。上司や先輩にこき使われ時に怒鳴られても、芯《しん》の強い彼はめげることなく、毎日をいきいきと楽しんでいるようすだった。

子爵家の娘でありながらひそかに小説家の顔も持つわたしは、お世話になっている出版社を訪れていた。担当編集と打ち合わせついでに、ミシェル様のようすもたしかめたかったのだ。こうして元気な姿を見ることができてうれしい。以前のさみしげな顔は、もうどこにもない。彼は今幸せなのだとわかって、わたしまでうれしくなってくる。

「ええ、まあ、そうなのですけど……これはちょっと、自分の趣味も入りまして」

「趣味、ですか」

「最近変装に凝っているんです！　どれだけ別人になりきれるか、いろいろ研究していますのよ」

ミシェル様は少し呆《あき》れたように眉《まゆ》を上げた。

「マリエル様がそんなことをなさらなくても……」

「ミシェル様、ここではその名を呼ばないでくださいませ。わたしは謎《なぞ》の小説家、アニエス・ヴィヴィエですわ」

「そうでしたね、申し訳ありませんヴィヴィエ先生。わたしのことも、どうぞミシェルとお呼びください。見習いの雑用係に敬称は不要です」

真面目《まじめ》ぶって言い合い、互いにくすりと笑った時、室内からミシェル様を呼ぶ声がした。返事をして、彼は荷物を抱え直した。

「怪盗リュタンに張り合われるのもほどほどに。もうじき伯爵家の若奥様となられる方なのですから。では、どうぞ気をつけてお帰りくださいませ」

会釈してしずしずと編集部へ戻っていく。男性に戻っても所作はまだ令嬢のままだ。見習いたいくらい上品な姿を見送り、わたしも建物を出て外の道を歩いた。

変装名人と名高い怪盗を意識しているわけではないのだけどね。目立たず風景に溶け込む特技をさらに極めるために、変装術も向上させたいだけだ。ええ、先日リュタンに手抜かりを指摘されたのがちょっとくやしかったのも事実ではある。でも変装って、ハマるとけっこう面白い。風景同化能力に加えて変装術も極めれば、わたしは一流の諜報員《ちょうほういん》になれると思う！

……採用してくれるところがあればね。まあ、萌《も》えと憧《あこが》れだけで、現実になるとは思っていない。女諜報員は小説の中で活躍させるわ。担当さんも乗り気だったしね。

重たいコートから解放され、身も心も軽く歩けば日差しが心地よい。一月前は街を白く塗りつぶしていた雪も、すっかり消えて石畳が乾いていた。暖かくなったから行き交う人の姿も増えている。ただまっすぐ帰るだけではもったいなくて、わたしは商店の集まる通りへ向かった。

まず足を向けたのは紳士物を扱う店だ。シメオン様はいろいろと贈り物をしてくださるので、たまにはこちらから贈りたい。どんなものがいいかしらと見て回るも、なかなかこれというのが見つからなかった。

うーん、男物ってよくわからない。シメオン様は香水を使われないし、無難なところというとカフスやタイピンか……杖《ステッキ》もいいかしら。わたしはゴテゴテ飾りのついていない落ち着いたものが好きなのだけれど、多分そういうのは年配の人向けよね。若い男性はもっと派手な杖を持っている。シメオン様に似合いそうなのは、こちらの象牙《ぞうげ》かしら。――いいえ、彼には杖より剣が似合う。もっと似合うのは鞭《むち》だと思う。でもそんなの贈ったら怒られそうというか、鞭ってどこで売っているのかしら。

「なにかおさがしですか?」

一人ひそかに萌えていると、店の主人が声をかけてきた。接客に出てきたというより不審な客を追い払いたいのだろう。あからさまにうさんくさそうな顔をしていた。

今の身なりを考えれば、しかたないかしら。紳士物の高級品を扱う店にいかにも貧乏そうな女が入ってきたら、冷やかしか下手《へた》をしたら盗みでもする気かと警戒するのでしょうね。

相談を持ちかけてもまともに相手をしてもらえそうにない。わたしはこの店での買い物を諦《あきら》めた。

「いえ、少し見ていただけです。失礼します」

フンと聞こえよがしな鼻息に送られて店を出る。ちょっと残念な気分だった。やっぱり身なりをあらためて出直しかしら。でも次は別の店にしたいわね。

並ぶ店を眺めながらぶらぶら歩いていると、時計や眼鏡《めがね》を扱う店があった。そういえば、そろそろ新しい眼鏡を作りたかったのよね――と考えて、ふとひらめいた。

……お揃《そろ》いの眼鏡とかいいんじゃない？

わたしもシメオン様も眼鏡愛用者。そう、シメオン様は誰より眼鏡が似合う人。知的で硬質で時に冷たい印象も与える、重要な小道具だ。腹黒参謀の魅力増し増し！　そんな眼鏡をお揃いで作ったら？　あからさまにお揃いとわかるものではなく、目立たないところにこっそり同じ飾りがついているものとか、よくはない？　いいわよね！

自分の思いつきにワクワクした。婚約者への贈り物というより、ただの自己満足かも。でもぜひ実現したい。眼鏡は本人に合わせて作るものだから、今度シメオン様にお願いして付き合っていただこう。そうしようと、わたしはいい気分になって店を通りすぎた。

そこまでは、とても素敵な一日だった。

買うものも決まり楽しく予定を考えていたのに、突然の騒ぎがわたしの平穏を打ち壊した。

少し向こうの店で急に荒々しい大声がしたと思ったら、何人もの人が飛び出してきたのだ。周囲の通行人が驚いて足を止め注目するなか、さらに乱闘がはじまる。一瞬強盗だろうかと思ったが、どうも違いそうだ。暴れている男たちの一方は海軍の制服を着ていた。彼らが飛び出してきた店を見ると、珍しい輸入品を扱っているようだ。通りから見える窓の中に、南方産の装飾品や工芸品が飾られていた。

……密入国者の取り締まりかしら。

取り押さえられているのが店の人間と考えるには数が多い。それに明らかに南方系とわかる外見をしていて、身なりも貧しげだった。出稼ぎのために不法に入国する外国人はあとを絶たず、どこの国でも頭を悩ませている。あの店は裏で密入国の手引きをしているのかもしれなかった。

彼らも生活のために必死なのだろうけれど、違法なのだからしかたがない。わたしは騒ぎを避け、距離を取って通りすぎようとした。

それにしても荒っぽいこと。武器も持たない人を相手に、軍人たちは容赦なく暴力を振るっている。さすがに抜刀まではしていないが、警棒でもまともに殴られれば怪我《けが》をせずにはいられない。血を流して倒れる人を見てしまった。あそこまで痛めつけなくてもよいのではないかと批判的な気分になる。

軍の中でも海軍は荒っぽいと聞いている。それに普段わたしが目にするのは、気品を求められる近《この》衛《え》騎士たちだから、一般の軍人との違いを大きく感じたのだろう。目の前の光景が怖かった。

早く行こうと小走りになりかけたのに、ひときわ高い悲鳴が響いてつい振り向いてしまった。幼い少年に、目が釘付《くぎづ》けになった。

あんな子供までいるの。

おそらく十歳くらいだろう。粗末な服を着た少年が、軍人たちの手をすり抜けてこちらへ逃げてくる。周りの野次馬は困惑した顔でその場をさがり、彼の前に道を開いた。逃走を邪魔してつかまえようとする人はいなかった。彼らが犯罪者なのはわかるが、子供に暴力が振るわれるところなど見たくない。そう思ったのはわたしだけではなかったらしい。

少年がわたしのすぐ近くまで来た時、追いかけてきた軍人がとうとう彼をつかまえた。「この餓鬼！」と怒りの声とともに警棒が振り上げられる。気付くとわたしは飛び出していた。

「やめてください！　子供ではありませんか！」

あとから思い出すと冷や汗ものなのだけれど、わたしは警棒を持った軍人の腕にすがりついた。あれこれ考える余裕などなかった。だって目の前で子供が殴られそうになっているのだもの。

「なんだ貴様は！　こいつらの仲間か!?」

「違いますけど、暴力はやめて。この子が殴らなければならないほど危険な存在に見えますか？　とらえるだけでよいではありませんか。なにもことさらに痛めつけなくても」

「うるさい、女が口出しをするな！」

力一杯振り払われて、わたしは石畳に叩《たた》きつけられてしまった。野次馬がどよめいている。無茶な真似《まね》をしたと、ようやくそこで自覚した。わたしが止めに入ったところで、こうなるに決まっているのに。

でも、あんなの黙って見ていられなかったのよ。

ぶつけた痛みをこらえながら身を起こしかけた時、誰かがわたしを支えてくれた。

「ずいぶん乱暴だね。ご婦人にひどいことをする」

甘さを含んだ低い声が耳をくすぐる。妙に色気を感じさせる響きにどきりとしながら顔を上げれば、見事な金の髪が視界に飛び込んできた。

艶《つや》やかに濃い蜂蜜《はちみつ》色だ。ゆるく巻いて肩から胸元へと流れ落ちている。なんてきれいなの。女でもここまで美しい髪の持ち主はなかなかいないわよ。

感心して相手の顔を見れば、そこでまた驚いてしまった。やはり蜂蜜色の瞳《ひとみ》と金褐色の肌が印象的な、とても美しい人だった。シメオン様や王太子殿下とはまた異なる種類の美貌《びぼう》だ。女性的なやわらかさと男性的な魅力が、不思議と違和感なく溶け合っている。少し垂れた目元やふっくらした唇が、なんともいえない甘い色気を放っていた。

一瞬状況を忘れ、見とれてしまった。髪といい、肌の色といい、なんて印象的な人だろう。いろんな美人を見てきたけれど、この人はとびきりだ。一目見たら忘れられない。

「大丈夫かな。怪我はない？」

蜂蜜色の男性は優しく声をかけて、わたしを抱き起こしてくれた。お礼を言って立ち上がれば、さきほどの軍人がこちらを見ていることに気付いた。理由はすぐにわかった。この肌の色だ。同じ南方系ということで、疑われているのだ。

「あの、わたしは大丈夫ですから、あなたこそ巻き込まれないうちに立ち去られた方がよろしいのでは」

小声で伝えると、ふっと笑いがこぼされる。男性は皮肉げな笑みを軍人へ向けた。

「心配はいらないよ。あの店から逃げ出したというならともかく、たまたま通りかかっただけの人間まで逮捕するほど彼らも頭がおかしくはないだろう」

聞こえよがしな言葉に軍人の頬《ほお》がぴくりと引きつる。けんかを売っているとも取れる態度だ。わたしの方が冷や汗をかいた。

「たしかにこのとおり、南の血が入っているけれどね。山奥の田舎村《いなか》ではあるまいし、この国際都市サン＝テールに、いちいち珍しがるほど世間知らずな人はいなかろうよ」

さらに続く言葉に、軍人の頬だけでなく髭《ひげ》までピクピク震えている。今にも警棒を振り上げてこちらへ突進してくるのではと、わたしは気が気ではなかった。

しかし男性がとても身なりのよい、いかにも上流階級らしい姿だったことが、軍人を踏みとどまらせたようだ。いまいましげに舌打ちしながらも背を向けて、仲間たちの方へ戻っていった。それを見送ってわたしはほっと胸をなで下ろす。なんて怖いもの知らずな人だろうかと呆れ、それがそのまま自分の行動にも当てはまるのだと気付いてしまった。ここにシメオン様がいたら、きっとすごく叱《しか》られたわね。

南方人たちは皆つかまり、あの少年も引き立てられていった。見ているとかわいそうに思えてくるが、単に密入国しただけなら取り調べののち強制送還されて終わりだ。特に反抗しなければ、これ以上暴力を振るわれることもないだろう……そう、願う。

後味の悪い気分を残したまま、集まっていた野次馬たちも散っていく。わたしはもう一度助けてくれた男性にお礼を言った。

「ご親切にどうも、ありがとうございました」

軽くおじぎをすると、彼もうなずく。

「どういたしまして。お嬢さんが一人で大丈夫かな。お宅まで送ってさしあげてもよいが」

ちらりと向けられた視線を追えば、馬車が停《と》まっていた。従者とおぼしき少年がその前で待っている。

男性に変な下心は感じない。そもそもわたしにそんなものを持つ人もいないだろう。たとえ身なりがもっと上等でも、この地味な容姿は変わらない。

けれど彼の申し出にはうなずけなかった。みすぼらしい女を送ってみれば着いたのは貴族の屋敷とか、妙な好奇心を抱かれかねない。一応こんなでも世間体というものがある。わたしが変装して供も連れずに出歩いているなどと、噂《うわさ》になるのは避けたかった。

「ありがとうございます。大丈夫ですわ、すぐ近くですから」

丁重に辞退すれば、男性もそれ以上は言わなかった。

「そう？　可愛い子の一人歩きは危ないから、気をつけるのだよ」

微笑《ほほえ》んで馬車へと歩いていく。後ろ姿まで美しく優雅な人に感心しながら、わたしも自分の向かうべき方向へと歩き出した。

いろいろ驚いたわね。そもそもなぜ警察ではなく、海軍が取り締まりをしていたのかしら。これが港でのできごとなら不思議はない。南方との行き来はほとんどが海上航路を使うから、取り締まりも海軍の担当だ。でも市中なら警察の管轄ではないのかしら。

そしてあの男性にも驚いた。これまで見てきた人々の中でも屈指の美形だわ。ただ美しいだけでない。謎めいた雰囲気というか、艶っぽいお色気というか、なんとなく目のやり場に困る人なんてそういない。珍しい色の組み合わせと相まって、実に個性的な人物だった。

お歳《とし》はいくつくらいかしら……シメオン様と同じくらい？　おそらく貴族。間違いないと思う。身なりがよいとか上品だとか、それだけではない。軍人に対するどこか見下した、優位を確信した態度が彼の立場を物語っていた。仮に難癖をつけられても大丈夫という自信があったのだろう。

　でも、まったく見覚えのない人だ。わたしは社交界に出て以来、せっせと人間観察に勤《いそ》しんできた。あれだけ印象的な人を見落とすはずがないから、貴族は貴族でも外国の貴族なのではないだろうか。そう考えながら思い出せば、流暢《りゅうちょう》なラグランジュ語に少しだけくせがあったことにも気付いた。あの発音のしかたは、多分……。

「マリエル！」

　考えに没頭しながら歩いていたものだから、すぐそばから呼びかけられ、強く腕を引かれたことに驚いてしまった。小さく悲鳴を上げて反射的に振り向けば、間近に水色の瞳があった。

「……まあ」

　そこにいたのは、道行く人を振り返らせずにはいられない、凛々《りり》しく品のよい青年だった。色白な肌に水色の瞳、淡い金髪と、さきほどの男性とは完全に対照的な外見だ。色彩が淡いと弱々しい印象を与えがちだが、彼に関しては当てはまらない。すらりとしていても肩幅は広く、姿勢のよい背中に力強さが漂っていた。

「驚いた、シメオン様にそっくりな人がいるわ。でもそんなことがあるはずないから、これは幻ね。彼ほどかっこよくて素敵で萌えちゃう人が二人といるはずないもの。きっとあまりにシメオン様が恋しくて、白昼夢を見てしまったのね、わたしったら」

「歩きながら寝ぼけているのですか。ふざけたことを言っていないで、きちんと目を覚ましなさい」

「ああ、この反応。やはり本物のシメオン様ですね」

眉を寄せてにらんでくる美しい人に、わたしは微笑む。この「くそ真面目」な反応、間違いなくシメオン様だわ。わたしの最愛の婚約者！

「ごきげんよう！　こんなところでお会いできるとは思いませんでしたわ！」

わたしは勢いよくシメオン様に抱きついた。なんてうれしい不意打ちかしら。街角でシメオン様と行き会うなんて！　明るい春の景色がますます輝いて見える。

「なんて偶然、なんて運命。やはり愛し合う者同士は不思議な力で引き寄せられるのでしょうか。今日《きょう》はやっぱりいい日だわ。神様ありがとう！」

「……喜ぶよりも、まず前を見なさい。なにをぼんやりしていたのですか」

「あら」

言われて自分が進もうとしていた方向へ目を戻したら、あやうく車道へ飛び出しそうになっていたことに気付いた。ちょっと夢中で考えすぎていたようだ。いけない、つい悪いくせが。あまりにさっきの人が個性的で、小説のモデルに最適だったものだから、意識が全部奪われていた。

「すみません。考え事をしていたものですから」

「どうせ萌えについて考えていたのでしょう。そういうことは危険のない場所で落ち着いてからになさい。道を歩きながら妄想するのではありません」

「まあ、なんて理解あふれるお叱り」

「だから隙《すき》あらば萌えない！　そもそも一人でなにをしているのですか。そんな格好をして」

そうおっしゃるシメオン様こそ、なぜここにいらっしゃるのだろう。おふざけをやめて、わたしは真面目に彼を観察した。

近衛の制服ではなく、上品な外出着姿だ。サーベルも携帯していない。お仕事ではないのね。

「ちょっと出版社に用がありまして。シメオン様こそ、どうなさったのです。今日はお休みですか？

そしてよくこの格好のわたしに気付かれましたね」

「気付かないとでも？　今さらあなたの擬態にはだまされませんよ」

「擬態ではなく変装です」

「どちらでもよろしい。出かけるなとは言いませんが、供を連れてきなさい。あなたが一人でふらふら歩くのは危なっかしくてしかたがない」

「そんなことないですぅ」

ちょっとむくれて顔をそむければ、なぜかシメオン様もわたしの肩を押してくるりと後ろを向かされた。

「……どうしたのです、それは」

「え？」

なんのことかと、彼の視線を追って後ろを覗《のぞ》き込む。自分では見づらい場所に、べったりと汚れがついていた。

さっき転んだ時についたのだわ。やだ、こんな格好のまま歩いてきたなんて。あの蜂蜜さんが送ろうと言ってくれたのは、もしかしてこれのせい？　だったら教えてくれればいいのに。黙って別れるなんて意地悪ね！

優しい人という印象を少し修正する。女が恥をかくのを知らん顔するなんて、ちょっぴり性格悪いかも。

「あの、ちょっと、転びまして」

「……さきほど、あちらの方で捕り物があったそうですね。海軍がずいぶん派手に動いたと聞きましたが」

「まあお耳の早い」

「そのようすだと、巻き込まれましたか」

「ええ、まあ……突然の騒ぎで、周りの人たちも驚いていましたもので」

人込みで押されただけという顔をしておく。軍人に飛びついて邪魔しようとしましたなんて、とても言えないわ。わたしはなんでもないふりを装った。

「……あとで、落ち着いてからゆっくり聞きましょう。とにかくこちらへ」

シメオン様はごまかされてくれなかった。尋問とお説教はのちほどと宣告を受け、わたしは彼に連れられて歩く。少し離れたところで馬車が待っていた。こんなに遠くからわたしを見つけてくださったなんて、シメオン様ってばまるで鷹《たか》のように獲物を見逃さない——ではなくて、愛よね、愛。

「すぐに送ってあげられればよいのですが、時間がありませんのでこのまま付き合っていただけますか」

「急ぐわけではありませんから、かまいませんわ。どちらへ？」

二人で乗り込めば、馬車はすぐに動き出した。行き先は告げられているのだろう、馭者《ぎょしゃ》は勝手に道を選んでいく。向かっているのが北の貴族街ではなく、南方面だと窓からの風景でわかった。

「港です。人を迎えにいく途中でしたので」

ああ、それで無蓋《むがい》馬車ではなく、二頭立ての立派な箱型馬車なのねと、納得しかけてわたしはあわてた。納得している場合ではない。

「待ってください、それならわたしはお供できません。こんな姿でついていくわけにはいきません」

今のわたしは落ちぶれた貧乏令嬢。しかも泥んこ汚れつき。栄えあるフロベール家の嫁（予定）として顔を出せる姿ではない。

「しかたがないでしょう。なにか適当にごまかしてあげますよ」

「無理です。どう言おうと変に思われますよ。それともたまたま行き会った知り合いとか、そんなふうに説明しますか？」

「今後も顔を合わせる相手ですから、そうは言えませんよ」

「でしたらやっぱり降ろしてください。わたしは辻《つじ》馬車を拾って帰りますから」

「こんな状態のあなたを一人で帰らせるなど、できるわけがないでしょう」

「いちいち馬鹿《ばか》正直に申告しなければいいんです。今日街で会ったことなど、他《ほか》の誰にもわからないんですから」

「私の気持ちの問題ですよ」

「わたしの気持ちはどうなるんですか！」

言い合いながらわたしは窓に張りついた。なんとか降ろしてもらわねばと外を見ていたら、ある店の前を通りすぎたことに気付いて思わず叫んだ。

「停まって――――!!」

大声に驚いたか、シメオン様の許可を待たずに馭者が手綱を引いた。すぐに停車した馬車の中で、わたしはシメオン様を振り返った。

「シメオン様、時間に猶予はまったくありません？　一時間、いえ三十分待っていただくことは？」

いきなりの大声に目を丸くしながらも、シメオン様は生真面目に答えてくださった。

「余裕を見て出てきましたから、そのくらいなら大丈夫ですが……なにをする気です」

「あそこ。マダム・ペラジーのお店です」

わたしは通りに面した店を示す。花の都サン＝テールでも、ひときわ洗練された外観だ。大きく取った表の窓辺に、華やかなドレスが飾られていた。

「注文したドレスがもうできあがっているはずです。ちょうどいいから、あそこで着替えさせてもらいます」

今日はやっぱり運がいい。天使が近くを飛んでいるのかも。

いかがと微笑むわたしに、シメオン様も今度は異議を唱えなかった。

3

石畳を馬車は軽快に走る。港の近くは道が混み事故も多いものだけれど、今日《きょう》は途中で邪魔されることなく順調に目的地へ向かっていた。

外の景色はいっそう活気を増していく。反対に、馬車の中では奇妙な沈黙が続いていた。けんかをしたとか、叱《しか》られたりしたわけではない。なにがあったわけでもない。ただ、わたしの姿が変わっただけで。ひたすら地味な姿から、うんと華やかに変わっただけで。

マダム・ペラジーの店で着替えさせてもらったわたしは、ついでにお化粧も一からし直した。だってドレスから帽子、靴にいたるまで、全部最新流行の華やかにして豪華なものに変えたら、地味顔のままでは似合わないのだもの。マダムも店員の皆さんも、満場一致でお化粧直しをすすめ、老舗娼館《しにせしょうかん》の妓女《ぎじょ》にも負けない技でわたしを美人顔に作ってくれた。

これは変装のつもりではない。貴族女性として本来の姿に戻っただけだ。いえ、本来のというのは正しくないかも。ほとんど別人だものね。化けたとしか言えないものね。でも断じて変装ではない。これはおしゃれと言うの。

——けれど変身したわたしを見るや、シメオン様は複雑なお顔になった。きれいになったと誉めてもくださらず、どこか不機嫌そうに黙っている。以前にも同じようなことがあった。シメオン様は着飾ったわたしが、お好きではないらしい。

なんだか悲しくて、ため息が出てくる。わたしが「ひたすら無難に、目立たず周囲に埋没するように」という主義を返上しておしゃれするようになったのは、シメオン様がいるからこそなのに。

彼のお母様、エステル夫人から要求されたのもある。でもそれ以上に、わたし自身が可愛《かわい》くなりたかった。生まれ持った顔は変えられないけれど、少しでも可愛く見えるようにしたい。好きな人にそう思われたい。おしゃれした姿を見てもらいたいって、ごく普通の気持ちじゃない？　わたしだって女だもの、好きな人の前でずっと地味なままでいる気はなかったわよ。

——なのに。

「……そんなに、だめですか」

黙っているとどんどん気持ちが重くなってくる。たまりかねてわたしは口を開いた。

「だめって、なにがですか」

いぶかしげな目が向けられる。こんな時、シメオン様の眼鏡《めがね》がひどく冷たく感じてしまう。

「嘘《うそ》八百大魔王の称号を得られるほど顔を作りすぎて、ご不快でしょうか」

「そんな称号はじめて聞きましたよ。あなたが自主的に名乗っているだけでしょう」

いつものようにつっこんでから、シメオン様は咳払《せきばら》いをして言い直した。

「そこまで言うほどでもないでしょう。たしかにずいぶん印象は変わりますが……女性の隠れた努力におそれいりますが」

「その努力に殿方はまんまと乗せられだまされて、無邪気に美人だと信じ込む。婚礼を済ませはじめて迎える朝、ようやく相手の素顔を知り、詐欺と気付いてもあとの祭り……ええ、さぞ業腹なことでしょう」

「なにか切なくなってくるからやめましょう。だいたい、あなたの場合は素顔の方を先に見ているのですから、その話とはまったく逆でしょう」

そうなのよね。シメオン様はわたしが冴《さ》えない地味女だと知りながら求婚してくださった。無理して作らなくても、そのままでいいということかしら。

それはそれでうれしいけれど……やっぱり、おしゃれしたわたしも誉めてほしい。

「わたしが華やかになることを、シメオン様は喜んでくださいませんでしょう。それは、偽物だとご存じだから気に入らないのかと」

「……別に、そういうわけでは」

「だっていつも不機嫌になるではありませんか。でも地味顔のまま華やかなドレスを着ても、似合わなくて滑稽《こっけい》なんですよ。盛るしかないんです」

「いや、違いますから。ちょっと落ち着きなさい」

だんだん腹が立ってきて語気が強くなるわたしを、シメオン様が押しとどめた。

眼鏡をかけ直し、彼は息を吐く。これは困っている時のくせね。わたしと視線を合わせずさまよわせているのは、どう言えばよいのかと悩んでいるのだ。

……困らせたかったわけではないのに。

「お気に召さなくても我慢してくださいませ。フロベール家の嫁が地味では困ると、エステル様からも言われているのです。たくさんドレスを作っていただきましたのに、無駄にはできません。社交に出る時は嘘八百大魔王になっちゃいますが、それ以外では地味なままでいますから」

「その称号、実は気に入っているでしょう」

しょんぼり言うと、シメオン様が笑った。肩に腕が回され、そっと抱き寄せられる。

「誤解させてすみません。好きなだけ装ってよいし、それを不快に思うわけでもありませんよ。少し、戸惑うだけです」

ようやく優しい声と気配が戻ってくる。わたしは間近から彼を見上げた。

「他人の顔に見えるから？」

「そのように思ったことはありません。あなたがどんな姿をしていようと見間違えたりしませんよ」

自信たっぷりにシメオン様は言いきる。この言葉はすんなりと信じられた。そう、シメオン様はいつだってわたしを見つけてくださる。周りにどれだけたくさん人がいても――お姫様になっても、貧しい花売りになっても、きっと見つけ出してくださるわ。

どうして戸惑うのだろうかと、すっきりしない気持ちは残る。でも優しいまなざしが近づいてくるから、ごまかされてもいいと諦《あきら》めてしまった。されるままに目を閉じて口づけを待つ。頬《ほお》にシメオン様の髪がふれた時、だしぬけに馬車の扉が開かれた。

「着きま――すみませんっ！」

声をかけてきた馭者《ぎょしゃ》があわててくるりと背を向ける。いつの間にか馬車は停《と》まっていた。話に夢中でちっとも気付いていなかった。珍しくシメオン様も気付かなかったようだ。

ふれ合う寸前で止まったわたしたちは、ちょっぴり恥ずかしく身を離した。

「……間の悪い」

シメオン様が低くこぼしていた。まあ、そんな時もあるわよね。

気を取り直して馭者をねぎらい、わたしたちは馬車を降りた。そこは港の入り口だった。乗合馬車の待合所があり、個人で乗ってきた人もここで馬車を置くようになっている。旅客船の船着場は少し歩いた先だ。

出国する人、入国する人、さまざまに行き来し、港はいつ来てもごった返している。ドレスに合わせて眼鏡を外しているわたしは、シメオン様の腕を頼りに歩いた。みっともなくぶらさがってはいけないが、ついしっかり抱きついてしまう。そうしないと人込みにもまれ、はぐれてしまいそうだった。

「そういえば、どなたかのお迎えということでしたが」

港へ来た目的を思い出し、わたしは尋ねた。

「シメオン様がご自分でいらっしゃるのですから、とても親しい方なのですよね？　いったいどなたがお着きになりますの」

「ああ、言っていませんでしたね」

すれ違う人にぶつからないようかばってくださりながら、シメオン様も今思い出した顔で答えた。

「弟ですよ。上の弟が帰ってくるのです」

さらりと告げられた言葉にわたしは絶句した。今、なんとおっしゃいましたか。

「弟君……？」

「ええ。下のノエルとは会ったことがありますね？　上のアドリアンが赴任先のガンディアから帰ってくるのです。両家の顔合わせでは失礼しましたが、さすがに結婚式には参列してもらわないといけませんから」

「早く言ってくださいませ！」

わたしの抗議にシメオン様は目をまたたいた。

「どうかしましたか？」

「どうかもなにも」

あああ危ない、危なかった。あやうく義弟となる方との初顔合わせが、変装姿でごめんなさいになっちゃうところだったわ。着替えてよかった。マダム・ペラジーありがとう！

焦るわたしをシメオン様は不思議そうに見ていらっしゃる。いったいあの格好のわたしを、どう紹介するつもりだったのだろう。この人、真面目な常識人のはずなのに、だんだん思考がずれてきていない？　わたしの影響とか言わないわよね？

シメオン様には弟君が二人いらっしゃる。フロベール家の子供は三人兄弟だ。

いちばん下のノエル様はまだ十五歳。シメオン様と十二も歳《とし》が離れていて、末っ子ということもありエステル夫人から溺愛《できあい》されている。何度か顔を合わせたことがあるけれど、天使のような美少年とは彼のことだ。もっとも、本性はしたたかないたずらっ子ではないかとわたしはにらんでいる。

真ん中のアドリアン様は今二十四歳のはず。武官としてガンディアに赴任していたため、これまでお会いしたことはなかった。

遠い南の国ガンディアは、百年あまりの間ラグランジュの植民地となっていて、今から三十年くらい前にふたたび独立した。ラグランジュは統治権を手放したが、完全に影響力を失ったかというとそうでもない。まだ半分くらいは宗主国的な立場だ。それに反発する人々も当然いるわけで、現地に滞在している邦人たちには危険がつきまとう。そのためけっこうな数の武官が派遣されていた。

両国間の行き来は最短で十日。陸路を行くと山あり谷あり砂漠ありの遠く大変な旅になるため、普通は海を渡って行き来する。大きく湾曲した海岸線は円を描くようにバストロ海を抱え込んでいるので、直線距離だとけっこう近いのだ。北のラグランジュと南のガンディアは、海を挟んだお向かいさんだった。

南から帰ってきた人を出迎えようとわたしたちが到着した時、目当ての船からはすでに乗客が次々降りていた。

アドリアン様のお顔をわたしは知らない。知っていても今は見えない。さがせないのでおとなしくシメオン様の隣に立っていると、向こうからこちらを見つけて駆け寄ってきた。

「兄上！」

元気な声がして、一人の男性が人込みを勢いよく駆け抜けてくる。ぼんやりとしか見えなくても彼が喜びにあふれているのはよく伝わってきた。なんとなく、飼い主のもとへ走る犬を思い出す。

シメオン様もかなりの長身だけど、アドリアン様も負けずに背が高かった。軍人らしく短く整えた髪は金茶色、隣家の愛犬の毛並みと同じだわ。普通の紳士服に身を包んでいても、鍛えられた体格のよさは一目瞭然《りょうぜん》だった。

フロベール家ってなにげに武闘派なのよね。それというのも先代伯爵、シメオン様のお祖父《じい》様が将軍として活躍した方だからだ。現当主は正反対な文人気質だけれど、武人魂はしっかり孫たちに受け継がれた。

「おひさしぶりです！　お元気そうでなにより！」

顔いっぱいに喜びを浮かべて、アドリアン様はわたしたちの前で立ち止まった。さっきからお隣の愛犬の姿がちらついてしかたがない。なんだかとっても似ている。投げてもらったボールをくわえて戻ってきて、誉めて誉めてと目を輝かせるようすにそっくりだった。やだ可愛い。

「ああ、お前も変わらず元気なようだな」

シメオン様も、いつもよりぐっとくだけたようすで答えた。数年ぶりに会うという兄弟《きょうだい》は、互いに肩や腕を叩《たた》いて再会を喜び合った。

「大分日に焼けたな」

「あちらは日差しがきついですからね。暑さに慣れてしまったせいで、ラグランジュの春が寒くてしかたありませんよ」

「こたえているようには見えないがな。お前はいつ見ても元気がありあまっているようだ。ともあれ、無事に着いてよかった。マリエル、これがアドリアンです」

わたしを置いて二人で盛り上がるということはせず、シメオン様はすぐに紹介してくださった。アドリアン様に対してもわたしを紹介する。

「手紙で知らせただろう？　彼女が婚約者の、マリエル・クララック嬢だ」

言われてこちらへ目を移したアドリアン様の顔が、そのとたん固まったように思えた。輝くような笑顔が消える。——はて？

「はじめまして、アドリアン様。マリエル・クララックと申します。遠路の長旅、お疲れ様にございました。ご無事のお戻りをうれしく思います」

相手の反応に内心首をかしげながらも、わたしは気合を入れておじぎした。できるだけ優雅に、上品にと頑張る。作法の先生が見たら、きっと誉めてくれただろう。未来の義弟殿《おとうと》に精一杯気を遣って挨拶《あいさつ》した。

けれどあまりよい反応はもらえなかった。

「……どうも」

アドリアン様はわたしから視線をそらして、ぼそりと言っただけだった。なにかまずかっただろうか。普通の挨拶をしたつもりなのに。

黙って続きを待っても目を合わせてくれず、横目にちらちらと窺《うかが》ってくるばかりだ。眼鏡がないから細かいところがはっきり見えなくて、ますます不安になる。わたしはそっとシメオン様を見上げた。

シメオン様もいぶかしげにしていた。形のよい口が開いてなにか言いかけたけれど、その寸前に別の声が割り込んできた。

「アドリアン、いきなり走り出すから見失いかけたじゃないか」

非難を含んだ若い声に目を向ければ、男性が一人こちらへ来るところだった。

「フランシス？」

シメオン様がつぶやいた。その声に反応して、男性の方もシメオン様を見る。こちらも一瞬固まったような気がした。まだはっきり表情が見えなくて、つい目をすがめてしまう。立ち止まりかけた足がすぐにまた動き、わたしたちの前までやってきた。

「……やあ、シメオン、ひさしぶり」

近くで対峙《たいじ》した人は、静かな声と笑顔だった。アドリアン様と同じ年頃《としごろ》と思われる、優しそうな人だ。

「ひさしぶりですね。最近あまり戻っていなかったでしょう。一年ぶりくらいになりますか？」

「うん、向こうでちょっと忙しかったからね。それより、婚約おめでとう。そちらが？」

再会に盛り上がるでもなく、あっさり流して私へ目を向けてくる。シメオン様のような際立った容姿ではない、ごく普通の顔立ちだった。髪も暗い茶色で、なんとなく親近感を覚える。

「ええ、マリエル・クララック嬢です。マリエル、彼はフランシス・ルヴィエ。私の友人です。昔からの……いわゆる幼なじみですね」

シメオン様の幼なじみ。それは重要人物ね。わたしはふたたびおすまし顔でおじぎした。

「はじめまして、ルヴィエ様。マリエル・クララックです」

「お目にかかれて光栄です、マリエル嬢。どうぞフランシスと。友人と言ってもらえましたが、僕の父は子爵家の次男坊で、彼らとはかなり身分が違うのですよ。ですから、どうぞお気遣いなく」

「あら、わたしも子爵家の娘ですのよ。シメオン様とは大変な格差婚で。もしかしてわたしたち、話が合うかもしれませんね。よろしくお願いいたします」

「直系の令嬢にそう言っていただけるとは光栄ですね」

フランシス様は礼儀正しく、優しい笑顔を崩さない。でもどこか距離を置かれているような印象も受けた。直系か傍系かでそんなに違うかしら……フロベール家のような名門ならともかく、うちごときの弱小子爵家がこだわっても、世間からは笑われて終わりだろうに。

「きれいな人だね、さては一目惚《ぼ》れかい？」

嘘八百大魔王にだまされて、フランシス様はシメオン様をからかった。格差婚ならよほど相手が気に入ってのことだろうと言っているのだ。普通の受け取り方であり、そして驚きの事実でもあった。でも顔が決め手だったのではない。それだけはない。だましてごめんなさいとわたしは微笑《ほほえ》みの下で謝った。

「まあ、似たようなものですか」

シメオン様も笑ってごまかす。顔ではなく奇行が目に留まったとは言えませんよね。

「一緒に帰国するとは聞いていませんでしたので、少し驚きましたよ」

「僕だけじゃないよ。もう一人いる」

言ってフランシス様が後ろを振り返るので、わたしたちもそちらへ目をやった。周囲をひっきりなしに人が行き交う中、立ち止まってこちらを見ている人がいる。飾り気のない紳士服姿だから、一瞬男性だと思った。でもそうではないと、眼鏡がなくてもすぐにわかった。

「よかった、ちゃんと覚えていてくれたのね。二人ともわたしを置き去りにして話しはじめるから、忘れられちゃったのかと思ったわ」

大人《おとな》の落ち着きと色香をそなえた女性の声が、冗談めかして文句を言う。肩にかからないほど短く髪を切り、男物の服を着ていても、細くやわらかな身体《からだ》の線は明らかだ。近づいてくる美しい顔は微笑んでいて、大輪の花が咲き誇るかのような自信に満ちていた。

だ、男装の麗人……。

萌《も》え――――――!!

思わずおすまし顔を投げ捨ててハァハァしそうになった。なんという衝撃! 物語でしかお目にかかれないと思っていた存在が目の前に! 現実にこんな人と出会えるなんて!

アドリアン様とフランシス様の間に立った女性は、ちらりとわたしを見て笑みを深くした。ああ、近くで見るとますます素敵。眼鏡でもっとはっきり見たい。胸がときめいて止まらない。

「ローズ……」

シメオン様が驚いた声を上げた。この方のお名前はローズ様とおっしゃるのね。美しい人は名前までもが美しい。

「おひさしぶり、シメオン。何年ぶりかしらね? 相変わらずいい男だこと」

「……ええ、本当にひさしぶりですね。あなたも元気そうでなによりです」

二人は親しげに言葉を交わす。そのようすから、ただの顔見知りでないことはすぐにわかった。

……どういうご関係？

「髪を切ったのですね」

「似合うでしょう？　最新モードよ。これからは女もどんどん活動的になっていくわよ——なんて、はじめはただの強がりだったのだけどね。周りに舐《な》められたくなくて。でもすっかりなじんじゃったわ」

「変わりませんね。あなたは昔から強い人でしたよ」

驚きから立ち直り、シメオン様の目が優しくなごむ。わたしの胸が、さっきとは違う理由で音を立てた。

なんだろう、痛いような苦しいような、この動悸《どうき》は。わたしは嫉妬《しっと》しているの？　二人はただ普通に再会の挨拶を交わしているだけなのに。

「ねえ、彼女にわたしを紹介してくれないの？」

ローズ様がまたわたしを見る。元々背が高い上に男装でも足元は踵《かかと》の高い靴で、わたしとは頭半分以上も違い、子供を見下ろすような視線に思えた。……じっさい、かなり年上の人ではある。はっきりとはわからないが、シメオン様と同じくらいか、もしかすると上かもしれなかった。

「さっきから待っているのよ。それとも、こんな女を大切な婚約者に近付けたくない？」

「なにを言っているのですか。マリエル、彼女はローズ・ベルクール……まだそう呼んでも？」

「ええ、結婚していないし、家を追い出されたって名前は変わらないわ」

「……ローズ・ベルクール、友人です」

なにか複雑な事情を窺わせるやり取りだった。シメオン様は名前以外を言わなかったが、それだけでもわたしにはわかることがあった。

「ベルクール男爵家に縁《ゆかり》の方でいらっしゃいますか？」

あら、とローズ様は眉《まゆ》を上げた。

「ご存じなのね。そろそろ没落していないかと思ったけど、まだ頑張っているのね」

笑いながら軽く返された言葉は、なかなか辛辣《しんらつ》だ。

「一応親戚《しんせき》だけど、どうぞ気にしないで。今のわたしはただのローズよ。ガンディアで国営貿易会社に勤務しているの。フランシスとは同僚で、アドリアンにはよく護衛してもらっているわ。よろしくね」

「マリエル・クララックです。よろしくお願いいたします」

没落どころかベルクール男爵は資産家だ。社交界でも羽振りのよい姿をよく見かける。その親族でこれだけの美人なら縁談に不自由することもなかったでしょうに、いったいローズ様の過去になにがあったのだろう。好奇心を持つのは失礼だが、少し気になるところではあった。

ベルクール男爵に関する情報を聞いたことはあったかしら。たしか……元々は次男のお生まれで、お兄様が早世されたため爵位を継がれたのよね。

「あなたが婚約したとアドリアンから聞いて、それが家同士の政略ではなくみずから望んだ相手だというから、どんなお相手なのかとても興味があったのよ」

ローズ様はシメオン様に顔を戻した。

「正直、あなたが女性に対してそこまで情熱的になるのが想像できなかったわ」

「そうだね、僕もちょっと驚いたけど、彼女を見て納得したよ。シメオンとはお似合いだ」

「ええ、真面目《まじめ》な朴念仁には、こういうすれてない可愛い子がぴったりだわ。悪い女に引っかかったのでなくてよかった」

「シメオンがそんなへまはしないだろう」

「でもこう見えて、押されると弱い一面があるのよ。気をつけなさいね、マリエルさん」

「ローズ、妙なことを吹き込まないでください」

ローズ様とフランシス様は楽しそうに話し、シメオン様も苦笑している。仲のよい友人同士のやり取りに、一人アドリアン様だけが加わらず黙り込んでいた。やはり、時々こちらへ視線を向けながら。

愛想がよいとは言えない態度だけれど、どうやら機嫌が悪いわけでもないようだ。敵意や悪意は感じない。ただの人見知り？　初対面の女性相手で照れている？　なんとなくそんな雰囲気を感じ、年上の男性なのに微笑ましく思えてきた。

――反対にローズ様に対しては、複雑な気分だった。

とても素敵な人だと思う。微笑みかけられるとドキドキする。女性なのにかっこよくて、でも女らしい華やかさや色っぽさも失っていない。男女どちらからも憧れの目を向けられるであろう麗人に、言うまでもなく萌えている。

けれど彼女とシメオン様が話しているのを見ると、胸がざわめいて不安になった。

シメオン様がこんなに親しげにしている女性を見たのは、はじめてだ。女性にはあまり関心を見せず、本人もその気がなかったと言っていた。わたしが知る彼の友人は男性ばかりで、親しい女性といえばせいぜい従姉《いとこ》の方くらいしか聞いていない。

だから勝手に、彼は女性には礼儀以上の付き合いはしないのだと思い込んでいた。シメオン様が心から笑いかけてくれるのはわたしだけ――そんな思い上がりもあったかもしれない。

考えてみれば馬鹿《ばか》な思い込みよね。シメオン様は女嫌いでも女性恐怖症でもない。普通の大人の男性だ。好感の持てる相手なら女性とだって親しくするだろう。過去に恋人もいたかもしれない。

もしかして……この人と……？

なつかしそうに再会を喜び合う彼らに、男女の色めいたものは感じられなかった。交わされる言葉から、何年も会っていなかったことがわかる。このようすだと手紙のやり取りもなかったのだろう。互いの消息は人伝《ひとづ》てに聞くくらいの疎遠な関係……なにも、心配するようなものではないのに。

二人はどういう関係なの？　そう聞きたくてたまらない。いつものように黙って微笑んでいることに、ひどく努力が必要だった。

その場でいつまでも話し込むわけにはいかず、フランシス様とローズ様をホテルまで送ると、シメオン様はわたしのことも屋敷まで送り届けてくださった。海軍の取り締まりに遭遇した件については追及されなかった。シメオン様のことだから忘れたわけではなく、アドリアン様の手前黙っていてくださったのだろう。願わくばそのまま忘れ去っていただきたいところだ。

そうして港での邂逅《かいこう》から数日後、あらためてアドリアン様をともない、シメオン様がわが家を訪ねてきた。

事前に知らせを受けていたから、こちらもちゃんとお迎えの用意をして待っていた。あいにくお母様は他家を訪問中で不在だが、うちの使用人たちは優秀で働き者だから問題ない。よく心得て万端の準備をしてくれていた。

人間の方はなにも問題ない。問題だったのは猫と犬で。

お二人が到着した時、うちの庭に侵入してきた隣家の愛犬とわたしの猫との間で大げんかが勃発《ぼっぱつ》し、わたしはその仲裁に飛び出したところだった。

「まあっ、シメオン様もうお着きに!?　ごめんなさい、少しお待ちいただけますか——シュシュ、やめなさい、いじめないの。マックスも落ち着きなさいよ、あなたの方が何倍も大きいくせに」

普段の可愛らしい甘え声はどこへやら、ドスの利いたおそろしげな声で威嚇する猫に、怯《おび》えてキャンキャン鳴きわめく犬。おかげでわが家の庭は大騒ぎだ。もちろん原因は縄張りを侵した犬である。この子ったら人懐こいのはよいのだけれど、ちょっとお行儀がよろしくない。以前おやつをもらったことを覚えていて、自分の家を脱走してはこちらへ侵入してくるのだ。いったいどこから、と調べてみれば、柵《さく》の下の地面に穴が掘られていた。自分の飼い主からたっぷり餌《えさ》をもらっているくせに、そこまでしておやつがほしいのか。けれどわが家には強力な番猫がいる。優雅な毛並みに青い目が美しい、とても可愛い女の子なのに、侵入者には容赦ない。まずは鼻先への先制攻撃。強烈なパンチとともに引っかき傷をお見舞いされ、犬はあっという間に戦意喪失した。あとは一方的な追撃だ。植木鉢をひっくり返して逃げる犬を猫が追い回し、つぼみが出たばかりの花壇が踏み荒らされ、花好きのお兄様が帰宅したらさぞ嘆くだろうという惨状だった。

「はいはい、もうおしまい。はい、いい子ね、怒らないの」

興奮した二匹の間に無防備に割って入れば、こちらも流血を覚悟しなくてはならない。わたしは用意してきたショールを広げ、猫に覆いかぶせた。逃げる隙《すき》を与えず素早く包み込んで抱き上げる。ショールの中で猫は暴れていたが、このままなだめていれば落ち着いてくれる。

「ギャワワンワン！」

「今頃なにえらそうに吠《ほ》えてるの」

おそろしい敵が捕獲されたと見るや犬が強気になったが、進み出たシメオン様が首根っこを押さえて黙らせた。

「ありがとうございます、シメオン様」

「怪我《けが》はありませんか？」

強い者にはたちまち腰の引ける犬である。シメオン様に逆らうことなく、おとなしく伏せの姿勢になった。

「大丈夫です」

「なかなか手際がよかったですね」

「慣れていますから。週に一度はこうなるので」

「……そんなにしょっちゅうやっているのですか」

「お利口なはずなのに、懲りない子なんですよねえ」

犬は騒ぎを聞きつけて追いかけてきた隣家の主人が、何度も頭を下げながら連れて帰った。また数日したらやってくるだろう。

「申し訳ありません、とんだ大騒ぎで。どうぞ中へお入りくださいませ」

なんとか体裁を取り戻し、お二人をうながす。シメオン様はすぐについてきたが、なぜかアドリアン様はその場に立ち止まっていた。

「アドリアン？」

気付いたシメオン様が振り返る。どうしたと問われ、アドリアン様はわたしに目を向けたまま口を開いた。

「誰ですか、それは」

わたしとシメオン様は一瞬顔を見合わせた。そして気付く。ああ、顔が違うのだった。

今日のわたしはいつもの地味顔だ。眼鏡もかけている。なのでアドリアン様のお顔をはっきり見ることができた。アドリアン様も端正な顔立ちだけど、あまりシメオン様と似ている気はしない。もっと男っぽく、やんちゃな少年がそのまま大人になったような雰囲気だった。瞳の色は薄い茶色だ。上と下が母親似で、真ん中は父親似ということかしら。でもよく見れば、やはり血縁を感じる部分はあった。

「アドリアン、失礼だろう」

「いいえ、かまいませんわ。先日とは別人すぎて、戸惑われるのは当然ですね。ごめんなさい、アドリアン様。これがわたしの本来の姿なんです」

シメオン様を制してわたしは答える。アドリアン様は目と口を大きく開けて絶句していた。

「……この間の美少女は？」

「幻です」

「ま……」

「もしくは嘘八百大魔王と」

「――はぁ⁉」

玄関先に悲鳴のような声が響きわたる。「嘘……幻……」と、アドリアン様はしばし衝撃に自失してくり返した。

「アドリアン」

「……兄上、どういうことですか。こんな、こんな詐欺女だったなんて。ご存じの上で付き合っておられるのですか」

「口を慎め。彼女に謝れ。侮辱は許さない」

「なにが侮辱です？　事実じゃないですか！　この間と今日とでは、あまりに落差が激しすぎますよ。ほとんど別人でしょう。すごく可愛くて、清楚《せいそ》で可憐《かれん》で天使か妖精《ようせい》かって雰囲気で、これだけの美少女なら兄上の隣に立っても許せると思ったのに。あれが嘘の幻で、実態はこんなブスだったなんて‼」

怒りを込めて吐き出された言葉に、シメオン様は無言で踏み出した。水色の瞳が凍りついていたから彼も怒っているのだとはわかったが、いきなり拳《こぶし》をくり出したので驚いた。なんの構えもないところを殴られて、アドリアン様は文字どおり吹っ飛んだ。

「シメオン様！」

思わずゆるんだ腕から猫が逃げ出していく。かまわずわたしはシメオン様に追いすがった。

「なんてことを」

「当然でしょう。弟でなければ剣を向けていたところですよ」

「違うでしょう⁉　そこは鞭《むち》ですよ！　拳で殴るなんて美しくありません。いえ、なにげに荒っぽいところも素敵ですが、鬼副長の制裁は鞭でなければ！」

「いや待て！　止め方おかしくないか⁉」

わたしの抗議にさらに抗議したのはアドリアン様だった。さすが軍人、彼はさしたる苦痛も見せずに立ち上がった。

「なんだよ鞭って⁉」

「あら、おわかりになりません？　このシメオン様にもっともよく似合うふさわしい武器は鞭でしょう？　想像するだけでもドキドキしてきますよね」

「しないよ！　人の兄を勝手に変態にしないでくれ！」

「変態ではありません、失礼な。鬼畜腹黒参謀です」

「どっちが失礼だよ！　この女頭がおかしくないか⁉　兄上、本気でこれと結婚するつもり⁉」

「彼女は聡明な人だ。ただ性格がおかしいだけだ」

「兄上もおかしくなってる‼」

——わが家の使用人たちは本当に優秀で、玄関先でもめてもうろたえない。執事が顔色一つ変えず巧みに誘導し、どうにか一同は応接間に落ち着いた。

「信じられない……兄上がこんな女に血迷うなんて……」

出されたお茶にも手をつけず、アドリアン様は頭を抱えてうめいていた。わたしとシメオン様は彼の向かいに並んで座る。弟の苦悩を、シメオン様は呆《あき》れた目で眺めていた。

「昔から誰よりも優秀でかっこよくて、武術でも学問でも右に出る者はいないと絶賛される人だったのに……王太子殿下のご信頼も受けて、俺《おれ》の自慢の兄上だったのに……」

「全文同意ですわ。シメオン様は誰よりもかっこよくて素敵です」

「自分にも他人にも厳しいけど、思いやりのある優しい人なんだ。俺のことだってよく面倒見てくれて、いたずらしたら殴られたけど、そのあとかならず一緒に謝りにいってくれた」

「ええ、部下の皆さんからも、おそれられつつ慕われていらっしゃいます」

「兄上ほど立派な人を俺は知らない。兄上は俺の誇りで、理想で、憧《あこが》れなんだ」

「アドリアン様はシメオン様が大好きなんですね。素晴らしい兄弟愛ですわ。一歩間違えるとジュリエンヌの愛読書の世界ですけど。実は兄弟ものも定番で」

「誰ジュリエンヌって」

「わたしの親友です。アドリアン様のような方のお話が大好きな子です」

「どんな話だよ……そうだよ、俺はこの世でいちばん兄上を尊敬している。そんな兄上が結婚すると聞いて複雑な気持ちになったけど、兄上が幸せになるならいいと思ったんだ。兄上ならきっと最高の女性を選んだに違いないと考えて……そして会ってみればすごく可愛い子で、おもいきり好みで、いや俺がときめく必要ないんだけどでもど真ん中ぶち抜かれて、ああこれなら兄上の花嫁にふさわしい、黙って祝福しよう、なんか違う意味切ない気もするけどよかった安心したって、そう思っていたのに

「……！」

ぎり、と歯ぎしりをして、アドリアン様は顔を上げた。

「全部丸ごと詐欺か！　実態はこれか！　あの美少女はどこに⁉　化粧を落とせば眼鏡ブスとかこんなひどい話があるか‼」

「力一杯同感です！」

「力一杯うなずくなよ！」

アドリアン様が怒鳴ると同時にシメオン様が杖《ステッキ》を取り上げ、金茶の頭に容赦なく落とした。ちょっと痛そうな音がした。

「汚い言葉で彼女を愚弄《ぐろう》するな。海軍に入って柄が悪くなったようだな」

「兄上……」

頭を押さえるアドリアン様は涙目になっていた。今度のはこたえたらしい。

「シメオン様、そんなに何度も殴らなくても」

「あなたも少しくらい怒りなさい。怒ってよいのですよ、こういう馬鹿相手には」

真面目に憤慨してくれるシメオン様を見ていると、怒りではなく萌えと笑いがこみ上げる。

「うふふ、シメオン様ってばお優しい。でもアドリアン様のお言葉は事実でしょう？　あの盛り姿はたしかに詐欺以外のなにものでもありませんもの」

「なぐさめや贔屓《ひいき》で言っているのではありません。あなたは単に化粧映えする顔立ちなのですよ。手を加えることでぐっと華やかさが増して雰囲気が変わる。その印象の違いに驚かされるだけで、顔そのものが変わっているわけではないのです」

「土台があっさりしていると、盛る余地たっぷりですものね」

「そうですよ。醜いと言われるほど特徴的な顔立ちではないのです」

「いや兄上、その評価もどうかと」

「それに私はあなたの顔に惹《ひ》かれたのではありません。あなたの価値は中身にある。あなたがどんな人か知ろうともせず見た目だけで馬鹿にしてくる輩《やから》には腹が立つ」

ああもう、まっすぐ真面目に殺し文句を言ってくるシメオン様がたまらない。これで本人は口説いているつもりがいっさいないのだから、おかしいやらくすぐったいやら。誰にどんなことを言われても、シメオン様が目の前にいるだけでわたしの機嫌は絶好調だ。

「ありがとうございます。わたしもシメオン様の優しくて真面目で可愛いところが大好きです」

わたしは長椅子《ながいす》の上で距離を詰めて、シメオン様にぴたりと寄り添った。

「それから腹黒っぽい見た目も、殺し屋みたいと言われるほどの迫力も、死神のような強さも全部好き」

「誉めてるつもりかそれは!?」

「もちろん」

シメオン様に肩を抱かれながら、わたしはアドリアン様を振り返った。

「アドリアン様、わたしたちとっても気が合いそうですね。シメオン様大好き同盟結成ですわ」

「勝手に結ぶな！　お前なんかと気が合うものか！」

「わたし、アドリアン様も好きですよ。お隣のマックスにそっくりで」

「マックスってさっきの犬か!?　どこが似ていると！　たしかに毛の色は同じだったが！」

キャンキャン騒ぐ姿が可愛くて、もうアドリアン様の前で緊張したり、おすまししようという気持ちは吹き飛んでいた。素のわたしを知られたってかまわない。むしろ知ってほしい。彼とは本音で向き合って仲よくなりたかった。

だってアドリアン様ってばようするに、大変なお兄ちゃんっ子なんだもの。シメオン様が好きで好きで大好きで、結婚しちゃうのが複雑だったのね。しかもお嫁さんが自分の好みにばっちりで、まっすぐ見られないほどどときめいちゃったと。二重に複雑な気持ちを抱えていたところ、好みのはずのお嫁さんが実は地味女だった、あれは幻だったと知って一気に失恋した——なんて、あまりにお間抜けでかわいそうで面白すぎる。

視線で大丈夫かと問いかけてくるシメオン様に、微笑みで応《こた》えた。腹も立たないし、当然傷つくこともなかった。アドリアン様の悪態には陰湿な悪意がない。ただ反射的に騒いでいるだけで、彼の素直な人柄を表すものにすぎなかった。

「いいか、俺は認めないからな！　兄上には誰もが敬意を捧げる最高の貴婦人でないと似合わないんだ。こんな不細工で頭のおかしい女が義姉《あね》になるなんて、俺は絶対に認めない！」

アドリアン様は椅子から立ち上がって、わたしに指をつきつけ宣言する。シメオン様がまなざしを厳しくして彼をにらんだ。

「アドリアン、何度も言わせるな」

「兄上も目を覚ましてください。兄上ならどんな美女でも才女でも望めるのに、よりによってこれを選ばなくてもいいじゃないですか」

「余計な世話だ。私の伴侶《はんりょ》は私が選ぶ。お前に指図される筋合いはない」

弟の抗議を、シメオン様は凍てつく吹雪のごとき声でぴしゃりと切り捨てた。最愛の兄から冷たくつき放されて、アドリアン様は衝撃によろめいた。

「あ、兄上……」

薄茶の瞳がみるみる潤む。二十四歳の男性が涙ぐみながら、やけくそになって絶叫した。

「それでも俺は、反対だ――!!」

シメオン様はため息をつく。わたしは彼の腕の中で、せっせと手帳にペンを走らせていた。

お兄ちゃん大好きな弟。これもまた美味《おい》しいわ。恋の障害は必ずしも女性でなくてもいいわよね。

「聞いているのか!?　お前がどれだけおかしな女か、父上たちにも言って考え直してもらうんだからな!　余裕ぶっていられるのも今のうちだけだ!　それとさっきから猫が攻撃してくるんだがなんとかしてくれ!」

元気いっぱいないじめられっ子。威勢がよいのにいじめられ属性。

……萌え。

4

春は社交の季節であり、それに合わせて結婚式も多く挙げられる。この春いちばん乗りで式を挙げたのは、セリエール伯爵家の次男だった。

シメオン様と同年代で交流もある人だ。配偶者や婚約者がいれば同伴するものなので、シメオン様はわたしをともなって披露宴会場へ向かった。

庶民の富裕層にも人気の社交場、フルール・エ・パピヨンの庭園を貸し切りにした、園遊会形式の披露宴だった。まだ花盛りとはいかないが、幸い今日《きょう》は風も少なくうららかな日差しが暖かい。芝生《しばふ》の緑もやわらかく、屋外で楽しめる季節になったのだと実感する。おめでたい席だから明るくと、萌《もえ》葱《ぎ》色のドレスを選んできた。白いレースの襟と細いリボンの飾りが可愛《かわい》らしい。髪にもお揃《そろ》いのリボンを結んだ。ありふれた茶色の髪にも、どんな色とも合わせられるというのがいいところがある。

なんだか嘘《うそ》八百大魔王にも慣れてきたわね。シメオン様も今日は不機嫌そうではなかった。といって、熱心に誉めてもくださらなかったけれど。

他《ほか》の招待客も華やかに装っていた。春らしい明るい色彩のドレスがたくさんで、見ていて気持ちも華やいでくる。と同時に、軍服姿が目についた。聞けば花嫁のお父様が海軍の方らしい。近衛《このえ》騎士団の礼装は白に金の組み合わせだけど、海軍の礼装は青だった。肩章には金モール、サッシュをかけていくつもの勲章が誇らしげに輝いている。

また、ベルクール男爵夫妻の姿もあった。そっとシメオン様に尋ねたところ、こちらも花嫁つながりだ。夫人が花嫁の叔母なのだとか。お二人の姿を見て真っ先に思い出したのは、先日出会った男装の麗人だった。

あのあともう一度、ローズ様とお会いする機会があった。といってもすれ違いざまに挨拶《あいさつ》した程度のこと。フロベール伯爵邸を訪問した時に、ちょうど彼女が門から出てくるところだったのだ。

お互い馬車の中から会釈するだけで終わった。まだ窓を開けて走る気候ではないから、声をかけ合うこともなかった。

港では落ち着いて話せなかったから、あらためて挨拶にいらしたのかしら。でもどうしてわたしが訪問する日に……？

ちょっと疑問に思ってシメオン様に尋ねれば、急な訪問だったらしい。ごく短い時間話しただけで、すぐに帰られたとのことだった。それも少し不思議な話ではある。

せっかくなら、ちゃんと約束してゆっくりお話した方がいいでしょうに。それとも、わたしが来る予定だと聞いたからあわてて帰られたのかしら。

シメオン様はなにも気にしていらっしゃらないようすだった。きっと、どうということもない話なのだろう。でもなんとなく、すっきりしない気持ちがわたしの中に残っていた。

ざっと見回したところ、近くにローズ様の姿はなかった。すでに縁を切っているような口ぶりだったから、男爵夫妻の前では話題にしない方がいいだろう。

わたしたちはさっそく新郎新婦へお祝いを述べに向かった。紹介を受けた花嫁は、シメオン様の肩書に目を輝かせた。

「まあ、近衛騎士でいらっしゃるんですか⁉　しかも副団長⁉　素敵、やっぱり貴族の方ですものね。軍人といっても優雅だわ。父の部下たちとは大違い。うちの父も近衛騎士だったらよかったのに。そうしたらシメオン様とも、もっと早くに知り合えていましたのにね」

お愛想にしては熱が入りすぎているような……いいのかしら、花婿の目の前で。他人事《ひとごと》ながらちょっぴり心配になる。

花婿は特に気を悪くするようすもなく苦笑していたから、多分大丈夫なのだろう。せっかくの披露宴が気まずくなったりはしないわよね？　挙式したばかりの二人にいきなり危機は訪れないでほしい。

そこはさすがのシメオン様だから、場の空気を壊さないよう上手《うま》く受け流していらした。他の客も交えて歓談しながら、わたしはそれとなくローズ様のお姿をさがす。近くには見当たらないので、少し会場を見て回りたいとシメオン様に願い出た。

「ついていきましょうか？」

「いえ、一人で大丈夫ですわ。少し見てくるだけですから」

いつもの情報収集だと思われたのだろう。シメオン様は小さく苦笑しながら許してくださった。

「あまり離れるのではありませんよ。なにかあったらすぐ駆けつけられる程度の場所にいてください」

「はい」

過保護な言葉におとなしくうなずいておいて、わたしは話の輪から離れた。たしかにこの会場は広い。もっと大勢で集まることもできる規模だ。離れた場所の植え込みの陰などに行けば、こちらからは気付かれないだろう。

でも人がいる範囲は全体の半分ほどだ。招待客は庭園の散策よりも、もっぱらおしゃべりを楽しんでいた。

手提げから眼鏡《めがね》を取り出して装着する。視界がはっきりすると落ち着く。わたしはのんびりと、華やかな風景を楽しみながら歩いた。

若い男女で談笑する姿がそこかしこにあった。まだ相手が決まらない人にとって、こうした集まりは絶好の機会だ。招待する側もその点を考慮して、できるだけ若い人を集めてあげるものだ。わたしはどこかにローズ様がいないかとさがしながら、若い女性が何人も集まっている一角へ近付いた。軽食を取る風を装い彼女たちの会話を聞かせてもらう。雰囲気や聞こえてくる声の調子でだいたい察しがついていたが、ちょっぴり意地の悪い陰口が交わされていた。

「さっきの見た？　伯爵家の嫡男が現れたものだから、舌打ちしそうな顔になってたわよ」

「貴族の男をつかまえて鼻高々になっていたら、もっと上等なのが出てきて、早まったとでも思ったんじゃない？」

くすくすと忍び笑いが漏らされる。どうやらシメオン様との一幕を見ていたらしい。

「あの子の貴族に対する執着はすごかったものね。叔母さんの旦那《だんな》様が男爵だからって自分も貴族気取りだったけど、当然誰もそんなふうには見てくれないじゃない？　それがずっと不満で、絶対に貴族と結婚するんだって前々から息巻いてたの。まあ、実現させたんだから立派だけど」

「でも、その叔母さんのところにしても、元々は爵位なんかなかったんでしょう？　長男が亡くなって、それで次男の叔父さんに爵位が転がり込んできたって聞いたわよ」

「あの子もそれ期待してるんじゃない？　長男が早死にしてくれるよう祈ってそう」

「まさか毒殺したりしないわよね」

「やだ、まさか」

おめでたい席なのに遠慮のないことだ。彼女たちは新婦の友人……と言えるのかどうか、このようすだと疑問だが、新婦側の招待客ではあるのだろう。当人たちと離れていて聞こえないからと、声をひそめるでもなく好き勝手に言い合っていた。

「たしかに、長男と次男じゃずいぶん扱いが違うわよね。こんなしみったれた披露宴でかわいそう」

「こんなとこ庶民でも借りられるものね。それに屋外でやるなら、せめて花盛りの時季でないと。まだ花壇も生えかけのひょろひょろで、みすぼらしいったら。絶対、借りる費用をケチったわね」

そうかしら。素敵な会場だと思うけど。時季が早いのは単に予約がいっぱいでこの日しか押さえられなかったとか、誰よりも早くお披露目したかったとか、そういう理由もあるのでは。セリエール伯爵は吝嗇《りんしょく》な方でもない。

ベルクール家についての情報が聞けないかと思ったのだが、彼女たちはそれほど詳しくなさそうだ。話題は花嫁のことから、目を引く男性のことへ移っていく。ずっと聞いていてもたいした収穫は得られそうにないと判断した。でも離れる前に、せっかくだからこの美味《おい》しそうなタルトを一つ。

「マリエル嬢」

一口サイズの小さなタルトをいただいた瞬間、後ろから名前を呼ばれてあやうく喉《のど》に詰まらせそうになった。レモン水のグラスを取り上げ、つかえているものを強引に流し込む。うぐぐ、喉が痛い。

「大丈夫ですか」

「え、ええ。申し訳ありません、みっともないところをお見せして」

そっと口元をぬぐいながら振り返れば、茶色い髪に優しい黒い瞳《ひとみ》の男性が、驚いた顔で立っていた。

あら、とわたしは目をまたたいた。

「フランシス様。ごきげんよう」

「こんにちは。驚かせたようで、すみません」

「いいえ。いらしてたのですね」

ローズ様ではなくフランシス様を見つけちゃったわ。シメオン様から聞いていなかったから、ここでお会いするとは思わなかった。

「フランシス様も新郎とご交流が？」

「いや……一応花嫁側の関係者、ということになるのかな。直接のつながりはないんですが、招待客の中に知り合いがいましてね。それに連れてこられるという形で」

ふむふむ、出会いの機会だからと知り合いの若者を連れてきたのね。よくある話だ。

「場違いなんですけどね」

「そんなこともないでしょう」

居心地が悪そうなフランシス様に否定してみせたけれど、たしかにちょっと浮いていらした。女の子の集団がちらりとこちらを見て、すぐに興味をなくしておしゃべりに戻る。フランシス様が地味だからだ。きちんとしてはいるがさほど上等な服でなく、ごく普通の庶民のようだった。失礼ながら美青年という容姿でもないのにそんな格好では、女の子たちの気は引けない。このようすだと、フランシス様自身はあまり乗り気で連れてこられたわけではないのだろう。

「今日は眼鏡をしていらっしゃるんですね」

「ええ、実は目が悪くて。おしゃれには似合いませんけれど」

「いいえ、今日もおきれいですよ。でも一人でどうなさったんです？　こういうところに来ている男は年頃《としごろ》の女性と見ると放っておきませんよ。大事な婚約者を一人にしてシメオンはなにをしているんです」

「わたしから離れてきたのですわ。今日の花嫁がベルクール家の縁者と聞いて、ローズ様がいらしていないかおさがししていたのです」

「ああ……見かけなかったな。来ていないと思いますよ」

フランシス様は事情をご存じなのかどうか、軽くおっしゃる。予想していた答えに、わたしはどこかほっとしていた。

そんな自分に驚き、そして気付く。ローズ様をさがしていたのは会いたかったからではなく、シメオン様に近付かれることを警戒していたのだ。

自分で思う以上に、先日のできごとを気にしていたらしい。シメオン様が女性にもてて、婚約してもおかまいなしに言い寄られているのは知っている。なんとか彼に近付こうとする女性は他にいくらでもいる。今にはじまった話ではないのに、ローズ様のことだけやけに気になるのは……やはり、シメオン様自身が彼女に親しみを向けていたからだろうか。

いやだわ。わたし、こんなに嫉妬《しっと》深くて狭量な人間だったの？

「シメオンのところへ戻りましょう。うるさ方の目がないからと、羽目を外す者も出かねません」

気付いてしまった気持ちに悩んでいると、フランシス様がうながしてきた。さり気なく周囲を警戒しているらしい彼の視線に、何人かの男性が近くにいるのを知る。おしゃべり集団も男性たちをちらちら意識している。彼女たちにおまかせして、わたしはフランシス様とともにその場を離れた。

「アドリアンは来なかったんですか」

「本人は来たがっていたそうですわ。でもいるとうるさくて面倒だから置いてきたと」

「相変わらず手厳しいな、シメオンは。まあいい歳《とし》して兄貴のあとをついて回りたがる方もどうかという話ですが」

幼なじみらしい親しみを見せてフランシス様は笑う。彼ならシメオン様とローズ様の関係を知っているだろうか。でも普通は、聞かれてもごまかすでしょうね。常識ある人なら婚約者の前で昔の恋人の話などしないものだ。フランシス様は無神経にぺらぺら言いふらす人にも見えない。

シメオン様に聞くのがいちばん早くて確実なのだけれど。彼なら困りながらも、きっと正直に話してくれるだろう。わかっているのに聞く勇気が出せなかった。困らせたくはないし、それで面倒な女だと思われるのもいやだ。そしてなにより、彼自身の口から聞かされるのが怖くもあった。

二十七歳の大人《おとな》なのだから、過去にいろいろ経験していたっておかしくはない。そんなことを気にする方が間違っている。男性の中には女性遍歴を自慢するような人もいて、そういう話は楽しくネタにさせてもらっていた。なのにどうしてシメオン様のことになると、こんなにも臆病《おくびょう》になってしまうのだろう。

……情けないわね、アニエス・ヴィヴィエ。恋愛小説家でしょう？　男女の機微ならおまかせではなかったの。

これもネタになるわ——って、いつものように萌《も》えられたらよかったのに。

元の場所へ戻れば、新郎新婦の姿はすでになかった。主役の二人は挨拶に忙しいのだろう。シメオン様はというと、若い女性に囲まれていた。

——こういう光景は平気で見られるのにな。

「シメオン、浮気なんかしてると彼女を他の男にさらわれるよ」

冗談めかしたフランシス様の言葉にシメオン様が振り返る。きれいな笑顔を貼《は》り付けていたお顔がフランシス様の姿に驚いた。

「フランシス。君も来ていたのですか」

「ああ、知り合いに誘われて」

「そう、珍しいですね……早かったのですね。もうよいのですか」

少し硬く見えた表情も、わたしへ向けられた時にはもう優しくやわらいでいた。

「ええ、あちらでフランシス様にお会いして」

そばまでいくと、シメオン様の腕がわたしの腰を引き寄せた。ああ、これは相当困っていましたね。見せつけられたお嬢さんたちがわたしに怖い目を向けてくる。シメオン様がわたしを頼るほど熱心に迫っていたようだ。群を抜いた優良物件は婚約済みと聞いても諦《あきら》められませんか。この空気、最近ご無沙汰《ぶさた》だったからちょっとなつかしい。婚約直後はさんざんにらまれたし、からまれたものだ。もうすっかり慣れっこよ。わたしはにっこり微笑《ほほえ》んでシメオン様に寄り添った。

女の子たちがなにか言おうと口を開きかけたけれど、それより早く太い声が割り込んできた。

「ほう、これはずいぶんと華やかな」

軍服姿のおじ様がそばを通りかかっていた。四十代にはなっているだろう。がっしりとした体格の、なかなか威厳ある風貌《ふうぼう》だ。髪と同じ赤茶色の口髭《くちひげ》が特に立派だった。……って、あら？　この髭、どこかで見覚えがあるような。

「ご婦人に囲まれてけっこうですな、フロベール副団長」

「……ごきげんよう、カストネル大佐」

顔見知りらしく、シメオン様は赤髭のおじ様に挨拶した。なるほど、大佐の階級章だ。

赤髭大佐ははっきりとわかるほど、侮蔑《ぶべつ》の視線を向けてきた。フンと鼻を鳴らして尊大に言う。

「ごきげんよう、とな。はは、さすが優雅でいらっしゃる。近衛らしいお坊っちゃまぶりだ。そうやって女をはべらせ、色男ぶっているのがお似合いですよ」

いきなり敵対心剥《む》き出しだ。ちょっと驚いた。ずいぶんと露骨に嫌味を言ってくるものだ。シメオン様を女好きみたいに言わないでほしい。女性の方が彼を放っておかないのよ。色男「ぶっている」のではなく、本当に色男なんだもの。

シメオン様の方は涼しいお顔だった。この程度の挑発に腹を立てる人でもない。

「大佐もおいでとは、気付かず失礼しました。花嫁の父君とご交流が？」

「当然、同じ海軍ですからな。ごらんのとおり、仲間は多い。さすがにフロベール副団長も、そういう場に近衛の制服を着てくる勇気はありませんでしたかな」

大佐は大げさに笑い声を立てる。

「まあ、子供ではあるまいし、よってたかっていじめたりしませんよ。せいぜい、そうやって楽しんでおられるとよい。今のうちにいい気分を味わっておくんですな」

一方的に言いたいことを言うと、シメオン様の返事も待たずに大佐は立ち去っていった。

「なあに、あれ。感じ悪い」

「シメオン様がかっこいいから妬《ねた》んでるんでしょ。おじさんが対抗心出しちゃって、馬鹿《ばか》みたい」

「シメオン様、気になさらないで」

女の子たちが呆《あき》れた声を上げる。わたしはシメオン様のお顔を見上げた。大佐の後ろ姿を見送る彼は、特に気を悪くしているようでもない。ただ、なにごとか考えるようすだった。

「……シメオン様、フランシス様、少し冷えてきました。あちらで温かいものがいただけるそうですから、まいりません？」

シメオン様がこちらへ目を戻す。フランシス様が先にうなずいた。

「そ、それがいい。座って休憩させてもらいましょう」

わたしはシメオン様の腕に手を添える。シメオン様も笑顔に戻ってうなずいた。

「ええ、行きましょう。――では、失礼」

女の子たちには有無を言わさず背を向ける。下手《へた》に気を遣うとずっとついてくるだろうから、彼にしては珍しいほどそっけなく振り切った。突き刺す視線を背に受けながら、わたしたちは庭の一角にある温室へ向かった。

植物のためというより、寒い時季でも屋外の眺めを楽しめるように作られた建物なのだろう。内部には飾り程度の鉢植えしかなく、休憩用の椅子《いす》とテーブルが置かれていた。シメオン様とフランシス様はお茶を、わたしはショコラをいただいて空いている席に座った。

「さきほどの、カストネル大佐？　なにやら含みのあることを言っていましたね。今のうちにとは、どういうことなのでしょう」

去りぎわの一言が気になっていたわたしは、落ち着くと真っ先に尋ねた。

「さて。私にもよくわかりませんが、気にしなくてよいですよ」

わたしを安心させるためなのか、シメオン様はなんでもないといった調子で答える。

「目の前であんな場面を見せられては気になりますよ。ねえ、フランシス様？」

「え、ええ……そうですね」

フランシス様は少し落ち着かないようすで、顔色も悪かった。ちらちらと硝子《ガラス》の向こうの庭園へ目をやっている。もしかして、さっきの髭大佐がフランシス様を連れてきた人だったとか？　だとしたら、フランシス様とどういうつながりがあるのだろう。

板挟みになってしまっては気の毒なので、彼にはなにも聞かないことにした。もう一度シメオン様に問いかける。

「ずいぶんと敵視されているようでしたが、あの大佐となにがありましたの？」

「なにというほどでもありませんよ。単に嫌われているだけです」

「……嫌われる理由は？」

シメオン様が貴族だから？　美形だから？　モテモテだから？　――若い男性ならともかく、あんなおじ様がむきになるところだろうか。

シメオン様は苦笑気味に答えた。

「近衛騎士団は他の軍からあまりよく思われていないのですよ。特に海軍からの反発は強い。採用条件に身分や家柄、容姿などが考慮されているために、軍人としての能力は二の次の、王宮の飾り物だと考える者が多い。私は、その象徴みたいなものなのでしょう」

「……そういう話は聞いたことがありますね」

王族のそば近くに仕え信頼を受ける近衛騎士は、妬まれることも多い。当代の近衛騎士と言って真っ先に名前が挙げられるのは、ポワソン団長とシメオン様だろう。団長様が国王陛下の腹心ならば、シメオン様は王太子殿下の腹心だ。身分は申し分なく、容姿も美しい。無邪気に素敵と憧《あこが》れているのは若い女性だけで、違う目を向ける人も少なくなかった。

「あの大佐はとりわけ近衛嫌いで有名でしてね。以前からよくつっかかってくるのですよ。それだけの話です」

「それだけと言って済ませるには、最後が少々不穏でしたよ」

「多分、海軍の発言力が増して、じきに近衛を追い落とすと考えているのでしょう。最近やたらと活発に動いていますから」

はたと思いつき、わたしは手を打った。

「ああ、この間も密入国者と斡旋《あっせん》業者を派手に検挙していましたね。警察の管轄ではと不思議だったのですが、そういう理由だったのかしら」

「先日あなたが遭遇した騒ぎですか。まあ、入国時に発見できなかったのは海軍の手落ちですからね。そこは点を取り戻そうとしていたのでは。警察は軍に対して強く出られませんし」

ふむふむとうなずく。ずいぶん勝手で強引だが、あの時のやり方を思い出すと、さもあらんという話だった。

「すごかったんですよ。密入国者とはいえ、武器も持たない逃げるだけの人たちを相手に、容赦なく暴力を振るっていて」

「海軍は荒っぽいですからね」

「小さい子供もいたんですよ。なのに……って、ああ！」

わたしが大きな声を出したので、シメオン様もフランシス様も驚いた。

「どうしました」

「あ、いえ……ちょっと思い出したことが」

ほほほと笑ってごまかす。ショコラを口にしてシメオン様の不審そうなまなざしから逃れた。

思い出した。あの赤髭大佐、街で取り締まりをしていた軍人だわ。子供を殴ろうとして、止めに入ったわたしを容赦なく振り払った、あの乱暴者！

おかげでしばらく痣《あざ》が残ったのよ。殴られた人たちはもっと痛かっただろう。思い出すと腹が立ってくる。そう、あの人だったのね。

密入国はれっきとした犯罪だから、取り締まられる側だって悪い。それでもあれはやりすぎだったと言いたい。さきほどの嫌味な態度といい、わたしの中でカストネル大佐の評価がぐんぐん下がっていった。

「……そういえば、ちゃんと話を聞いていませんでしたね」

シメオン様の声がわずかにひんやりと低くなった。ま、まずい。せっかく追及を逃れていたのに藪《やぶ》蛇《へび》になってしまった。

「ですから、取り締まりの現場を通りかかったのですわ。あまりに乱暴に思えて驚いて、つい立ち止まって見ていたら……ちょっと、転んで」

「『ちょっと』の前をいろいろ省略しましたね」

鬼副長の追及は厳しい。ごまかしを見逃さない。うう、ゾクゾクします素敵です。でもここで負けるわけにはいかない。お説教は勘弁だわ。

「もう細かいところは忘れましたよ。周りの人たちも驚いていたから、何度もぶつかられたのです。取り締まりは必要でしょうけど、あれはちょっと迷惑でしたね。もう少し穏便にできなかったのかしら」

冷や汗を隠してわたしはなんでもないように答えた。

「南方人たちの方も、わざわざ密入国なんて危険を冒さず、国元で頑張って働けばいいのにね。取り締まりを逃れてもどうせろくな職には就けず、厳しい暮らしを強いられるだけでしょうに。シュルクは立派な大国だし、ガンディアやスルーシもこちらと貿易などしているのですから、働く場所くらいあるでしょう？　ちゃんと身分を保証される場所でまっとうに働いた方がよいと思うのですけど」

ごまかしがてら、以前からなんとなく思っていたことを口にすると、フランシス様がお茶のカップをテーブルに下ろした。硬質な音が少し大きく響き、不自然に感じてわたしは口を閉ざした。

フランシス様は手元を見つめている。わたしの言葉がお気に障ったのだろうか。なにかいけないことを言ってしまっただろうかと、わたしは内心焦った。

「誰にでもそれができれば、わざわざ遠い外国へ出稼ぎにくる者もいないでしょう。そうせざるをえない背景があるのですよ」

シメオン様もフランシス様を見ながら、静かに言った。

「ガンディアやスルーシは貧しい国です。人口に対して働き口が少なく、職にあぶれる者が多いのです。貿易といっても、こちらとの取り引きは公平なものではない。職があっても収入は少ないという人々が多いのですよ」

「不公平なのですか」

「宗主国側の力が強いですからね。ガンディアも独立したとはいっても、まだラグランジュに対して立場が弱い。けっして正当な額での取り引きではないのです。おまけに利益の大半は一部の人間が独占して、一般の労働者には還元されない。国元で暮らすのも十分に苦しく、それならば外貨を稼いだ方がとなるのです」

「まあ……」

はじめて聞く南の国の事情に、わたしは驚かされた。元植民地ということくらいしか知らなかったけれど、厳しい立場だったのね。

「そうなのですか……存じませんでした。わたし、ずいぶんと傲慢《ごうまん》なことを言ってしまいましたのね」

さきほどの自分の言葉を恥じる。苦しい暮らしを知らない人間の、正義ぶった発言だった。

「間違ったことをおっしゃったわけではありませんよ」

フランシス様が顔を上げて、優しく言ってくださった。

「不法就労はまぎれもなく犯罪です。苦しいからといって許される話ではない。それに、普通に働くために出てくる人間ばかりじゃない。はじめから窃盗や強盗を目的にしている連中もいて、ラグランジュに被害を出しているんです。だから、取り締まりは当然なんですよ」

わたしをなぐさめて、彼はシメオン様にも顔を向けた。

「相変わらず堅い男だな。貴族の令嬢にこんな話を聞かせなくてもいいだろうに」

「マリエルなら聞く耳も理解する頭も持っていますよ」

シメオン様の反応はそっけなかったけれども、わたしをちゃんと認めてくださっているのだと感じられてうれしかった。女に難しい話はわからないと、頭から決めつける男性は多いのにね。

女性は政治や経済の話に口出しすべきでないという風潮がある。そんな話に興味を持つのは、女らしくないとか可愛げがないとか言われて、嫌われるものだ。でも、シメオン様は違う。わたしなら理解できると言って、ちゃんと聞かせてくださる。それがとてもうれしかった。

機嫌がよくなったわたしにフランシス様は不思議そうな顔をし、シメオン様と見比べてくすりと笑った。

「ふーん？　よくわからないけど、もしかして当てられたのかな」

「……そういうわけでは」

シメオン様が眉間《みけん》にしわを寄せる。怒ってらっしゃるのではないわ、これは照れているの。照れ隠しなのよ！　そう言いたいわたしの視線を、フランシス様はしっかり受け取ってくださった。

「本当に惚《ほ》れ込んでいるんだな。賢いところが魅力だった？　たしかにお似合いだよ……本当に、幸せなんだな」

最後の言葉はつぶやきのように口の中に消える。シメオン様はひとつ咳払《せきばら》いをして聞き返した。

「そういう君の方はどうなのです。向こうでいい人を見つけたりしなかったのですか」

「あいにく、君ほどもてなくてね。今は妹の結婚準備の方が先だよ。亡くなった父の代わりに、僕が面倒見ないといけないから」

「結婚が決まったのですか。おめでとう」

「ありがとう。身分も財産もない普通の男だけど、妹が幸せそうだからいいかなって」

そう答えたフランシス様のお顔は、とても優しくいとおしげだった。妹さんのことを大切に思っていらっしゃるのがよくわかる。いいお兄様なのね。うちのお兄様はこんなにわたしへ愛情を向けてくれているかしら。別に仲は悪くないけれど、お互い自分の趣味に没頭する性格だから、普段はあまり会話がないのよね。

シメオン様もなにか思うところがあるのか、深いまなざしをフランシス様へ注いでいた。

その後は特になにごともなく、無事に披露宴はお開きの時間を迎えた。カストネル大佐がまたからんでくることはなく、他の招待客はごく普通に友好的な態度だったので、おめでたい席を騒がせるようなできごとは起きなかった。

フランシス様と別れて帰りの馬車の中、わたしはシメオン様に尋ねてみた。

「フランシス様って、少し不思議な方ですね。子爵家のご親戚《しんせき》なのですから、貴族のお育ちでしょう？　でもあまりそういうふうには見えないというか……ご本人も、シメオン様とは身分が違うとおっしゃるし。お二人は、幼なじみ……なのですよね？」

シメオン様がそう言ったのだから、本当のはずだ。でもどこか、お二人の間にはぎこちないものがあるように感じられた。

シメオン様はすぐには答えてくださらず、考えるお顔になる。わたしは急いで言い足した。

「ごめんなさい、言いにくいお話でしたら結構です」

「いや……フランシスの個人的なことなので、勝手に言ってよいのかと考えまして。ですが、どこかから耳に入ることもあるでしょうから言っておきます。あなたなら偏見を持つ心配もありませんし」

「なにか、複雑なご事情が？」

シメオン様はうなずき、腕を伸ばしてわたしを抱き寄せた。彼の身体《からだ》にぴたりと寄り添って、ぬくもりを感じながら話を聞く。

「彼の父親は子爵家の息子でしたが、母親は貴族ではない……ラグランジュ人でもなく、ガンディア人なのですよ」

わたしは目をまたたいた。それは、とても意外な話だった。

南方人たちは肌の色が濃く、髪も目も真っ黒だ。顔立ちも北方系とは違う。フランシス様もたしかに黒い目をしているし、髪も暗い色だけれど、その程度ならラグランジュ人にもたくさんいる。王家の方々だって黒髪に黒い目だ。肌の色や顔立ちは、生粋の北方人と言っても通用するものだった。

「そうなのですか。まったく気付きませんでした」

「彼は父方の血が濃く出たようですね。妹は逆に、はっきり南の特徴を持っていましたよ。もちろん母親は生粋のガンディア人ですから目立っていました。下町へ行けばいろんな人種が暮らしていますが、中流以上となるとあまり他民族は見かけない。どうしても差別的な意識が根強いですからね。シュルクほどの強国ならともかく、独立したばかりのガンディアでは対等に見られることは少ない。大人が悪い手本を見せるのですから当然子供もそれに倣います。幼い頃《ころ》、彼はずいぶんといじめられていました」

わたしを抱きながらもシメオン様の目は遠い昔を見ている。なんとなく切ない気分になって、わたしはシメオン様の胸に頰《ほお》を寄せた。

「父方の親族からも、ほとんど縁を切られた状態だったようです。彼の父親はれっきとした政府の職員で、なに一つ馬鹿にされるべき人ではなかったのにね。同じラグランジュ人たちの傲慢で偏狭な姿が子供心にも不快だったものです」

「シメオン様はそうした人々に同調せず、フランシス様と仲よくされていたのですね？　子供の頃から公正でいらしたのね」

「いや……」

ふっと息を吐き、シメオン様はわたしに淡い苦笑を向けた。

「はたして、そう立派なものだったかどうか。自分でも確信は持てないのですよ。祖父から心正しくあれ、寛大であれ、公正であれと言い聞かされていた私は、その意味を正しく理解しないまま受け売りの正義を振りかざしていたような気がします。子供でした……自分は正しいことをしているのだと、自己満足に浸っていただけな気がします」

「まあ」

シメオン様なら子供の頃から今と同じに強くてまっすぐで立派だっただろうと、疑いなく信じられるのに、ご本人の評価は意外と低いのね。子供の頃の思い出って、わたしにもいろいろ恥ずかしいものがある。シメオン様にもそんな思い出があるのかと考えたら胸がうずいた。なんだか可愛い。まだ未熟だった幼いシメオン様を想像して、つい顔がにやけてしまった。

「子供ならそれで普通ではないでしょうか。悪いことをしたわけではなく、むしろその逆なのですから、よかったのではありませんか？」

「どうなのでしょうね」

照れくさそうにシメオン様は笑う。ああん、いつになく無防備な表情が可愛くてたまらない。抜け目ない腹黒参謀の、実は純粋で不器用な素顔！　この落差にキュンキュンしちゃう！

「……マリエル？」

ときめいていたらシメオン様の目がすっと細められた。やだ、別に変なことは考えていませんよ。ただこれも萌えると思っていただけで。ええ、シメオン様のすべてがわたしの萌えなんです。

「偏見なく仲よくしてくれる友達の存在は、フランシス様にとってもうれしいものだったのではないでしょうか」

「そうだとよいのですが」

笑顔でごまかすわたしに呆れた顔をして、シメオン様は首を振った。

「悪意を向けてくる相手にはもちろん腹が立つでしょうが、己の正義を示したいだけの偽善者にはもっと嫌悪感を抱くはずです。本当は嫌われていたのではないかと思う時もある……だからフランシスは、身分を口にして私との間に線引きをしているのではないかと」

「………………」

わたしはフランシス様の表情や言葉を思い返してみた。たしかに時々、微妙なものを感じたわね。でもシメオン様を嫌っているとは感じなかった。

一言では片付けられない、複雑な気持ちがお互いにあるのかも。フランシス様の事情が双方に遠慮や気後れ、もしかしたらわだかまりなども生んでいるのだろう。

――それでも、お二人は今日まで付き合いを断たずにきた。

「シメオン様はどうなのです？　フランシス様のことをお嫌いですか？　好きですか？」

尋ねると、今度はシメオン様が目をまたたいた。

「そうあらためて聞かれると……どうなのでしょうね。嫌いではありませんが」

「好きでもない？」

「いや、なんというか……そうですね、尊敬はしていました」

「尊敬？」

シメオン様に尊敬されるって、とてもすごいことではないだろうか。ちょっと気弱そうなごく普通の青年に見えるフランシス様に、そんなにも優れたところがあったのか。

「フランシスとは祖父の縁で出会いました。彼の父親がうちの祖父と交流を持っていて、わが家へ訪問する際にフランシスを連れてきたのですよ。たしかまだ七歳か八歳くらいで。その頃から大人びた、物静かな少年でした。周りの大人から心ない言葉をぶつけられ、子供たちからはいじめられて、よく傷ついた顔をしていたのを覚えています。それでも彼は精一杯頑張っていた。妹を守って差別と戦っていた。私はそれに感心して、彼はえらいと尊敬していたのです。フランシスの側からすれば、呑気《のんき》な感想でしょうが」

自虐的な笑みを見せるシメオン様に、わたしは黙って首を振る。そんなふうにいちいち否定していたのでは、どんな気持ちも意味がなくなる。敬意を感じたというなら、シメオン様にはちゃんと好意があったのだ。嫌われていたのではないかと気にするのも好意の裏返し。それでいいと思う。

そうやって自分を認めてくれる人もいることは、フランシス様にとって救いになっていたのではないだろうか。本当に嫌われていたなら、帰国にあたって再会しようとは思わなかったはず。港でもなにか口実をつけて先に別れることもできただろう。そもそもアドリアン様とも親しくしていない。今日だって自分からシメオン様に会いにいったのだ。やむを得ずそうしたわけではない。

大丈夫、お二人はちゃんと友達よ。

わたしは寄り添ったまま、シメオン様の背中をなでた。萌えにはしゃぐのではなく、ただ心からシメオン様がいとおしかった。こんなふうに自信のないお顔を見せてこられるのはとても珍しい。シメオン様にも気弱になる時があるのだと思うと、ますますいとしさがこみ上げた。完璧《かんぺき》に見えても完璧ではない人。彼の人間らしさがいとおしい。

シメオン様もわたしを抱く腕に力を増す。なんとなくいい雰囲気になって、彼の顔が少し近付いたけれども、残念ながらそこで時間切れ。馬車がうちの屋敷に到着してしまった。

「今日はお疲れ様でした。付き合ってくださってありがとうございます」

いつもどおりの生真面目《きまじめ》さで、シメオン様は律儀にお礼をおっしゃる。

「いいえ、シメオン様とご一緒できたのですから、素敵な一日でしたわ。花嫁さんもきれいでしたし、会場の皆様も華やかで、たっぷり目の保養ができました」

「そう。あなたはいつでもどんな時でも、前向きに楽しむのですね」

おかしそうに、少しまぶしそうに笑うシメオン様がわたしには不思議よ。シメオン様と一緒にいてわたしが楽しくないことなどあるものですか。

馬車が停《と》まり、扉が開けられる。音を聞きつけた使用人がすでに玄関で待機してくれていた。一旦降りたシメオン様の手を借りて、わたしも馬車から降りる。ここでお別れと残念に思いながら彼を見上げた時、大事なことを思い出した。

「ああ……！」

「どうしました」

悲鳴のような声を上げてしまったので、シメオン様も驚かれる。わたしは拳《こぶし》をにぎりしめた。

「帰りに寄り道をお願いしようと思っていたのに……！　お話に夢中になって、すっかり忘れていましたわ」

「寄り道？　なにか用があったのですか」

こくこくとうなずく。せっかくのシメオン様とのお出かけ。忙しい彼が一日休みを取った、貴重な機会だったのに！　うっかり逃してしまうとは、われながら痛恨の極み！

「シメオン様、また今度一緒に出かけてくださいまし。わたし、眼鏡屋さんへ行きたいのです」

「眼鏡？」

「ええ。新しい眼鏡を作ろうと思っていて……それで、あの、シメオン様とお揃いで作りたくて」

「え」

シメオン様が真顔になる。引かれてしまったかと、わたしはあわてて言い添えた。

「お揃いといってもあからさまなものではなく！　一目見てそうとわかる形ではなくですね、目立たない場所になにかこっそりと、と思いまして……シメオン様と、同じものを使いたいのです」

こんなことを考えるのは気持ち悪いかしら。べ、別にそこまでおかしな話ではないと思うのだけれ

ど。ほら、結婚指輪だってお揃いで作るじゃない。その眼鏡版ということで！　ってなにそれ結婚眼鏡⁉　かけていいのは結婚後⁉

ドキドキしてシメオン様の反応を窺《うかが》う。わずかに沈黙したあと、彼は口元を手で隠してそっと視線をそらした。

「そう、ですね……しばらく忙しいのですぐにとはいきませんが、時間が取れるようになったら行きましょう」

「――はい！」

照れくさそうなお返事に力一杯うなずく。次は十日後か、二十日後か、それとも一月後かもしれない。もしかしたら結婚式のあとになってしまうかも。それでも約束をいただけたなら待っていられる。シメオン様はかならずかなえてくださるから大丈夫。

上機嫌なわたしに目を戻し、シメオン様はなにか言いたそうなお顔を見せた。ほんの少しためらって、でも結局なにもおっしゃらず普通に別れのご挨拶をして帰っていかれた。

……やっぱり、ちょっと引かれたのかしら。男性にとってお揃いの品は、うれしさより恥ずかしさの方が勝るのかもね。

でもシメオン様が恥をかくようなものにはしないわ。二人でちゃんと選んで、納得していただいて作るつもりだ。

別れたそばからこの次が楽しみでしかたない。踊り出したいくらい浮かれて家に入るわたしを、使用人たちは優しくも生ぬるい顔で眺めていた。

いつもどおりに楽しく素敵な一日がすぎて、明日《あす》もいいことが待っていると無条件に信じていた。お仕事が忙しくて会えなくても、きっとお手紙が届く。毎日わたしはときめいていられる。そしてあと二月もすれば彼と結ばれる。まさに婚礼目前の幸せな娘だった。

——けれど、約束を交わしたわずか数日後に、わたしの幸せをひっくりかえすようなできごとが起きた。

それをしらせてくれたのはお兄様だった。ずいぶん早く仕事から帰ってきたお兄様は、まっすぐわたしのもとへやってきて、いつになく難しいお顔で告げたのだった。

「マリエル、気を落ち着けて聞いてくれ。シメオン殿が……背任の疑いで拘束された」

5

「機密漏洩《ろうえい》!?　シメオン様が!?　本気でおっしゃっているのですか!?」

耳に入ってきた言葉が受け入れがたくて、思わずわたしは椅子《いす》から立ち上がってしまった。向かいにかけているセヴラン王太子殿下へと身を乗り出す。

控えていた近衛《このえ》騎士たちが反応したけれど、殿下が軽く手を振って合図したので、わたしが制止されることはなかった。

「まだ確定ではない。その疑いありとして取り調べをしているだけだ」

「だけって、十分に理不尽です！　あのシメオン様にそんな疑いがかけられること自体、ありえない話でしょう」

ここは王宮、相手は王太子殿下。不作法は厳禁だと自分に言い聞かせても、語気が強くなることを止められない。あまりと言えばあまりな話に、とても冷静ではいられなかった。

「殿下は本気でシメオン様を疑っておいでなのですか」

憤りと悲しさを抑えきれずに尋ねれば、殿下は困ったお顔でため息をついた。

「私の立場では、個人的に肩入れして判断するわけにはいかぬ。告発を受け根拠を提示されれば、それに基づいて調べねばならぬのだ」

「それはそうでしょうけど、でも」

「じっさい、かなり高位の人間が関わっているらしいことは以前からわかっていたのだ。まだ公表されていない政策や外国との水面下での交渉など、限られたごく一部の人間しか知らぬ話だ。部門をまたいだ情報すべてを把握しているとなると、大臣や宰相――国王と王太子、その側近くらいになる」

「では殿下も容疑者の一人ですね」

「私がやってどうする⁉」

一瞬いつもの顔に戻ってつっこんだ殿下は、すぐに咳払《せきばら》いでごまかし、わたしに座るよう言った。

納得できない気分のまま、わたしは腰を戻す。目の前にはお茶とお菓子が供されていたけれど、口をつける気にはなれなかった。

「一部といっても、それなりの人数になるのではありませんか。なぜシメオン様だけが疑われなければならないのです」

「シメオンだけを疑っているわけではない。ただ、現時点でもっとも疑わしいのがシメオンなのだ」

「全然疑わしくありません。天地がひっくりかえってもありえません。あのシメオン様が王国と殿下への忠義を捨てて、裏切りを働くはずがないではありませんか」

「そのような感情論では他者を納得させられぬ。目をつけられていた間諜《かんちょう》と接触している現場を押さえられ、自宅から証拠書類が押収されているのだ。それを覆すには、間違いなく無実であると証明できるものが必要だ」

「そんな……」

ほとんど現行犯で、それを裏付ける証拠まで押収されていて、いったいどんなものを用意すれば疑いを晴らせるというのだろうか。思う以上に状況は絶望的で、めまいがした。

でも、とても信じられない。間諜との接触はただの偶然か、なにかの間違いに違いない。証拠書類ってなに？　そんなものがシメオン様のもとから出てくるはずはない。

「押収された証拠というのは、どのような？」

「問題の情報をまとめたもの、イーズデイルとのやり取りの手紙、そういった類《たぐい》だ」

「漏洩先はイーズデイルですか……」

ここ最近よく聞く国名に、わたしは眉《まゆ》を寄せた。

西の大国イーズデイル。ラグランジュとは昔から因縁の深い国だ。歴史上、両国は何度も戦争をしてきた。かと思うと王家同士で婚姻を結んだりもした。互いの国王と女王が結婚して、共同統治という形になったこともある。時代によって敵であったり味方であったりと変わり、現在は一応友好国となっている。とはいえ衝突や摩擦はそれなりにあり、警戒と牽制《けんせい》が標準装備のお付き合いだ。

殿下の妹君であるアンリエット様がラビア公国の公子殿下と婚約なさったのも、この問題に関係していた。ラグランジュとイーズデイルが国境を接しているのは一部分で、大半は間にラビアを挟んでいる。どちらにつくかでラビアも長年苦労している立場だ。さき頃《ごろ》ようやく縁談がまとまり、ラグランジュは一歩優位に立つことができた。でも決定的な差というわけではないし、イーズデイルはかえって反発を強めているだろう。

間諜なんてお互いさまだ。きっとラグランジュからイーズデイルへも送り込まれている。ついでにラビアからも泥棒の皮をかぶった諜報員《ちょうほういん》が飛び回っている。

内通者の存在も珍しいものではないのだろうけれど、だからといってシメオン様にその疑いがかけられるのは許せなかった。

「それは、本当に内通の証拠となるものなのでしょうか。単にまぎらわしいというだけではなく？」

「マリエル嬢、シメオンの婚約者とはいえそなたは部外者、無関係な一般人だ。なんでも聞けると思うな」

厳しい声と顔で、殿下はわたしの質問をはねつけた。普段見せてくださる鷹揚《おうよう》さとはまったく異なる冷徹な姿に、わたしは言葉の続きを呑《の》み込んだ。

殿下がわたしにこんな顔を見せたのははじめてだ。でもこれが本来の、王太子としてのお姿なのだろう。口では文句を言いながらもけっこう甘やかしてくださるけれど、それは害にならない範囲だからだ。今はその範囲を超えている。わがままは通用しないと示され、わたしはうなだれた。

「そなたの面会依頼に応じたのは、釘《くぎ》を刺しておくためだ。教えられるかぎりは教えてやったのだから、おとなしく結果が出るのを待っていろ。シメオンがそばにいない時にちょろちょろ動き回るな。よいな？」

「………………」

「マリエル嬢」

殿下の声がさらに厳しくなる。わたしはそっと顔を上げた。

「……少しだけでいいので、シメオン様に面会させてはいただけませんか？」

これが最後と口にしたお願いは、やはり聞き入れられなかった。無言で首を振る殿下に、わたしはため息をつく。そう、無理だろうなとは思っていた。取り調べ中の容疑者に部外者が面会なんて聞いたことがない。これ以上食い下がっても殿下を困らせるだけだし、シメオン様の名誉をさらに傷つけることにもなる。わたしは諦《あきら》めて席を立った。

「お時間を取らせて申し訳ございませんでした。状況を教えていただけましたこと、感謝いたします」

深々と殿下におじぎする。

「そなたの気持ちは察するが、今はおとなしく待っていろ。よけいなことを考えず、危ないことに首をつっこまず、常識的に行動するのだ。よいな？」

「はい」

やけに力強く言われた注意にもおとなしくうなずいておく。

「王太子からの命令だ。約したからには、そむくでないぞ」

「承知しております。父とシメオン様の名誉にかけてお約束いたします」

念押しにもうなずけば、ようやく殿下は表情を緩めた。

「よい子だ」

立ち上がり、わたしの頭をなでてくださる。妹君がいらっしゃるからか、時折殿下はわたしにもお兄様のように接してくださる。さっきは厳しく言われたけれども、大きな手は変わらず優しかった。

多分、内心では殿下もシメオン様の無実を信じている。だからこそ、こうしてわたしの相手をしてくださった。正直門前払いも覚悟していたのだ。わたしの身分では王太子殿下に個人的にお会いするなんて本来は望めないことだもの。

シメオン様の婚約者だから特別扱いしていただける。それに甘えたわたしを言葉以上にはとがめず、可能なかぎり状況を教えてくださった。シメオン様に疑いを抱いていたならなかったことだ。立場上口には出せない殿下の本音を受け取って、わたしは御前を辞した。

近衛騎士にともなわれて外へ向かう。送ってくれたのは、もうすっかり顔なじみになったアランさんだった。シメオン様の副官である彼は、しょげるわたしを励ましてくれた。

「あまり気落ちなさいませんように。我々もこんな話、ありえないと思っていますから」

「ええ、ありがとうございます」

「近衛は全員副長の無実を信じていますよ。大丈夫、すぐに疑いが晴れて釈放されますって」

力強く言ってもらえて、少し気持ちが浮上する。けれど横から割り込んできた声が、せっかくの心遣いをだいなしにした。

「ふん、なんの根拠もないただの身内贔屓《びいき》ではないか。無実だと言うなら、それを証明してみせろ」

高圧的な声に驚いて、二人同時に振り返る。陸軍准将の徽章《きしょう》をつけたおじ様が、部下を数人従えて近くの部屋から出てきたところだった。

どうやらこの人物はいきさつを知っているらしい。

「王太子殿下に抗議しにきたらしいな？　身の程をわきまえん話だ。いかにも道理を解さぬ女のやりそうなことだな」

礼を取るわたしたちに、准将は嫌味ったらしく言った。

「……申し訳ございません」

「女というものは感情のみで生きている。理性的に考える頭など持っておらず道理を理解することもできぬのだから、相手をしてやる必要はないというのに、王太子殿下もお甘いことだ」

「まだお若いですからな」

部下も侮蔑《ぶべつ》まじりの笑いで相槌《あいづち》を打つ。これはわたしだけでなく、セヴラン殿下のことも笑っているわね。少佐ごときがいい度胸だわ。顔をしっかり覚えておいてあげましょう。

「その甘さが今回の問題を招いたとも言えように。まったく、軍部から内通者を出すとはとんだ大恥だ」

「まことに迷惑な話です。一人のために軍部全体の名誉が汚されてしまうとは腹立たしいかぎりで」

彼らの中では、すでにシメオン様は有罪確定のようだ。それこそ抗議したくてたまらないが、言ったところで相手に聞く耳はない。わたしはそっと深呼吸して乱れそうな感情を抑えた。アランさんも唇を噛《か》んでこらえていた。

「そもそも、あのような若造に無闇《むやみ》と地位を与えてやるのが間違いだったのだ。ふん、家の力と殿下の学友という立場を振りかざして、したい放題のドラ息子が副団長だと？　近衛でなくばまかり通らん人事だな、馬鹿《ばか》馬鹿しい。見た目だけはよいから飾りとしては使えるだろうが、飾りに地位など必要あるまいに」

いったい誰《だれ》の話なんでしょうね。とてもシメオン様のことを言われているとは思えない内容だ。日頃から気にくわない相手に容疑がかけられたと聞いて、ここぞと言いたい放題だった。

……近衛は他軍から反感を買っているけれど、シメオン様個人に敵意を向ける人もいる……そういう相手について、考える必要があるわね……。

「それにだな――」

「騒々しい。このような場所でなにごとだ」

飽きずに悪口を続けようとした准将だったが、通りかかった人が止めに入ってくれた。気だるげでどこかひんやりしたものを感じさせる声に、怒り顔のまま振り返った准将は顔色を変えて口を閉じる。そこにいたのは、彼よりずっと高位の人物だった。

「こ、これは……公爵閣下」

「若いご婦人相手に、ずいぶんな剣幕だな」

年配の方のような言葉だが、おじ様というほどのお歳《とし》ではない。たしか、三十四歳になられたのだったかしら。王家の血筋らしい黒髪を長く伸ばした、端正な容姿の男性だった。

国王陛下の従弟君《いとこ》、シルヴェストル公爵の登場に、軍人たちはそれまでの勢いを引っ込めた。

「いや、身の程知らずにも王太子殿下に直訴などするものですから、少々叱《しか》っていたまでで」

「ああ……」

公爵の顔がこちらを向く。灰色の瞳《ひとみ》がわたしを映し、ふっと微笑《ほほえ》んだ。

「まだ少女《こども》だ。大目に見てやれ。婚約者が拘束されたと聞いて動揺せずにはいられないだろう」

「しかし、王太子殿下にご迷惑をおかけするなど」

「会うと判断されたのは殿下だ。我々が気にすることではない」

そっけなく言われて准将は不服そうに口を閉じる。わたしには当たり散らせても公爵に文句は言えないようだ。なにやらごにょごにょと言って不満顔のまま立ち去っていった。

その背中を冷めた目で見送り、シルヴェストル公爵はこちらへ歩いてきた。

「ありがとうございました」

「別に……だみ声がうるさかっただけだ」

わたしのお礼にもそっけなく答えながら、公爵はなぜか目の前に立ってじっとわたしを見下ろしてきた。なにかしら、この方とは別に知り合いでもなんでもないのだけれど。

シメオン様と婚約してから、一度だけご挨拶《あいさつ》したことがある。でもそれ以外に対面するような機会はなかった。わたしを覚えておいでだったことに驚いたくらいだ。

「……あの？」

遠慮がちに尋ねてみると、公爵はかすかに笑いをこぼした。

「今日《きょう》は、手帳を持っていないのか」

「え……」

予想もしないことを言われて、一瞬頭が白くなる。そんなわたしにつと手を伸ばし、公爵は髪を一房すくい上げた。袖口《そでぐち》から香るジャスミンが鼻をくすぐった。

彼の指の上で髪が滑り落ちていくのを視界の端に映しながら、わたしはなにも言えず公爵の顔を見上げていた。最後に頬《ほお》をひとなでして、公爵は背を向ける。そのまま挨拶の言葉もなく去っていくのを、わたしもアランさんもぽかんと見送った。

「……なんですか、あれ」

公爵の姿が見えなくなってから、夢から覚めたようにアランさんがつぶやく。わたしもさあ、と首をかしげた。

公爵は、わたしが面白いネタを見つけるたびに手帳に書きとめていたことを、ご存じだったのかしら。かつてシメオン様がそんなわたしに目を留めたように、公爵にも知られていた？　ご挨拶した時にはそんな話はまったく出てこなかったのに。

なんだろう、変な気分。シメオン様や殿下ほどでなくても、シルヴェストル公爵も十分に美しく女性に人気のある人だ。目を留められていたと知って、ちょっとくらいときめいてもいいところなのに、全然そんな気にはならない。あの方はどうにもつかみどころのない、謎《なぞ》めいた人物なのだ。ネタとしてはいい素材だけれど、なんとなく近寄りがたさを感じて、これまでも遠巻きに眺めるだけだった。

同じ王家のお血筋でもセヴラン殿下とはまるで印象が違う。

助けていただいたのに、うれしく思うよりも困惑する。どうにも落ち着かない。こういう時にこそ、シメオン様にお会いしたいのに。

わたしはため息をつきながら外へ向かった。今シメオン様は、どうしていらっしゃるだろう。彼のことだもの、いわれのない容疑で拘束されたからといって、落ち込んでなんかいないはず。きっと取調官をたじたじとさせるくらい凄味《すごみ》と迫力を振りまいているわよね。その場面を見られないのが本当に残念だわ。きっとすごく萌《も》えて、すごく——安心できるのに。

シメオン様と会えないことが不安をかきたてる。ほんの少し前まで、まさかこんな事態になるとは思わなかった。最初はなにが起きたのかわからなかった。突然目の前からシメオン様が消えて、暗闇《くらやみ》の中に置き去りにされた気分だ。

——それでただ迎えを待ってなどいないわ。このマリエル・クララック、うろたえ嘆くだけでいたりしない。かならず事件の真相をつきとめて、シメオン様の無実を証明してみせる。そうして彼と婚礼の日を迎えるのよ。幸福の鐘が鳴るまであと少しなのに、こんなところで邪魔されてなるものですか。わたしの萌えと幸せに満ちた人生計画、誰にも壊させない。

待っててシメオン様！　マリエルがきっとあなたを救い出しますから！

王宮を出たわたしは、その足でフロベール伯爵邸へ向かった。エステル夫人は思いがけない災難に怒り心頭か、はたまた衝撃のあまり臥《ふ》せってしまわれたか——と心配していたのに、お会いしてみればまったくそんなようすはなく、いたってのんびり普通にしていらした。

「いったいなにがあったのかしらねえ。こんな馬鹿馬鹿しい騒ぎに巻き込まれるなんて、あの子も間抜けなこと」

サロンに数人のお友達を招いて、夫人はお茶会の真っ最中だった。いつもながら若々しくお美しい。とても三十近い息子がいるようには見えないお方だ。

「大変だったのよぉ。屋敷の中に憲兵がずかずかと上がり込んできて、あちこち引っかき回していったの。東国産の花瓶を割られてしまったわ。きれいな色で気に入っていたのに……ろくに謝りもしないのだから、腹が立つったら」

「まあ、それはお気の毒」

「ああいう者たちは普段貴族に対して劣等感を抱いているものですから、なにかあればここぞと攻撃的になるのですわ」

「そうしたふるまいにこそ、卑しさが表れますのにねえ」

優雅な奥様たちのおしゃべりは、王宮で見てきた風景とはまるきり別世界だった。わたし夢でも見ていたのかしら、それともこっちの方が夢かしらと混乱しそうになる。

これは、息子に対する絶対の信頼がなせるわざよね？　心配はいらないと信じているから、泰然とかまえていらっしゃるのよね。けっして状況が理解できていないわけではないわよね……？

「大丈夫よ、マリエルさん。シメオン様はきっとすぐに帰っていらっしゃいますわ」

「ええ、優秀な方ですもの。あれこれ思い悩まず、おまかせしていればよいのです」

お友達の奥様方も微笑みながらわたしを励ます……励まされているのよね？　サロンの窓から差し込む日差しのように、ほわほわと緊張感がない。

「そうよ。やられたら倍にして返すよう、お義父《とう》様から教育されていますもの。シメオンのことは本人にまかせて放っておいていいわ。それより、またそんなドレスを着て。せっかくマダム・ペラジーに注文していろいろ作ってあげたのに、どうして着てくださらないの」

エステル夫人の関心が早くも事件から離れてわたしへ向く。このままだと長時間つかまって、あれこれおしゃれ講義を受けるはめになる。わたしは急いで席を立った。

「申し訳ありません、今日はあちこち移動するので身軽にと思いまして。あの、わたしアドリアン様のごようすも気になりますので、これで失礼させていただきますね」

「ああ、そうね、シメオンが帰ってこないものだから、あの子がいちばんしょげているわ。少しなぐさめてやって」

エステル夫人は無理に引き止めず鷹揚にうなずいてくださった。皆様に失礼にならないようきちんとご挨拶して、わたしはすたこらとサロンから逃げ出した。

うーん、さすが大家の奥様たち。多少のことでは動じない姿勢、見習うべきかもね。

シメオン様拘束の報を受けてから不安と緊張に悩まされてきたけれど、エステル夫人たちのおかげでちょっと調子を取り戻せた。そうよね、シメオン様がやられっぱなしでいるわけがないわ。わたしはわたしで事件解決のために頑張るけれど、あまり思い詰めないようにしよう。きっと大丈夫。

わたしは使用人に案内してもらい、アドリアン様のお部屋へ向かった。先に使用人が声をかけて入室の許可を取ってくれたけれど、中へ入ってみればアドリアン様は椅子に沈み込んで、顔も上げられないありさまだった。

「こんにちは、アドリアン様。このたびは寝耳に水の話で驚きましたわね」

ご挨拶をしても動かない。膝《ひざ》の上に肘《ひじ》をつき、両手で頭を抱え込んでいる。こんな格好の彫刻が美術館にあったわね。

「さきほど王太子殿下にお会いして、お話を伺ってまいりましたの。聞けば聞くほど、ありえない嫌疑で。殿下も近衛の皆様も信じていらっしゃらないごようすでしたわ。きっとじきに疑いは晴れて釈放されることでしょう」

わざと明るい口調で言っても反応はない。この間の勢いはどこへいったのかしら。てっきり彼は怒り狂ってシメオン様の無実を訴えにいこうと暴れ、周りに手を焼かせていると思ったのに。

お隣の愛犬がこんなふうにおとなしくなった時は、身体《からだ》の具合が悪かったのよね。それを思い出してちょっと心配になる。実はこの姿勢のまま寝ているとかならいいのだけれど。わたしは失礼してアドリアン様の前にしゃがみ込み、下からお顔を覗《のぞ》き込んだ。

「………」

アドリアン様は起きていた。両の目はしっかり開かれて、自身の足元へ向けられていた。そこから絶えずあふれる雫《しずく》が絨毯《じゅうたん》を濡《ぬ》らしている。

泣いてるわぁ……。

これは予想外。どうしようかしらと困ってしまった。二十四歳の男性が泣いている時って、なんと言ってなぐさめればよいのかしら。

「あの……お気を強く持ってくださいませ。大丈夫ですよ！　他《ほか》でもないシメオン様なのですから。きっと今頃、取調官の方が怖い思いをしていますよ。どんなようすか見せていただきたいと思いません？　拘束されてもなお凄味を失わない鬼副長！　さぞかっこいいでしょうねえ。憲兵隊だけで堪能するなんてずるいわ。お戻りになったら再現していただけないものかしら」

「………」

ふざけたことを言っても怒らない。まったくの無反応だ。

うーん、重症だわ。

「無駄だよ、マリエル姉様。放っといていいから」

次の一手を考えていると後ろから声をかけられる。シメオン様によく似た淡い金髪に明るい青い瞳の、天使のような美少年が来ていた。

「こんにちは、ノエル様」

「こんにちは。王宮に行ってきたって？　どんな雰囲気だった？」

三兄弟《きょうだい》の末っ子は兄と反対に、にこやかに入ってきた。

「いつもと変わりありませんわ。告発を受けた以上調べる必要があるだけで、確定したわけではないと言われました」

わたしはあえて軽く答えた。ノエル様はまだ子供だし、アドリアン様もこんな状態だ。あまり不安にさせるようなことは言うまいと決める。

「殿下はお立場上厳しい姿勢を見せなければなりませんけど、シメオン様を疑っていらっしゃるわけではありません。部下の方たちもシメオン様の無実を信じていらっしゃいます」

「ま、そうだろうね。石から生まれたと言われても信じられそうなカチコチのシメオン兄様に、背任なんてできるわけないもの。聞いた時、もう少しらしい罪状はないのかと思ったよ」

ノエル様はひょいと肩をすくめて言い放つ。天使の仮面の下から小悪魔の素顔がちらりと覗いていた。フロベール家の若君たちは三者三様、個性的な兄弟である。

「ええ、まったく。ですからね、アドリアン様、心配いりません。シメオン様はすぐに帰っていらっしゃいますよ」

「…………」

上は鬼、真ん中は子犬、下は小悪魔。しょげた子犬にはなにが効くかしら。

「どうすれば元気を出していただけるでしょうね……」

一向に反応しないアドリアン様に、わたしはため息をついた。

「最初は元気だったんだよ。捜索にきた憲兵にも噛みついてさ。放っといたらアドリアン兄様まで逮捕されそうだから皆で必死に止めてたんだ。なのに、急に……証拠を見つけたって憲兵が騒ぎ出してからだよね？　いきなり元気なくして、そのまま落ち込んで、以来このありさまだよ」

「証拠……」

殿下がおっしゃっていた書類か。極秘情報と、それを流したイーズデイルとのやり取りの手紙……。

「……だ」

足元にうずくまる大きな子犬から、はじめて声が漏れた。わたしは身をかがめて聞き返した。

「はい？」

「俺《おれ》のせいなんだ……」

絞り出された声に、わたしは眉を寄せる。なぜアドリアン様のせいになるの？　見上げたノエル様もわからないと首を振る。

「なにかご存じなのですか？」

アドリアン様は両手で顔を覆った。

「やつらが見つけた証拠……背任の証拠だって、書類や手紙を取り出してた……そんなものが出てくるはずないって、無理やり覗き込んだら……俺が兄上にさしあげた文箱だったんだ」

「文箱？」

わたしに説明してくれたのはノエル様だった。

「紫檀《したん》の箱だよ。アドリアン兄様がお土産《みやげ》に持って帰ったものなんだ。実用的なのに美術品としてもいい品で、アドリアン兄様にしては気が利いたものを選んだよね。シメオン兄様はそういうの好きだから、喜んでたよ」

「その文箱から、証拠書類が出てきたと？」

「なんでも二重底になっていたらしいよ。一見するとわからないように、大事なものを隠せる構造になっていたんだ。でもそれ、アドリアン兄様も知らなかったんだよね？　お土産渡した時にそんな話してなかったもの」

「アドリアン様？」

肩を震わせながらアドリアン様はうなずく。両手が髪につっこまれ、ぐしゃりとつかんだ。

「知らなかった。普通の箱だと思っていた。見ただけではわからないんだ。開け方を知らないと……買った時に店の者も言わなかったから、そんな仕掛けがあるとは思わなかった。だから兄上だって知らないはずだ。あんなものが出てくるはずないんだ！」

「――でも、出てきた」

「…………」

がくりとアドリアン様はうなだれる。なるほどと、わたしは納得していた。

どこから証拠が見つかったのか、それも知りたいことではあったのよ。場所をシメオン様の書斎一ヶ所にしぼっても、そう簡単に調べられるものではないのだから。壁は全部作り付けの本棚になっていて、まるで図書室のような風景だ（ちなみにフロベール家には立派な図書室が別にある）。書き物机はたくさん引き出しのついた特注品で、その周りにも書類を収納するための棚が置かれている。家でもお仕事をすることの多いシメオン様は、山のような資料と書類を書斎に詰め込んでいるのだ。

一日かけて発掘したというならともかく、エステル夫人から聞いたところでは、憲兵はすぐに目当てのものを押収して引き上げていったらしい。あまりに手際がよすぎる。最初から、なにがどこにあるかわかっていたかのようだ。

……わかっていたのでしょうね。文箱の仕掛けを聞いて確信した。これは仕組まれたこと。誰かがシメオン様に罪を着せようとしているのだ。隠し場所が二重底の文箱だなんてどこのお芝居よっていう陳腐さだし、そもそもシメオン様なら証拠になるようなものを手元に残したりしない。さっさと焼いてしまうわよ。わたしの鬼副長を馬鹿にしないでよね。

わたしは姿勢を戻し、両手を腰に置いて大きく息を吸い込んだ。

「腑《ふ》抜けるな、アドリアン。それでもフロベールの男か。卑劣な罠《わな》を仕掛けられて、ただ打ちひしがれるだけとは情けない。やられたならば反撃すればよいだけだ。背を伸ばせ！」

びくりとアドリアン様が顔を上げる。ノエル様も目を丸くしてわたしを見ていた。

わたしは手を戻し、にっこりと笑った。

「似ていました？」

「そっくり。さすが婚約者だね。マリエル姉様すごい」

ノエル様が拍手する。アドリアン様はぽかんと口を開けていた。

「シメオン様がここにいらしたら、きっと同じようにおっしゃいましたわ。しっかりなさいませ！ 明らかに何者かの悪意による罠なのです。誰かがシメオン様に冤罪《えんざい》を着せようと企《たくら》んだことです。アドリアン様もお気付きでしょう？ 偶然極秘書類が入ったままの箱が売られていて、それを偶然アドリアン様が買ってきて、受け取ったシメオン様に偶然疑いがかかり、偶然証拠として発見されるだなんてありえません。全部仕組まれたことです。アドリアン様は利用されたのです。つまりことはガンディアからはじまっていたのです」

アドリアン様がさらに衝撃を受けた顔になる。そんな彼の背中を、わたしは力一杯叩《たた》いた。シメオン様の分も力を込めた。

「気付かなかったからといって自分のせいだと落ち込んでもなんにもなりません。それより、大きな手がかりを得たと考えましょう。アドリアン様がシメオン様へのお土産を求めていると知らなければ、こんな仕掛けはできません。お買い物に行った時、誰か一緒でしたか？」

尋ねると、アドリアン様は記憶をたどる顔になった。

「……ローズと、フランシスと……それから、軍の同僚が何人か……」

アドリアン様の所属は海軍だ。その同僚、と考えて、一人の人物を思い出した。

庭園で行われた披露宴。そこで会った軍人。シメオン様に敵意を見せていて、意味ありげな言葉を残していった……たしか、名前はカストネル大佐。

これは偶然？　シメオン様に嫌疑がかかることを知っていたから、あんな言葉が出てきたのではないの？　憲兵隊なら事前に情報を入手するかもしれない。でも彼は海軍だ。外部には漏らさないはずの情報を得ていたなら、その理由は？

仕込みはガンディアで行われた。あらかじめ店の者を引き込み、アドリアン様に仕掛けのある箱を買わせるよう誘導した——となれば、やはり犯人は同僚の誰かだろう。

「……まずどこから手をつければよいのか、わかりましたね」

わたしは口の端を吊《つ》り上げる。まったく、ふざけた真似《まね》をしてくれて。見ていらっしゃい。シメオン様を貶《おとし》めようとしたこと、わたしの幸せを邪魔しようとしたこと、泣くほど後悔させてあげるから。

拳《こぶし》をにぎりしめ決意するわたしの耳に、殿下の声がよみがえった。

『よけいなことを考えず、危ないことに首をつっこまず、常識的に行動するのだ』

——ええ、殿下。お約束は守ります。父とシメオン様の名誉にかけて、マリエルはご命令に従います。

情報を集めるだけならなにも危険はないものね。愛する人にかけられた疑いを晴らそうとするのは、婚約者として当然のこと。いたって常識的な話。よけいなことではないものね！

抑えきれない笑いが喉《のど》からこぼれる。一人で笑うわたしを、アドリアン様とノエル様が不気味そうに見守っていた。

6

翌日も家を飛び出したわたしは、歓楽街プティボンの中でもっとも歴史があり格の高い老舗娼館《しにせしょうかん》、トゥラントゥールを訪れた。

前日のうちに使いを出してお願いしておいたので、相手は時間を空けて待ってくれていた。

「あら、元気そうじゃない。さすがのあんたも今回は落ち込んでるんじゃないかと思ったのに」

「そんなわけないって言ったでしょ。この子がちょっとやそっとでめげるもんですか。これもいいネタになるって喜んでたでしょ？」

「婚約者が逮捕されたというのに、それはないわよ。落ち込まないのと面白がるのは別だわ」

赤毛のイザベルさんがわたしの顔を見るなりなぜか残念そうに言い、金髪のクロエさんが勝ち誇る。

そんな二人を栗毛《くりげ》のオルガさんが軽くたしなめた。

美しい花々の中でも最高位の三人、わたしの女神様たち。どんな大金持ちでも、貴族やたとえ王族でも、気に入られなければお茶の一杯もご一緒できない。そんな夢の美女三人が揃《そろ》ってわたしを迎え入れてくれる。ああ、この贅沢《ぜいたく》。サン＝テール市中、いえ王国中の殿方（シメオン様以外）が歯ぎしりしてうらやむことでしょう。この世の楽園を独り占めする栄誉を賜ったわたしは、彼女たちがすでに事件について承知していることを、本題を話しはじめる前に知らされた。

ひょっとして、わたしが愚痴を言いにきたと思われていたのかしら。なぐさめるために時間を空けてくださった？　そう考えれば、イザベルさんやクロエさんの言葉にも優しさが隠れていることに気付かされる。

「皆さん、もうご存じなんですね」

四人で椅子《いす》にかけてテーブルを囲む。わたしはお土産《みやげ》のお菓子の箱を開いた。

「さすが、お耳の早いこと」

クロエさんがお茶を淹《い》れてくれる。たかがお茶と言うなかれ。トゥラントゥールで供されるお茶は、最高の茶葉と最高の技術で淹れられる。この一杯をいただくだけでも足を運ぶ価値があるほどだ。

可愛《かわい》らしい菫《すみれ》模様のカップで出されたお茶からは、春の野原を思わせる爽《さわ》やかな花の香りがした。

「明日《あす》くらいには新聞にも載るんじゃない？　あの近衛《このえ》騎士団副団長に背任容疑！　――って、記者が涎垂《よだれ》らして飛びつきそうなネタだものね」

お菓子をつまみながらイザベルさんが言う。クロエさんがわたしの顔を覗《のぞ》き込んだ。

「落ち込んでないのはよかったけど、こんなとこに来てる場合じゃないんじゃない？　お家《うち》は大丈夫なの？」

「ええ、ありがとうございます。わが家はそれほど……両親も兄も、心配はしていますけど落ち着いておりますわ。シメオン様のお家の方は、一名を除いてどなたも動揺されていません。放っておいて大丈夫と言って、いつもどおりにしていらっしゃいます」

昨日《きのう》帰り際に顔を合わせた伯爵なんて、シメオン様が拘束されたことにすら気付いていなかった。鉱物学者で珍しい石が手に入ると夢中になってしまう方なので、しばらくご自分の研究室にこもりきりだったらしい。

いろんな意味で大物家族だわ。

「えー、シメオン様かわいそうー」

クロエさんは声を上げて笑った。

「じゃあ、今日《きょう》はなにが目的でここへ来たの？　お茶とおしゃべりのためではないのでしょう？」

オルガさんに問われ、わたしはカップをお皿に戻した。

姿勢を正して三人を見回す。

「協力のお願いに上がりました。こうしてすでにご存じだったように、このトゥラントゥールはサン＝テール市きっての情報通。政界や財界、芸能界に軍部など、さまざまな分野の人が客として出入りし、時には会合の場所としても使われています。ここで得られない情報はないと言われるほどに、皆さんは王都でのできごとに精通していらっしゃるでしょう。今回の一件についても、詳しい情報をお持ちのはずです。それを教えていただきたいのです。シメオン様にかけられたいわれなき疑いを晴らすため、どうか助けてくださいませ」

わたしは精一杯に心を込めてお願いする。返事があるまでに、ほんの少しの間もなかった。

「だーめ」

いたずらをするような可愛らしい口調でクロエさんが言い、

「悪いけど、そのお願いは聞けないわねえ」

イザベルさんもあっさり笑い飛ばす。

オルガさんの手がわたしの頬《ほお》を優しくなでた。

「アニエス、わたしたちはあなたが大好きよ。小説のファンとしてだけでなく、貴族のあなたとも友人のつもりでいるわ。だからこそ、言わせてね。『お断り』よ」

どこまでも優しく甘い声なのに、言葉だけが厳しい。

「トゥラントゥールが王国随一の名店とされているのは、最高の接待と最高の料理、最高の音楽、最高の女……そして、最高の約束を提供するからよ」

女神たちは微笑《ほほえ》みを絶やさない。呼び名のとおり、美しく咲き誇る花であることを崩さない。

わたしの身勝手なお願いに怒るでもなければ困るようすも見せず、ただ微笑んで言う。

「この店の中で見聞きしたものは、けっして外へは漏らさない。客の内情を他《ほか》の客に教えることもない。たとえ国を、世界を揺るがすような密談を耳にすることがあっても、そしらぬ顔で己の胸一つに収める。それがトゥラントゥールの『花』というもの。この約束が守られるから、お客はわたしたちを贔屓《ひいき》にしてくださるの。百五十年かけて築き上げてきた信頼が、この店のいちばんの財産なのよ。わかるわね？」

優しく諭す言葉に、わたしは無言でうなずく。

「どんなに大切な人のお願いでも聞けないことがあるわ。あなただって、シメオン様にお願いされても盗作なんてしないでしょう？　作家生命に関わる真似《まね》はできないわよね？」

もう一度うなずく。

「信頼は、築くには時間と努力が必要だけど、崩れるのは一瞬よ。たった一つの過ちがすべてをだいなしにしてしまう。ここであなたのお願いに応《こた》えるのは、百五十年の歴史とこの先の未来を投げ捨てるようなもの。だから、ごめんなさいね、もう聞かないで」

わたしは膝《ひざ》に置いた手をぎゅっとにぎりしめた。そう、彼女たちはなによりも信頼を大切にしていて、だから断られるであろうこともわかっていた。

わたしを本名ではなく筆名のアニエスで呼ぶのは、彼女たちが小説のファンだからではない。貴族の娘が娼館に出入りしていると知られないよう、間違っても誰《だれ》かの耳に入らないよう配慮してくれているのだ。逆に店の外へ出れば、わたしが小説家であると知られないよう本名で呼ぶ。客ではないわたしのことでも、そうやって守るのが彼女たちの流儀なのだ。誇り高く優しい、わたしの大切な女神様たち。

せっかくの友情を壊しかねないお願いをすることには、わたし自身迷った。どんなに頼み込んでも教えてくれるはずがないと諦《あきら》めそうになりながら、でもしぶといわたしはなんとかできないかと必死に頭を働かせた。シメオン様を助け出し、彼女たちとの友情も失わない、欲張りな解決法を求め、そしてここへやってきたのだ。

いつしかうつむいてしまっていた顔を、わたしはぐっと上げて、ふたたび三人を見回した。

「そう言われることは承知していました。もちろん、わたしも皆さんの信条を投げ捨ててくださいとは申しません。そのものずばりな情報でなくてよいのです。一から十まで全部教えていただくのではなく、自分で調べます。誰が怪しいかも、見当はついているのです。ただ、そこからどう動けばよいのか、さらなる情報を得るにはどこを調べればよいのか、取っかかりがほしくて。ヒントだけでも教えてはいただけませんか。トゥラントゥールの掟《おきて》にふれない範囲で、助言していただくことはできませんでしょうか」

彼女たちの口から答を教えてもらうのでなく、問題の解き方だけを教えてもらって、あとは自分で頑張る。それならば可能なのではないかと考えた。本当はここでカストネル大佐の名前を出したいところだけれど、聞いてしまえば彼女たちはもうなにも言えなくなる。わたしが誰を疑い、調べようとしているのか知らない状態で、直接名指しすることなく手がかりだけを教えるなら、トゥラントゥールの掟にもふれないのではないだろうか。そんな期待を込めて三人を見つめる。

オルガさんたちは表情を変えなかった。一瞬視線が交わされただけで、すぐ元に戻る。思い思いにお茶やお菓子を口に運びながら、おしゃべりを再開した。

「ねえねえ、今度観劇にいこうって誘われてるんだけど、どの劇場がいいかしら。退屈な芝居だと長時間観てるのが苦痛なのよね」

「今あんまりいいのやってないわよ。おすすめできるほどのはないわねえ」

「いっそうちでなにか企画するのも面白くないかしら。お得意様を招いて盛大な宴《うたげ》を開かない？」

「そうね、そろそろ社交の季節で地方の人たちも都に集まり出したし。いいんじゃない？」

わたしを無視するように、内輪の話題で盛り上がる。やはりだめなのかと、わたしは唇を噛《か》んでうつむいた。

「そういえば、最近フルール・エ・パピヨンでいろんな宴が催されているわね。今夜はたしか、仮装舞踏会だったかしら」

「ああ、そうそう。昨日誘われたけど、ちょっと気乗りしなくて断っちゃったのよね。でも参考までに見せてもらってもよかったかしら」

どうしよう。ここでだめなら、情報屋さんを頼るしかないかしら。一応一人だけ、心当たりはある。でもああいう人たちを使うのは諸刃《もろは》の剣だ。こちらの情報もつかまれてしまう。トゥラントゥールとは反対に情報を売るのが商売だから、同じ事件の当事者双方と取り引きすることだってある。それは危ないことをしないという、殿下やシメオン様との約束に反してしまう。

「わざわざ出向く気にはならないけど、誰かが代わりに行ってくれるとうれしいわね」

「そうねー、細かいところまでよく見る、取材慣れした人が手伝ってくれるとありがたいわね」

「参加料さえ払えば誰でも入れるし？」

わたし自身で調べることはできないかしら。カストネル大佐の家で使用人を募集していたら、女中になってもぐり込めるんだけどな。紹介状ならうちで本物を用意できる。あ、クララックの名前を出すのはまずいかな。ならジュリエンヌのところにお願いして。大佐と顔を合わせたって、きっとわたしが誰だか気付かないだろう。自分の家でなら油断するだろうから、悪事の証拠がゴロゴロ見つかりそうなんだけどな。

……でも、そんな都合のいい展開はないわよね……。

「貴族のお屋敷で開かれる宴とは雰囲気が違うから、小説の参考にもなると思うんだけど」

「仮装舞踏会だから仮面をつけて顔を隠せるしね。誰にも知られず潜入できるわよ」

「もしかしたら素敵な人との出会いもあったりして」

他に手段は……はい？

思考に浸っておしゃべりを聞き流しかけていたわたしは、ようやくなにかがおかしいと気付いた。

顔を上げれば美しい微笑みがわたしに注目している。彼女たちの言葉を急いで思い出す。

フルール・エ・パピヨン……仮装舞踏会……素敵な人との出会い……。

「――‼」

思わず立ち上がり、ありがとうと叫びそうになったわたしの唇を、一瞬早く白い指が押さえた。たしなめるように、同時に楽しそうに、クロエさんの瞳《ひとみ》が輝いている。

わたしはこくこくとうなずいて、椅子に座り直した。そう、彼女たちはなにも言っていない。ただ仮装舞踏会の話題を口にしただけだ。わたしに見てきてほしいとうながしただけ。それでわたしがお礼を言うのはおかしい。自分の取材もかねて、彼女たちのお手伝いをするだけだ。

うう、でもうれしい。口に出せないもどかしい気持ちを、精一杯視線で伝える。

「ま、気持ちだけなら受け取るわよぉ」

イザベルさんが言った。

「言葉以外のものならね」

ほらほら、と繊手がひらめいて催促する。わたしはその手を見つめ、無言で脇《わき》に置いた鞄《かばん》から菓子箱ほどの包みを取り出した。テーブルの上に置いて、ずずいと押し出す。

「どうぞ、お納めください」

包装を解けば、三冊の本が現れる。

たちまち女神様たちの口から、キャーッと歓声が上がった。

「やったー！　アニエス・ヴィヴィエの新刊！」

「発売日前に読めるなんてうれしいわねえ」

「ちゃんとサイン入れてるわね？　よし！」

「あの、くれぐれも発売日までは流出厳禁ということで」

「わかってる、誰にも見せないわよ」

「わたしたちだけのお楽しみよねー」

掟違反すれすれのところでお願いを聞き入れてくれた女神様たちは、なのにこんなもので喜んでくれる。わたしはあらためて、彼女たちとの出会いと友情に感謝した。今度もっといいお土産持ってこよう。

さて、こうしてはいられない。せっかく教えてもらったのだ、すぐに帰って支度しなければ。

慌ただしく辞去の挨拶《あいさつ》をして席を立つ。部屋を飛び出そうとしたわたしを、オルガさんの声が追いかけてきた。

「アニエス、月には気をつけなさいね」

「え？」

扉に手をかけた姿勢でわたしは振り返る。オルガさんの微笑みに、どこかそれまでと違うものを感じた。

「月に近付いてはだめよ。とても危険……魅入られてしまったら逃れられないから。月は遠くに眺めるもの。けっして近付かないようにね」

「……はい」

謎《なぞ》めいた助言を受けて廊下へ出る。月……なにを暗示しているのだろう。思いつかなくて首をひねってしまう。

多分誰かのことを指しているのだろうけれど、さすがにこれだけではわからない。「それ」を見ればわかるだろうと考え、とにかく今は仮装舞踏会だと思考を切り換えた。そこでなにかを見ることができる。出席者に事件の関係者がいるのか。カストネル大佐も来るのだろうか。

一人で乗り込むのは不安もあるので、アドリアン様を誘おうと考えた。彼は武官だから用心棒としては申し分ない。アドリアン様だってシメオン様を救う手がかりと聞けば、頼まなくてもついてくるだろう。

裏口への廊下が大きな家具の搬入のため通れなかったので、わたしは表玄関へ向かった。まだ早い時間だからそんなに客は入っていない。素早く出れば人目にはつかないと思ったのに、そういう時にかぎって不運に見舞われる。ふらりと廊下へ出てきた客が、わたしに目を留めた。

「うん？　なんかずいぶん地味な妓女《ぎじょ》だなあ。トゥラントゥールにこんなのもいるのか」

娼館にいる女といったら、妓女か下働きくらいだ。お仕着せではないので妓女と思われたらしい。不躾《ぶしつけ》に寄ってきた男からは、昼間だというのにお酒の臭《にお》いがした。

「近くで見ても地味だなあ。お前、それじゃ客もつかないだろう」

お酒くさい息を吐きながら男は笑う。会釈して立ち去ろうとしたわたしの腕をつかんで引き止めた。

「田舎《いなか》から出てきたばかりか？　まあ若さだけはあるな。まだ十代だろ？　よし、俺《おれ》が客になってやる。お前を買ってやるよ」

「いえあの、わたしこれから出るところですので。大変申し訳ありませんが、お相手できませんの。ご容赦くださいませ」

「へえ、見た目はぱっとしないけど、発音はきれいだな。姿勢もいいし、しぐさも悪くない……ひょっとして、貴族の生まれとか？」

あわわわわ、うっかり身バレの危機が！

男の顔に見覚えはないから、社交界で顔を合わせるような人ではないと思う。でも油断はできない。わたしは帽子のつばを引っ張って顔を隠した。

「ははあ、没落して身売りするしかなくなったか？　そうかそうか、かわいそうに。よしよし、俺がうんと花代はずんでやるからな。さあ、来いよ」

わたしの反応などおかまいなしに、男は勝手に納得して引っ張る。これはこれでまずい。どうしよう、お店の人に助けを求めてもいいのかしら。本物の妓女だってこんな形で客を取ったりしないわよね？　でも下手《へた》にもめてお店の印象を悪くしてはいけないし――ああ、どうしよう。

「おや、遅いと思ったら」

引っ張る力に遠慮がちに抵抗していたら、するりと声が割り込んできた。艶《つや》やかな色気を帯びた低い声に、思わず状況も忘れて胸がときめく。振り返れば屋内だというのに輝いて見えるような、見事な金髪の男性がいた。

ゆるく巻いた蜂蜜《はちみつ》色の髪に、南方の血が入っているとわかる金褐色の肌。上等な衣装をまとった品のよい姿に、わたしは「あ」と声を漏らした。

「困るね、君。その子は私の連れなんだ。放してくれないかな」

誰もが見とれてしまう美しくも色っぽい微笑みをたたえて、その人は言った。わたしの腕をつかんだ男もぽかんとしている。自分にかけられた言葉がまるで耳に入っていないようだった。

蜂蜜色の男性はゆったりと歩いてきて、滑るように自然な動きでわたしを抱き寄せた。仕立てのよい服から蠱惑《こわく》的な香りを感じる。ローズウッドとムスクかしら。深い葡萄酒《ぶどうしゅ》色という、難しい色を見事に着こなしていた。

力の抜けた腕を優しく払いのけられて、そこでようやく酔客がわれに返る。むっとした顔でにらんできたが、幸いけんかまでする気はないようで、おとなしく立ち去ってくれた。

わたしはほっと胸をなで下ろした。そしていまだ肩を抱く腕に気付く。そっと顔を上げると、笑みを含んだ蜂蜜色の瞳とぶつかった。

「……あの、ありがとうございました。おかげさまで助かりました」

お礼を言って身を離す。失礼にならない程度に急いで距離を取った。

なんだかくっついているのは危険な気がしたのよね。相手にその気はないだろうし、わたしにもない。でも妙に色っぽい人だからそばにいるとドキドキしてしまうのだ。涼やかに凛《りん》としたシメオン様とは別種の、甘い蜜《みつ》のような魅力だった。じっと見つめているとからめとられてしまいそうな錯覚を覚える。シメオン様という人がありながら他の男性に魅了されてしまうなど、とんでもないことだわ。冷静に戻れと、わたしは勝手にときめく胸に言い聞かせた。

そんなふうに人を動揺させておきながら、気付いてはいないのか男性はなんでもない声で答えた。

「どういたしまして。こちらを通るのなら店の者に付き添ってもらうのだね。若いお嬢さんが不用心だよ」

「は、はい……」

通りかかった店員を呼んで、わたしを外まで送るよう頼んでくれる。とても優しく親切な態度だった。

──あの時と同じように。

もう一度お礼を言ってわたしはその場を離れる。途中ちらりと振り返ってみれば、彼はもうこちらに背を向け歩きはじめていた。

また会うなんて、驚いたわね。

とても印象的な蜂蜜色の男性。彼に助けられたのは、これで二度目だ。海軍の取り締まりに遭遇した時にもわたしを助け、かばってくれた。

偶然……よね？　なにも言われなかったし、気にするようすも見受けられなかった。大体あちらは一目見たら忘れられない人だけど、わたしは何度見ても覚えられないと評判だ。こんな行きずりでたまたま再会しても気付かれるはずがない。あの時とは身なりも違うし、仮に覚えていたとしても同一人物とは思われないだろう。

同じサン＝テール市内だもの、偶然行き会うこともあるわよね。

そう結論づけて、わたしは気にしないことにした。ほんの少しだけ、引っかかるところもあったけれど。

わたしが外へ向かっていたことを承知していて、すごく自然に手伝ってくれたわよね。妓女ではないとわかっていたのかしら。いえ、酔っていなければそう考える方が自然だ。どう見てもわたしはトゥラントゥールで妓女になれる容姿ではない。

でも、それなら少しくらい不思議そうにしないものかしら。なぜここに若い娘がいるのだろうと、疑問を抱くものではないのかしら。下働きの娘が用事で出かけるのだとでも思われた？　そう思われる身なりでもないはずだけど。

なんとなく疑問が残って消えない。それを無理やり押しやって、わたしは今するべきことを考えた。外へ出て客待ちしている辻《つじ》馬車へ向かう。フロベール伯爵邸へ急ぐよう頼み、わたしは馬車に飛び乗った。

7

春の庭園で結婚披露宴が行われたのはつい先週のこと。同じフルール・エ・パピヨンの、今夜は建物《パレス》の方でにぎやかに盛り上がっている。

誰《だれ》かが借りて開催しているのではなく、フルール・エ・パピヨン自体が企画している宴《うたげ》だ。参加料を払えば誰でも入れる、主に中産階級の人々を狙《ねら》った企画だ。しかし今夜は仮装舞踏会ということで、こっそり参加している貴族も多そうだった。

上流階級の集まりではあまり羽目を外せないものね。素性を隠して遊べる機会は貴族にとって貴重だ。仮面をつけた人々の中に、なんとなく正体がわかってしまう方を何人も見つけてしまった。

「ですからね、簡単な仮装ではだめなのです。しっかり正体を隠すためには、このくらいしませんと」

わたしは不機嫌なアドリアン様に言う。できるだけ横を見ず会場を見回しながら。

「俺《おれ》は何年も国を離れてガンディアへ行っていたから、最近の姿は知られていないぞ。気にする必要はないと思うが」

「他人の視線を舐《な》めてはいけませんよ。見る人は見ているのですから。風景の一部のような、そこにいると気付かないほど存在感のない人間が、実は抜け目なく周りを観察していたりするのです」

「誰のことだよそれ。すごく実感こもってないか」

「単なる一般論ですわ」

周りを見回しながら歩いている男性が、こちらに目を留めた。どうやらダンスの相手を物色しているらしい。わたしは誘われないよう、アドリアン様の腕に寄り添った。

もふっ。

とてもやわらかく、ふかふかした手ざわりがする。気持ちよくてつい頬《ほお》をすり寄せたくなる。同時に笑いがこみ上げて、わたしは空いている手で口元を隠した。

「……おい」

「……っふふ、お似合いですわぁ……本当に、マックスにそっくり」

「いちいち馬鹿《ばか》犬の名前を出すなよ！　それにこれは犬じゃない、狼《おおかみ》だ！」

毛皮に似せた着ぐるみが文句を言う。顔を隠しているのは犬——ではなく、狼の頭を模したかぶりものだ。お尻《しり》からはふさふさのしっぽが垂れている。近くを通る人が決まって注目しては、大笑いしていった。

「ウケていますよ、よかったですね」

「よくない！　ウケを取るためにきたんじゃないぞ！」

狼といっても実に可愛《かわい》らしい、ほのぼのとした造形なので、ちっとも怖くない。教会でやる子供向けの催しに着ていったらもっと喜ばれそうだ。

「なんだってこんなものがうちにあったんだよ」

かぶりものの下でアドリアン様はげんなりとため息をついた。

「一昨年のノエル様の誕生日に、伯爵様がお召しになったそうですよ。アドリアン様には小さいかと心配しましたけど、着られてよかったわ」

「父上……なにやってんだ……」

人のよい伯爵は可愛い末っ子のお願いを素直に聞き入れて、童話の狼に扮《ふん》してあげたのだそうだ。名門フロベール伯爵家の当主が着ぐるみで登場して、笑えばいいのか誉めればいいのかそれとも止めるべきなのか、ものすごく困惑した人々のようすが目に浮かぶ。そしてそんな光景をこっそり楽しんでいたであろう小悪魔の姿も容易に想像できた。

正体を隠せるような衣装はないかと相談したわたしに、これを提案したのもノエル様なのだ。あの天使を装った笑顔を見れば、当時の情景も察しがつくというものだ。

もちろん今夜の目的はウケ狙いではなく情報収集なので、わたしはさっそく会場を回ることにした。手分けしましょうと別行動を申し出ると、アドリアン様は少し渋った。

「一人で大丈夫なのか」

「ええ、こういうのは大得意ですから」

「そうじゃなくて」

着ぐるみが腕を組み、わたしを上から下まで眺め回す。

「その格好でうろついて大丈夫かと聞いているんだ」

わたしの扮装《ふんそう》は妖精《ようせい》女王。エステル夫人からお借りしたものだ。夫人にもお茶目な一面があって、たしかにノエル様の母親だと実感させられる。仮装舞踏会に何度も参加していた彼女はいろんな衣装を持っていて、その中から選んだのがこの衣装だった。

仮面には大きな花の飾りがついていて、眼鏡《めがね》の上からつけている不格好さを上手《うま》くごまかしてくれる。ドレスは袖《そで》のない型で、スカート部分が花を模していた。何枚も重ねられた薄布は、歩くと軽やかにひるがえって隙間《すきま》から脚を覗《のぞ》かせる。胸元の露出も多く実に大胆な衣装である。これを四十代で着こなしたというのだから、エステル夫人もすごすぎる。わたしでは胸が余るので、急遽《きゅうきょ》詰めてもらう必要があった。

きっとシメオン様はお祖父《じい》様に似たのね。両親どちらも性格が違いすぎる。あのくそ真面目《まじめ》と言われる堅さは生まれつきだと思っていたけれど、もしかしてお祖父様の教育による後天的なものだったのかしら。

脚が見えてしまうのは気になるが、周りも思い思いに仮装していて、このくらいおとなしい方だ。アドリアン様ほど目立っていない。なにより動きやすいのがいい。スカートがあまり邪魔にならないのはとても快適だ。男装しているローズ様の気持ちが少しわかったかも。

「しかもまた詐欺顔になってるし……」

「念のためです」

仮面を外しても正体がばれないように、今夜はとりわけ気合を入れてお化粧しておいた。自然風ではなく、くっきりはっきり塗ってもはや顔がカンバス状態だ。仕上げに薔薇《ばら》色のカツラをつければ完《かん》璧《ぺき》である。これなら知り合いに出くわしても大丈夫。絶対に気付かれない。アドリアン様だって支度の時から見ているのでなければ、わたしだとはわからなかっただろう。

「こういうところでは羽目を外した方が目立たないのですよ。皆さん一夜の夢と割り切っていますから、着ぐるみもお色気もなんでもありです。あちらのマダムをごらんなさいな、もっとすごいお色気ムンムンですよ」

南の踊り子に扮して豊満な肉体を見せつけているのは、デルヴァンクール伯爵夫人だと思うのだけど黙っておこう。

普段できない格好が楽しめるということで、女性陣の露出は多めだった。わたしの扮装なんて本当に目立たない。悪態をついていてもやはりアドリアン様も紳士、心配してくださるけれど、大丈夫だ。

実のところ、アドリアン様と一緒では都合が悪い。人目を引く着ぐるみの上にぎやかで、気配を抑えるとかできそうにない人だもの。彼を連れてこっそり動くのは難しいので、いざという時の用心棒だけお願いしたかった。

怪しい人物を見つけたらまた合流しようと約束して別れ、わたしは会場内を歩き出した。

ダンスに誘われないよう気をつけつつ、声をかけられた時は約束があるのでと言ってお断りする。仮面をつけている人とつけていない人の割合は半々くらいだ。どちらも注意深く見ながら歩いた。

カストネル大佐の姿を思い出しながら懸命にさがしたので、見つけるのは比較的早かった。やはり彼が来ていた。昔の貴族に扮して似合わない派手な衣装をまとい、カツラと仮面をつけているが、あの立派な赤髭《あかひげ》は健在だ。顔に名札を貼《は》りつけているようなもので、一目でわかった。

さり気ない動きを装い、彼のいる場所へ近付く。大佐は一人ではなかった。踊る人々から離れた休憩所で数人の男女と話している。わたしは仮面で目元が隠れているのをいいことに、一人一人をじっくり検分していった。身体《からだ》は別の方向へ向けて横目で見れば、彼らに注目しているとはわからないだろう。飲み物を取り、自分も休憩中を装った。

大佐の相手は仮面をつけていない男性と仮面の人物が一人ずつに、女性が一人。女性はこちらに背を向けていてわからない。

仮面のない人には見覚えがなかった。顔を隠している方が怪しいと思うけれど、見えにくい位置にいる。ただでさえ仮面で視界が狭くなっている上に眼鏡の縁も邪魔をする。もうちょっとだけ身体をあちらへ向けても大丈夫かしら。そう思った時、女性が横を向いたので顔が見えた。

その瞬間、わたしは息を呑《の》んだ。思わず反応しかけて、あやうくこらえた。懸命に知らんふりを装いつつ、横目で女性の顔をたしかめる。間違いない。月の女神に扮して短い髪をうまくまとめているけれど、あの美しい横顔には見覚えがあった。色香と凛々《りり》しさの共存する、不思議な魅力の人。目を引かれずにはいられない、あの人は……。

どうして。

なぜここにローズ様がいるの？　なぜ大佐と一緒にいるの。なぜ……。

胸が激しく乱れた。痛くて、苦しくて、手で押さえたくなるのを我慢する。彼らなど見ていないというふりでいなければ。でも動揺せずにはいられない。手にしたグラスの中身を一気に飲み干して、落ち着けと自分に言い聞かせた。

ローズ様がカストネル大佐と同席しているのは、ただの偶然？　知り合いだけど陰謀には関係ない？　この会場で出会って意気投合しただけ？　……それとも、大佐の仲間なのだろうか。

アドリアン様から聞いた話を思い出す。シメオン様を罠《わな》にかけるために使われた、お土産《みやげ》の文箱。買いに行った時の同行者に、ローズ様の名前も挙がっていた。親しい友人として、ともに帰国する者同士として、一緒に行っても不思議ではない。他《ほか》に海軍の同僚もいたというから、そちらにばかり気を取られてローズ様のことは聞き流してしまった。

間違っていた？　怪しいのはローズ様だったの？

……たしかに、彼女にも犯行は可能だ。考えてみれば海軍の人間でなければならない理由はない。大佐のことが頭にあったから海軍ばかりを疑っていたけれど、当時ガンディアにいてアドリアン様と親しければ誰にでもできたことなのだ。

紫檀《したん》の箱はシメオン様の好みに合う品で、とても喜んでいたという。実用品だし弟からのお土産だもの、シメオン様ならしまい込んだりせず使ってみせただろう。きっと目につく場所に置いていた。捜索にきた憲兵がすぐ見つけられるほどに。

そういう彼の好みや性格を、昔なじみなら知っているはずだ。シメオン様となんらかの関係があったローズ様……もしかしたら恋人だったかもしれない、彼女ならば。

わたしとすれ違ったあの日、彼女がフロベール邸を訪問したのにも意味があったのだろうか。ただの挨拶《あいさつ》ではなく憲兵が踏み込む前の下調べ——シメオン様が文箱をどうしたのか、確認するためだったとか？　計画を、確実にするための……。

推論を組み立ててみれば、無理なくつながっているように思えた。状況はローズ様が犯人だと示している。そう、思えてきた。

――でも!!

理由は!? 彼女がシメオン様を嵌《は》める理由はなんなの!? 再会した時の二人は、確執なんて感じさせなかった。お互いの健やかさを喜び合っていた。ローズ様がシメオン様を恨んでいるようすなんて、これっぽっちもなかったわ!

あまりに二人が仲よしで、だからわたしは不安になったのよ。シメオン様を取られてしまうのではないかと馬鹿な懸念を抱くくらい、いい雰囲気だった。とてもそんな企《たくら》みがあったなんて考えられない。

やはり、これはただの偶然なのかしら……ローズ様はなにも関係ない? そうであってほしい。友人であれ元恋人であれ、シメオン様の大切な人には変わりない。そんな相手が彼を陥れようとしているなんて、信じたくない話だ。お願いだからシメオン様を傷つけないで。

ローズ様を疑わしく思う一方で、疑惑を否定したくてたまらない。感情的になっている自分を自覚した。だめだわ、落ち着かないと。わたしは手がかりを求めてここへきた。いちばんの目的はシメオン様にかけられた疑いを晴らすことだ。それがいちばん大切なこと。見たものを感情で決めつけず、冷静に分析しなければ。

とにかく、もう少し彼らに近づこう。どんな話をしているのか聞きたい。大丈夫、この姿ならわたしだとは気付かれない。

わたしはグラスを置いて、できるだけ自然に見えるようローズ様たちの方へ向き直った。お酒に酔ったふりで歩き出そうとして——いくらも歩かないうちに、ぎくりと足を止めてしまった。

見ている。

仮面の向こうから、まっすぐわたしへ向けられる視線を感じる。

大佐と同席している人のうち、仮面の人物がこちらへ顔を向けていた。

入れ墨のような模様のある白い仮面は、顔全体を覆っている。あれはなんの扮装なのか——特に意味はないのかもしれない。お芝居に出てくる神や精霊、あるいは魔法使いのような、白い長衣を着て頭にも白いベールをかぶっていた。やはり白い手袋で袖口から先も隠し、若いのか歳《とし》をとっているのかもわからない。わかるのはただ一つ、男性であるということだけだった。

いくら仮装舞踏会でも、あそこまで厳重に全身を隠す人はあまりいない。よほど正体を知られてはまずい理由があるのか——それは、悪巧みをしているからなのか。

考えていて、オルガさんの言った「月」という言葉を思い出した。それらしいモチーフは見当たらないけれど、月の精霊の扮装だと言われれば納得できなくもない格好だ。

あれが「月」なの？　近づいてはいけないと言われた、危険な「月」？

でも扮装を言うなら、ローズ様はそのものずばりな月の女神だ。赤みがかった髪は沈む直前の月の色とも言える。オルガさんの言ったとおり、魅入られてしまいそうな美しい人。彼女も十分に「月」だろう。

どちらが本物？　どちらも違う？

考えるわたしの前で白い長衣の男性が動く。ゆっくり立ち上がってこちらへ歩き出す。相変わらず仮面はわたしへ向いたままだ。大佐やローズさんたちもつられてこちらを振り返った。

――どうしよう。逃げた方がいい？　でもここであわてて逃げ出すなんて、怪しんでくださいと言っているようなものだ。わたしが「わたし」でないのなら、逃げる必要はない。

そう、ただの舞踏会の参加者なら。ダンスやおしゃべりの相手を求めて会場内をめぐっていた女の子なら。目をつけた相手から興味を示されたら、喜んで迎え入れるだろう。

大丈夫。お化粧で顔を変えたし、カツラもかぶっている。その上に仮面をつけて、知り合いにもわからない姿になっている。もしあの人がマリエル・クララックという人間を知っていたとしても、このわたしがそうだとは気付かないはずだ。

背中に冷たい汗を感じながらも、わたしはじっとしていた。不自然に顔をそらしたりせず、近付いてくる男性を見つめる。ゆったりとした優雅な歩き方に、ふと既視感を覚えた。どこかで見たような気がする。長衣とベールに隠されて体格ははっきりしないけれど、長身で……でもあまり鍛えられてはいないだろう。歩き方や雰囲気が軍人たちとは違う。

貴族？　多分そう。どこかで会っている。もっと間近で向かい合えば、声を聞けば、誰だかわかるだろうか。

うるさく暴れる胸を手で押さえる。はた目にはときめいているように見えただろう。誘われることを期待している女の子のふりで、近付いてくる男性を待つ。そこへいきなり、声もかけずに腰を抱き寄せる人がいた。

「えっ……」

強引に引き寄せられて相手の身体にぶつかった。背の高い男性だった。広い胸に頬が当たる。そのまま懐に抱え込まれるような状態で歩かされた。

「あ、あの」

酔っぱらいか、それとも無理やり誘ってしまう人だろうか。断ろうと上げた目に、漆黒の姿が飛び込んできた。

悪魔の扮装だ。二本の角を生やしたおそろしげな仮面をつけている。長い黒髪がやはり黒い衣装の背に流れ、旅人のようなマントや上着はあちこち破れていた。そういうふうを装った衣装だ。材質そのものは上等の布地だ。

「………」

目が引きつけられて離せない。わたしは呆然《ぼうぜん》と悪魔の仮面を見上げる。

悪魔の男性は歩きながらわたしを抱き直し、ダンスの体勢になった。片手を腰に、もう片方で手を取られ、自然にわたしたちは踊り出す。優雅なリードにまかせてわたしは音楽に乗った。身長差が気にならない。とても上手にリードされる。混み合うホールで他の人とぶつかりそうになっても、巧みにかわしてくるりと回る。ふらつきそうになっても不安はなかった。大きな手がしっかりとわたしを支えて守ってくれる。重ねた手から、背を支える手から、ぬくもりが伝わってくる。

さきほどまでの緊張と怯《おび》えはすっかり消えていた。わたしたちは踊りながら自然に移動していき、大佐やローズ様、白い長衣の男性から離れていった。きらめくシャンデリアの下、ドレスとマントを

ひるがえしてくるくる回る。悪魔がじっとわたしを見つめている。魅入られるというのは、きっとこういうことだわ。異形の姿が少しもおそろしくはなく、ただ惹《ひ》かれる。ひとときたりとも目を離せない。このままどこへ連れていかれたってかまわない。

——そしてじっさい、悪魔の男性はわたしを会場から連れ去った。

わたしたちは踊りながら反対側の端へと移動していき、開け放たれた扉から外へ出た。ダンスをやめても立ち止まらず歩き続ける。広間の周囲には休憩用の小部屋がいくつも並んでいて、会場からいちばん遠い部屋へと連れ込まれた。

扉を閉めて二人きりで向き合えば、音楽や喧騒《けんそう》が遠のく。わたしはもう我慢しきれずに、声を上げて抱きついた。

「シメオン様!」

喜びが爆発する。温かな胸に頬をすり寄せ、全身で彼の存在をたしかめた。顔を隠しても、カツラで髪の色を変えても、わたしにはすぐわかったわ。力強い腕の中にいれば心から安心できる。このぬくもりを求めていたの。会えなかったのはほんの数日なのに、ずっと長い間離れていたような気がする。ああ、これは夢ではないわよね? 本当に、ここにシメオン様がいるのよね?

「シメオン様、シメオン様、シメオン様!」

馬鹿みたいにくり返してわたしはシメオン様を抱きしめた。広い背中に腕が回りきらない。抱くというよりただくっついているだけだ。そうよ、これがシメオン様なの。この鍛えられた大きな身体、優しく抱き返してくれる腕——わたしだけの騎士が、ここにいる!

「シメオン様……」

安堵《あんど》とうれしさで涙がにじんでくる。わたしはうんと上を向いて悪魔の仮面を見上げた。

「シメオン様、お顔を見せてくださいませ」

長い指が仮面を押し上げる。現れた水色の瞳《ひとみ》が、厳しい光を宿してわたしを見下ろした。

シメオン様はわたしの仮面も取り払った。呆《あき》れたような、少し怒った調子で息を吐く。そんな姿すら今のわたしにはうれしくてならなかった。

「釈放されたのですね！　疑いは晴れましたの？」

「……私のことよりも、あなたですよ」

まぎれもなく怒りを含んだ声が低くわたしを叱《しか》る。シメオン様は腰に手を置いて、いつものお説教体勢になった。

「どうしてこんなところにまで乗り込んでいるのです。殿下からおとなしくしているよう言われたでしょうが。なぜ言いつけに従うことができないのです」

叱られようがどうしようが、シメオン様の声が聞けるだけで幸せだ。目の前にシメオン様がいる。ふれ合うことができる。それだけでわたしは満たされる。

……とはいうものの、ガミガミやられるとやっぱりちょっとむっとなる。

「どうしてですって？　お聞きになる必要がありますか？　シメオン様にいわれなき疑いがかけられて、それが何者かの悪意による罠だとわかっているのに、わたしがおとなしくしていられるとでも？　なにもせずただ泣き暮らして、誰かが助けてくれるのを待つだけでいられるとお思いですか」

「待てと命じられて、約束したではありませんか。お父上と私の名誉にかけてと、殿下にはっきり返事しておきながら、よくもあっさり破れますね。王太子殿下への誓約をなんだと思っているのです。そうも簡単に裏切ってよいものではないのですよ」

「裏切ってなどいません。ちゃんと約束どおりに――って、今なんとおっしゃいました？　わたしが殿下へ申し上げた言葉を、なぜご存じなのです？」

聞き捨てならない発言に眉《まゆ》を寄せてにらみ返せば、一瞬シメオン様はしまったという顔になった。すぐに元のしかめっ面に戻ったけれどごまかされない。

「……聞いていらしたのですか？　あの時、近くにいらっしゃった？　拘束されたというのは嘘《うそ》だったのですか!?」

「嘘ではありません。取り調べも受けましたよ。表向きは今もまだ拘束中の扱いです」

「ここにいらっしゃるのだから嘘ではありませんか！」

「詳しい事情はあとで説明します。このような場で話せることではありませんので、今は聞かないでください」

シメオン様はわたしの抗議をはねつける。極秘の事情を匂《にお》わされてしまっては黙るしかない。わたしは唇を噛《か》んで恨めしくシメオン様をにらんだ。

心配していたのに。シメオン様ならきっと大丈夫と自分に言い聞かせて、エステル夫人たちにも励まされて、思い詰める必要はないと考えても、完全に安心することなんてできなかった。夜一人になると、このまま二度と会えなくなったらどうしようって不安が押し寄せたわ。背任罪がどういう刑になるのかお兄様に尋ねて、場合によっては死刑もありうると言われた時には目の前が暗くなった。

絶対にそんなことはさせない。わたしがシメオン様を助ける。かならず疑いを晴らして名誉を取り戻してみせるって、一生懸命自分を奮い立たせることで取り乱さないようにしていたのよ。

——なのに。

当たり前の顔をして目の前に立つ人が、心底腹立たしい。

彼が自由であることは素直にうれしいわ。やっぱりシメオン様は一方的に攻撃されるだけの人ではなかった、殿下も四角四面な対応しかできないのではなく、こっそり手を回してくださったのだと安堵したわ。でも同時にものすごく腹が立つ。最初から思惑があって罠に嵌められたふりをしているのなら、そうと教えてくださればよかったのに！　わたしの心配はなんだったの⁉　いっぱい考えて女神様たちにも掟《おきて》違反すれすれで協力してもらって、なんとか情報を集めようとした努力はなんだったのよ⁉

さっきとは違う涙がにじんでくる。一度安心して気が緩んでしまったせいで、乱れる感情を抑えられなかった。

涙目になったわたしに、シメオン様のしかめっ面が少し緩んだ。

「非常に重要な捜査中なのですよ。危険もあるから、あなたには関わってほしくなかった。殿下も結果が出るのを待つようにとおっしゃったでしょう。きちんと調べているという態度を見せてくださっていたのに、なぜそれを信じて待つことができないのですか」

それでもお説教は止まらない。わたしばかりが悪いように叱られて、腹が立つ上に悲しくなった。

「シメオン様なら待てるのですか。逆の立場だったら、なにもせずに待っていられるのですか」

「…………」

「ええ、シメオン様ならきっとどんな時にも冷静に構えて、待てと言われたら忠実に待つのでしょうね。たとえわたしが拘束されることがあっても、殿下への忠誠心の方を優先するのでしょうよ。わたしより殿下を愛していらっしゃいますものね！」

「まぎらわしい言い方をしないでください！　話がおかしくなっていますよ。論点がずれています」

「ずれてなんかいません！　殿下が対応してくださったって、疑いを晴らせないかもしれないではありませんか！　無実を証明できなかったらどうするのです⁉　なにもしないでただ待って、結果だけを受け入れろと？　無理に決まっているでしょう！　わたしは望む結果が得られるよう努力します。自分で結果を勝ち取ります。他人がどうにかしてくれるのを待って、だめだったら諦《あきら》めるとかできません！」

「…………」

シメオン様は頭を抱えて深く息を吐いた。ほとほと困り果てたというお顔だった。そんな彼にますます泣けてきて、わたしは小さくすすり上げる。今泣いたら顔がすごいことになってしまうからこらえなければと頭のどこかが冷静に言うけれど、あまりにもシメオン様がわかってくださらないのが情けなくてたまらなかった。

「……それでも、ここへ乗り込んだのはいけない。あなたが危険に身をさらせば、私も心穏やかではいられないのですよ。それくらい、わかってくださるでしょう」

「情報を集めようと思っただけです。陰謀に関わっていそうな人物を見つけて、こっそり話を聞いて、事件解決のための材料を集めるだけです。わたし自身の手で犯人をつかまえようなんて無謀なことは考えません。なにも危険なことではないでしょう？」

「相手側に気付かれたら危険でしょう」

「この姿を見ておっしゃいますか？　これでわたしだとわかってくださるのはシメオン様だけですよ。他の人にはわかりません」

「そうとは限りませんよ。現にさきほど、危なかったではありませんか」

「あれは……」

切り返されて少し言葉に詰まった。あの長衣の人物は、どういう理由でわたしに目を留めたのだろう。驚いて、そして怖かったのは事実だ。

「……正体を悟られたとは思えません。単に気まぐれを起こしてダンスをしようと思っただけかも」

「自分たちのようすをさぐっているとは気付いたかもしれませんよ。よしんばそうでなくとも、本当にただダンスに誘うつもりでしかなかったとしても、それはそれで危険だ」

「は……？」

ダンスが危険？　わけがわからなくて首をかしげる。シメオン様は冗談を言っているわけではなく、いたって真面目なお顔だった。ええ、いつもどおりに。この人が真面目でない時なんて思いつかない。

「なにが危険なのです？」

はあ、とまたシメオン様はため息をついた。むう、今のはちょっとわざとらしかったわね。

「そう聞いてくる辺りがもう危なくてしかたない。よいですか、あなたはまだ十八歳の、大切に育てられた貴族の娘なのです。多少——いやかなり——相当に、一般の令嬢たちとは違いますが、根本的な部分は変わらない。あなたは中流だのなんだのと言いますが、クララック家は品格を守るきちんとした家です。ご両親はあなたをおかしなものに関わらせないよう、まっとうに育ててこられた。勝手におかしな方向へ芽を伸ばしていますが、そなえるべき慎みはそなえている。趣味の部分を別にすれば、あなたは非常に上流階級の娘らしい人物なのです」

「……？」

シメオン様のおっしゃりたいことがわからない。なにか、誉められているようなのだけど。口調はお説教だしところどころ微妙な言い回しだけど、ようするにわたしがちゃんと教育された娘だと言ってらっしゃるのよね？　それがどうして問題なの。

「なにがおっしゃりたいのですか？」

口を挟むと、なぜかシメオン様は少し言葉に詰まった。

「ですから……」

わたしから目をそらし、とても困った顔になる。こちらはますますわからなくて困惑するばかりだ。

「……こういった部屋がなにに使われるかは？」

室内を手で示して、シメオン様は尋ねる。わたしは首をかしげながら答えた。

「休憩用でしょう？　静かな場所で一息入れたい時のための」

「休憩だけで済むと？」

「はい？」

「……あなたがよく知る恋愛小説に、こういう場面は出てきませんか？　宴を抜け出して二人きりで……というですね」

「――ああ！」

ようやく意味がわかって、わたしはポンと手を打った。

「はいはい、わかりました！　秘密の逢瀬《おうせ》ですね！　一夜の夢とか行きずりの関係とか許されない恋に身を焦がす二人の過ちとか！　そして子供ができてしまいご落胤《らくいん》問題に発展し、やがて国を揺るがす大事件になると――」

「そこまで話を広げなくてよいですから」

せっかくわたしが理解できたことを示しているのに、シメオン様はさっさと遮ってしまう。こめかみを押さえながら吐息まじりに言った。

「……つまり、そういうことですよ。このような乱痴気騒ぎには、下心を持って参加している男が多い。あなたにその気がなくとも、強引に連れ込まれてしまうおそれがあるのですよ」

「それをなぜシメオン様はご存じで？　連れ込んだことか連れ込まれたことがおありで？」

「なぜ私が連れ込まれるのですか!?　どちらもありません！」

むくれて顔をそむける私に、シメオン様はなおも続ける。

「そうした危険に言われるまで思い至らない。家族や付添人にきちんと守られているなら問題ないが、あなたは行動力にかけては並外れていて、一人でどこへでも乗り込んでいく。周りはただでさえ羽目を外す輩《やから》であふれているのに、そんな煽情《せんじょう》的な格好までして危険がないなどと、どの口が言えますか」

「煽情的って……」

わたしは自分のドレスを見下ろした。たしかに普段よりは露出が多いし、動くと脚がちらちら見えてしまう。でもこれ、本来の持ち主はエステル夫人よ。シメオン様のお母様なのよ。少し大胆なだけで、けっして下品なドレスではないわ。

「こんなの、おとなしい方ですよ。会場にいらしたのですからおわかりでしょう。他の人にくらべればいっそ地味なほどです」

「そんなことはありません。十分に刺激的な姿ですよ。普段慎ましく隠された部分が見えているというのは、とてつもない威力を放つのです。あなただって前に似たようなことを言っていたではありませんか。かいま見える肌に興奮するのはあなたの専売特許ではないのですよ」

「同じ状況でも人によります。わたしの貧相な体型では、露出は逆効果です。お色気というのは、もっとふっくらむっちりしていないと出せないんです」

なんだかすっかり話がずれてしまっている。そういうことを言い合っていたのではないとわかっていながらも、勢いがついてしまって元に戻せない。わたしとシメオン様は真剣にお色気について意見を闘わせた。

「殿方の気持ちはシメオン様の方がよくおわかりでしょう。女性のどういう部分に魅力を感じます？　絶対豊かな胸や形のよいお尻でしょうが」

「わかるから言っているのですよ。たしかに肉感的な女性は男の目を引きますが、そういう女性だけが好まれるわけではない。逆にか細く幼げな少女に魅力を見いだす男もいるのです。また得てしてそういう男はよからぬ性質の持ち主だ。ことさらに未成熟な少女を狙い、悪さを働こうと考える」

「未成熟で悪うございました！　どうせこれ以上育ちませんよ！」

「いや、別にそれが悪いと言っているわけでは」

「そんな変態の気持ちがわかるということは、シメオン様にもその気《け》がおありということですか。だからわたしに求婚なさったと？　まああ、腹黒だけでなく幼女嗜好《しこう》の素質もお持ちでしたか。そこは萌《も》えませんね、萎《な》えまくり！」

「誰が幼女嗜好ですか！　あなたでなければ豊満だろうが貧相だろうが気にしませんよ！」

「やっぱり貧相だと思ってらっしゃるのね！」

「言ったのはあなたでしょう！　私に言わせれば可憐《かれん》な花ですよ。庇護《ひご》欲をかきたてると同時に、手折ってしまいたい衝動も抱かせるのです。それを他の男にも見せるなど許しがたい。いつもどおり目立たずにいてくれないと困ります！」

「親馬鹿ならぬ婚約者馬鹿！　惚《ほ》れた欲目にもほどがあります！」

「惚れているのだからしかたないでしょう！」

お互い夢中で声を張り上げ、息切れしてしばし呼吸を整える。ぜいぜい肩を上下させながら、ふとわたしはわれに返った。

「……あの、とても熱烈に口説かれている気がするのですが」

「……今さら口説く必要性は感じませんが、たしかに恥ずかしいことを言っていますね」

少し落ち着いた頭で振り返れば、最後の方はめちゃくちゃな、非常に馬鹿馬鹿しい口げんかになっていた気がする。陰謀の話からどこで間違ってこうなったのかしら。

シメオン様の白い頬がほんのり染まった。手で口元を覆ってそっぽを向いてしまう。わたしの頬もじわじわと熱を持ちはじめた。

「あの、シメオン様」

「…………」

「ひょっとして、わたしがおしゃれすると不機嫌になっていたのは、婚約者馬鹿のせいですか？」

シメオン様はわたしから顔をそむけたまま、複雑そうな視線だけをちらりと寄越した。

「不機嫌というか……愛らしく装ったあなたは目に楽しいのですが、周りの男もあなたに注目していると思うと不愉快で……どこぞのコソ泥のような、けしからぬちょっかいをかけてくる者が現れるのではと心配になります」

いつもはっきりした発音でしゃべる人が、とても言いづらそうにぼそぼそと答える。照れと不機嫌のまじった横顔は拗《す》ねた少年のようで、わたしの頬がますます熱くなった。

――どうしよう。胸がキュンキュンときめいちゃう。

「本当に、婚約者馬鹿ですね」

わたしはシメオン様の頬を両手で挟んで、こちらへ振り向かせた。水色の瞳からはすっかり鋭さが消えている。むっつりにらまれても少しも怖くなかった。

「シメオン様こそ、いつでもどんな姿でもかっこよくて、もれなく周り中の女性に注目されまくりではありませんか。清廉な騎士のお姿も絵のように美しいですけど、この悪魔の装いもたまりません。黒髪、似合ってますわ。妄想で補完しなくてもそのままで危険な魅力満載。あらためて萌えます素敵です。この場合小道具は鞭《むち》ではなく死神の大鎌《おおがま》か、黒い槍《やり》でしょうか。間違いなく今夜いちばんの注目株ですわね」

「いや仮装大賞は目指していませんから。この衣装を調達してくれたのは王宮の女官です」

「さすが、いい仕事してますねえ」

「なんの仕事ですか……」

一つ息をついて、シメオン様もわたしを抱き返した。ぴたりと身を寄せてふたたび互いのぬくもりを堪能すれば、胸を乱すさまざまな想《おも》いが消えていき、いとしさだけが満ちていく。そのままどちらからともなく、自然に唇を寄せ合った。

最初からこうすればよかったのに。せっかく再会できたのに、いきなりけんかしちゃってもったいないったら。シメオン様もお説教の前にまず口づけてくださればよかったのよ。そうすればわたしの心はとろかされて、反発する気もなくなったでしょうに。

吐息が近付き、わたしはそっと目を閉じる。求めていた甘いときめきに身をまかせようとした――その、寸前に。

「マリエル・クララック!!　貴様いったいなにをしている!?」

叩《たた》きつける勢いで扉が開かれ、着ぐるみが怒鳴り込んできた。

……いたわね、そういえば。すっかり存在を忘れていたわ。できればもう少し忘れていたかった。

「兄上という人がありながら、どこの誰とも知れぬ行きずりの男としけこむとは不埒《ふらち》千万！　この売《ばい》女《た》が！　そもそも今がどういう状況か忘れたのか⁉　ここへ来た目的は男漁《おとこあさ》りではなかろうが！　兄上のことを忘れて遊び惚《ほう》けるとはどういうつもりだ⁉」

着ぐるみがフェルトの肉球をつきつけて吠《ほ》えたてる。彼に背を向けたまま、シメオン様はがっくりと肩を落とした。

「……間の悪い……なにか前にもこんなことがあったような」

本当に。せっかくいい雰囲気だったのにね。

アドリアン様はずかずかやってきて、シメオン様の肩に肉球を置いた。

「おい貴様、その女は婚約者持ちだ。そんなブスで頭のおかしい女でも、今のところ一応はうちの嫁候補なんだ。このような現場を目撃した以上は婚約を破棄するよう断固として抗議してやるがな、それはともかく今はまだ遠慮してもらおうか」

軍人らしい迫力を見せて低い声ですごむ。けれどさらに上をいく氷のまなざしが振り返った。

「アドリアン、彼女を貶《おとし》めるなと言ったはずだが」

「なぜ俺の名前を⁉　貴様になれなれしく呼ばれる筋合いは……って、え？　あ？　あれ？」

ここにいたってようやく気付き、アドリアン様は目を丸くする。口を開けるもまともな言葉が出てこないようで、無意味に前脚をわたわたさせた。

「え？　え？　あにっ、兄上っ？　嘘、なんで⁉　本物⁉」

混乱した顔でアドリアン様はシメオン様とわたしを交互に見る。飼い主を不審者と勘違いして吠えたお隣の愛犬が、声をかけられて驚いた時とそっくりだった。

まじまじとシメオン様の顔を見つめていたアドリアン様だったが、どうにか事態が呑み込めたらしい。一転して喜びに顔を輝かせ、大きく腕を開いた。

「兄上――!!」

着ぐるみが抱きつこうと全力で突進する。それをシメオン様は無情にかわした。もふもふの魅力も彼には通じなかった。

空振りした腕がむなしく空気を抱きしめる。傷ついた顔でアドリアン様は兄を振り返った。

「兄上……」

「くだらない話をしている暇はない。アドリアン、すぐにマリエルを連れて帰れ」

ついさっきまでくだらないけんかをしていたことなど忘れた顔で、シメオン様は命じる。抗議しようと乗り出しかけたわたしを視線で制した。

「あとであらためて連絡しますから。今夜は帰ってください。この場は私にまかせて――よいですね?」

「…………」

強く言われてわたしは口を閉じた。ここにシメオン様がいらっしゃるのなら、たしかにわたしが頑張る必要はない。これまでの心配や奮闘をすべて無駄と切り捨てられたみたいで切なかったけれど、シメオン様の邪魔になってしまってはいけない。今は言われたとおりに従おうと考えてうなずく寸前に、大事なことを思い出した。

そうだ——ローズ様のこと。シメオン様はご存じなのだろうか。大佐たちとローズ様が同席していたと、お伝えしなくては。

顔を上げて水色の瞳とぶつかり、そこで迷った。どう言って伝えればいいのだろうか。友人と思っていた人——あるいはかつての恋人が、敵に与《くみ》していたなんて話は間違いなく彼を傷つける。

あの場にいらしたのだから、シメオン様も見ているだろうか。わざわざ言うまでもなくローズ様の存在には気付いていたかもしれない。でも、もし気付いていなかったのだとしたら。

「さあ、早く」

迷っているうちにもシメオン様はわたしの肩を抱いて歩き出す。アドリアン様も不満顔のままついてきた。

「あの、シメオン様」

やはり伝えねば。傷つけたくはないけれど、いちばん大切なのは陰謀を明らかにしてシメオン様への疑いを晴らすことだ。彼に近しい人が裏切っているのなら、なおさらそれを知らせる必要がある。

決心してわたしは口を開いた。でも続きを口にするより早く、廊下に悲鳴が響きわたった。

「えっ？」

驚くわたしをとっさにシメオン様が背後へ回す。アドリアン様がわたしを追い越してシメオン様に並んだ。

「いやあぁーっ！　きゃーっ！」

別の控室から人が転がり出てくる。休憩か、あるいは逢引《あいび》きをしようと思ったのか、若い男女だった。女性は取り乱して走っていき、男性の方はその場で腰を抜かしてへたり込んでいた。

「なんだ……？」

つぶやくアドリアン様を放ってシメオン様は足早に問題の部屋へ向かう。遅れじとわたしは彼の背中を追った。

腰を抜かした男性は床を這《は》ってその場を逃れようともがいている。わたしに気付くと、震える手で部屋の中を指さした。

「あああ、あれ、あれ……」

ずいぶんと情けない姿ね。立派な男性がなぜそうも怯えているの。

よほど衝撃的な光景を目にしたのだろうか。わたしは心構えをして部屋に踏み込んだ。その瞬間、黒い背中が前に立ちふさがる。シメオン様は腕を伸ばしてわたしを制止した。

「見るな！」

「え……」

見上げたお顔は前を向いたままだ。なにがあるのか尋ねようとした時、ぷんと異臭が鼻をついた。

金くさい、この臭いは……。

大勢の足音と声が近付いてくる。シメオン様は素早く仮面をつけ直し、わたしにも顔を隠させた。

その時に、見えてしまった。彼が動いて少し開けた視界に、人が倒れていた。男性だ。仰向けに倒れてぴくりとも動かない。衣装や辺りの床が、おそろしいほど真《ま》っ赤《か》に染まっていた。

「……！」

わたしは口を押さえて悲鳴をこらえた。気付いたシメオン様が懐に抱き込んで見えなくする。でも、もう遅い。見てしまった。人が血の海の中に倒れているのを。口から泡を吹いて絶命しているのを。

「これは……っ」

いつ来たのかアドリアン様もそばにいて、室内の光景に絶句していた。そんな彼にシメオン様は小声で指示を飛ばした。

「アドリアン、すぐにこの場を離れるぞ」

「えっ、兄上？」

わたしを抱いたままシメオン様は部屋を出る。駆けつけた人々が事態に気付き辺りは騒然となる。人殺し、と叫ぶ声がいくつも響いた。

ますます野次馬が集まってくるのにまぎれて、わたしたちはその場をあとにする。混乱する人込みの中を、外へ向かって急いだ。

「じきに警察が呼ばれるでしょう。この場にいる全員が容疑者だ、ぐずぐずしていたら足止めされてしまいます。ここに我々がいることを知られるのはまずい。混乱している今のうちに脱出しますよ」

「はい」

わたしはともかくシメオン様が見つかったらとても困ったことになる。別の事件の容疑者として拘束されているはずの人がなぜ、と聞かれたらどう言い訳をすればいいのか。ただでさえ疑われているのに殺人事件の現場に居合わせて、偶然で済まされるだろうか。殺人の容疑までかけられたらたまらない。

——まさか、それを狙ってわざとシメオン様の近くで事件を起こしたのではないわよね？

いくらなんでも、そこまではと思うけれど……でも、あの人。胸から血を流して息絶えていた人の顔を、しっかり見てしまった。あれは、カストネル大佐と同席していた仲間の一人だ。

大佐が殺したの……？

身体が震えた。暖かな部屋を出てしまえば、肩も腕も丸出しにした衣装では寒すぎる。でもきっと寒さのせいだけではない。背中から全身へと冷たいものが広がっていった。

「副長、こちらへ！」

廊下の角から呼ぶ声があった。アランさんも来ていたのね。わたしたちを人目につかない裏口へと誘導する。上着を預けたままだと思い出したけれど、取りに戻っている余裕はない。冷たい夜気に耐えながらわたしはシメオン様についていった。

裏口から逃げ出す客は他にもいた。面倒ごとを避けようとした人や、わたしたち同様この場で正体を明かせないうしろめたさを抱えた人が、夜の闇《やみ》にまぎれてフルール・エ・パピヨンを出ていく。その中に暗がりでも目立つ金髪を見つけた。建物からの明かりをはじいて、月のように輝いていた。

「…………」

「マリエル、急いで」

足を止めかけたわたしをシメオン様が急《せ》かす。ゆっくり見ることはできず、すぐに見失ってしまったけれど、あの印象的な姿を見間違うことはない。あの人だ。ほんの半日前にトゥラントゥールの廊下で会ったばかりの人だ。仮装もしていなかったからすぐにわかった。黒髪の少年従者も一緒だった。なぜここにいたの？　なにをしていたの？　会場では気付かなかった。急いで着替えたのか、それとも簡単に脱いでしまえる衣装の下に、普通の服を着たままだったのだろうか。

すべてが気になり、もう偶然とは思えなくなってきた。あの人はいったい何者なのだろう。どうしてわたしの行く先々に現れるのだろう。

答を見つけられないまま、わたしは待機していた馬車に押し込まれる。シメオン様のマントにくるまれ、しっかり抱きしめられて、人々の騒ぎを置き去りに夜の闇へと走り出した。

8

騒動の夜はそのまま自宅まで送り届けられ、なにも聞けないままにシメオン様たちと別れた。わからないことだらけで頭が飽和状態だ。もういっそ思考を放棄してやれと開き直る。ともあれ、シメオン様は無事だった。それを確認できたことは、なによりもうれしく安堵《あんど》させられた。

ただ、一瞬とはいえ見てしまった死体が頭から離れない。夜中に猫が布団に入ってきてぬくもりとゴロゴロ音に癒《いや》されるまで、なかなか眠ることができなかった。

おかげで翌朝は欠伸《あくび》の連続だ。朝食のあともう一度寝直したかったが、シメオン様から連絡がくるかもしれないと思って待っていた。予想どおり、午前のうちに王宮から迎えがきた。アンリエット王女様の招待という名目で、王家の紋章入り馬車が寄越される。おそらくセヴラン殿下の手配だろう。

一応アンリエット様への手土産《てみやげ》も持って乗り込み、わたしは王宮へ向かった。

いつもと違う場所で降りて知らない通路を通り、連れていかれた部屋では予想どおり主従が顔を揃《そろ》えていた。

「マリエル嬢、なぜ呼び出されたかはわかっているな」

仁王立ちの殿下が怖いお顔でわたしをにらむ。同じく呼び出されたアドリアン様は、王太子殿下の怒りに顔を青くして縮こまっていた。

「今回の件についてご説明をいただけるのでしょう？　いったいなにがどうなっているのか、納得いくまで話していただきますからね」

「その前に、私に言うことがあるだろう」

「申し上げてよろしいのですか？　では言わせていただきます。殿下の嘘《うそ》つき。よくもだましてくださいましたわね」

「嘘つきはそなたの方であろうが！」

昨夜から抱えていた不満を口にすれば、たちまち雷が落ちてくる。怖くなんかないわ。怒っているのはこっちの方よ。わたしはふんと顎《あご》をそびやかした。

「ほんの二日前、一昨日《おととい》だ。私に約束したことを忘れたか？　よけいなことを考えず、危ないことに首をつっこまず、常識的に行動せよと命じたな？　そなたはっきりと誓ったではないか。父親とシメオンの名誉にかけてとまで言っておきながら、その舌の根も乾かぬうちにやらかしおって」

「ちゃんとご命令どおりに従いましてよ。愛する人にいわれなき疑いをかけられたなら、それを晴らすべく努力するのは当然のこと。むしろ婚約者の義務です。どこがよけいなことですか、いたって常識的な話でしょう。もちろん常識的なわたしは自ら犯人をつかまえようなどと無謀なことは考えません。危険のない情報収集のみにとどめるつもりでした」

言い返せば殿下が低く笑う。身をかがめておでこがぶつかるほどの至近距離からすごんできた。黒い瞳《ひとみ》と間近でにらみ合う。

「マリエル嬢、知っているか？　そういうのをな、世間一般ではな、屁理屈《へりくつ》と言うのだ」

「ま、王子様が屁だなんてお下品な。せめて詭弁《きべん》とおっしゃってくださいませ」

「自覚しているのではないかあぁっ！」

殿下の両手が拳《こぶし》を作って、わたしの頭をゴリゴリと痛めつけてきた。

「きゃあ！　痛い痛い、痛いです！」

「この馬鹿《ばか》娘が！　この、この、このっ！」

「いたぁぁいっ！　王子様のくせに女性に暴力振るうなんて最低ーっ！　だから失恋ばかりなんですよ！」

「人が気にしていることを言うなっ！　ここまではねっかえりでなくば手を上げたりせぬわ！」

「シメオン様ぁ！　恋人ができなくてさみしいからって、殿下が幸せなわたしをいじめますぅ」

「いじめられているのは私だろう！　泣くぞ！」

騒ぐわたしたちにシメオン様は瞑目《めいもく》し、室内に控えた騎士たちは半笑いで見守る。アドリアン様がおそるおそる尋ねた。

「あの、放っといていいんですか……？」

シメオン様は息を吐いて殿下を止めた。

「殿下、そのくらいで」

「甘やかすなシメオン！　お前もなんだかんだ言って甘すぎる！　こやつに好き勝手させすぎなのがいかんのだ！」

「殿下もたいがいお甘いですよ。マリエル、口を慎みなさい。不敬です」

叱《しか》られてむくれるわたしを、ようやく殿下が解放してくださる。わたしはくしゃくしゃにされた髪を整えながら、指示された椅子《いす》に腰を下ろした。

大きな掃き出し窓のある、ここは談話室だ。専用の庭に面していて、硝子《ガラス》の向こうでは水仙や雛菊《ひなぎく》が他《ほか》に先駆けて咲いている。豪華さより趣味のよさを窺《うかが》わせる、居心地のよい落ち着いた空間だった。

お茶会にせよ面会にせよ、これまでに通されたことのある部屋はいわば表向きの、公用区域だ。ここは殿下の私的空間で、寝室や書斎以外にもたくさんの部屋があった。ここだけで一つの宮殿と言ってもよい規模だ。ご家族以外は許可がないと立ち入れず、外部の目を完全に遮断できる。秘密の話をするにはもってこいだった。

お茶の用意をした女官はすぐに下がり、近衛《このえ》騎士が見張りに立つ。厳重に人払いをした上で、殿下とシメオン様は今回の裏事情を説明してくださった。

「……つまり、シメオン様を陥れようという企《たくら》みを、事前に察知していらしたわけですね。『タレコミ』でもありました？」

「俗な言葉を使うのではありません」

すかさず叱るシメオン様は、腹立たしいほどにいつもどおりのお顔だ。容疑者扱いで取り調べ中ということになっている人の姿ではない。堂々と殿下の隣に座っている。

「どこで覚えたのですか、まったく……軍内部でもいろいろありましてね。海軍や陸軍とも対立ばかりではありません。同じ国を守る者同士なのですから、交流も持っています。こちらに好意的な人物

もいて、カストネル大佐とその周辺が妙な動きを見せているから気をつけるようにと忠告してくれたのです」

「でしたら海軍内部で取り締まってくだされればいいのに」

「そう簡単にはいかないのですよ。それこそ、証拠をつかまないことには」

「その証拠を得るために、わざと策に乗せられたふりをしたと？」

シメオン様は一旦黙り、お茶を飲んでから答えた。

「大佐に誰《だれ》が協力しているのかを知りたかったのです。彼一人の企てとは考えられない。用意された『証拠』はじっさいにイーズデイルへ流された内部情報ですから、それを入手できる者が彼に協力しているはずです。私が逮捕されれば、有罪確定へ追い込むため動きを見せるかもしれない。かねてから調査していた漏洩《ろうえい》問題の解決にもつながると考え、団長とも相談の上嵌《は》められたふりをすることになりました」

当然ながら、事情はポワソン団長も承知していたわけだ。そうよね、シメオン様が無断で動くわけないものね。きっと国王陛下にも話は通っていたのだろう。

わたしたちにはなにも知らせずに、そんな計画を立てていたなんて……と拗《す》ねていたら、うっかり聞き逃しかけた言葉に気がついた。いけない、寝不足で思考能力が鈍っている。わたしは頭を振って眠気を追い払った。

「お待ちください。その『証拠』って、シメオン様の書斎から押収された、例の書類ですよね？　今のお話ですと告発を受ける前に存在を承知していらしたように聞こえますが」

「ええ、知っていましたよ。向こうがどう仕掛けてくるつもりなのか、あれでわかりましたから、こちらも準備をして待っていたのです」

「え？　あの、兄上、いったいどういう……」

アドリアン様が話についてこられず目を白黒させている。

「文箱の深さが、外観と開けた時とで違ったのです。底に仕掛けがあるのだろうと思って調べ、隠されていた書類を見つけました」

「…………」

アドリアン様はあんぐりと口を開く。わたしも半眼になった。一目で気付くなんてさすがと感心すべきところなのだけど、あれだけ心配させられたあとでは呆《あき》れるような恨めしいような、素直に称賛できない気分だ。

「そんな……気付いていたなんて……」

頭を抱えてアドリアン様はうめく。自分のせいで兄に濡《ぬ》れ衣《ぎぬ》が着せられてしまったと涙まで流していたのに、その兄は全部承知の上でしれっと状況を利用していたなんてね。よーくわかるわ。自分の苦悩はなんだったのかと大声で訴えたくなるわよね。

わたしたちの恨みがましい視線を受けても、シメオン様はびくともしない。

「なにもなしにいきなり家宅捜索には踏み切れませんから、きっかけが必要でしょう。かならず次の一手がくると考えました。私を内通者に仕立て上げたいのなら、取り引き現場を押さえるのがいちばんです。近いうちにそれらしい状況に出くわすはずと考え、人目のない場所へ出向く時にはひそかに周りに部下を配置し、監視していました。そうしたら案の定、間諜《かんちょう》と鉢合わせするよう仕向けられたのです。そこへ都合よく憲兵が現れ、私を背任の現行犯で逮捕するとまくしたてた——あの憲兵たちもカストネル大佐の共犯ですね。すでに全員、背後関係を調べてあります。いずれ彼らに逮捕状が下りるでしょう」

淡々と語られる内容に脱力感を覚える。エステル夫人のおっしゃるとおりだった。シメオン様に心配はまったく必要なかった。やられたら倍返しというお祖父《じい》様の教えどおりに、敵の作戦を読んで逆襲の準備を着々と整えていたのね。さすが母親、尊敬します。わたしシメオン様のことを理解しているつもりで、まだまだわかっていませんでした。今後も精進しますので、ぜひよろしくご教授くださいませお義母《かあ》様！

そして文箱に隠されていた書類を見つけても、アドリアン様のことはいっさい疑わなかったのね。まあこの人にそんな策略は無理だと誰でも思うでしょうけれど。愛情も反感もまっすぐに表し全身でぶつかっていく子犬だもの、疑う方が馬鹿らしい。その兄も誠実でまっすぐな人と思わせて、時々こういう策略家な面を見せてくる。やっぱり腹黒参謀よ。悔しいけどかっこいいわ。萌《も》えるけれど腹も立つったらもう！

殿下が大きな封筒を開けて書類や手紙を取り出した。

「偽造されたものだと主張できるよう写しにすり替えておいた。我々が見れば違いは明らかだが、第三者に偽物と断じられるかというと微妙だからな」

見せられた手紙の筆跡は、たしかにシメオン様の字によく似ていた。でもシメオン様はもっと隅々までもっちり整った手紙をくださるわ。こんなふうに行間が不揃いだったり汚れを残したままだったりしない。末尾の文字も跳ねすぎだ。

そう主張しても、今の段階では有力な根拠とは認められないだろう。他にも証拠か証人を揃えないと。

書類の方はちらりとしか見せてもらえなかった。文字はともかく書かれた内容自体は本物なので、部外者には見せられないとすぐ封筒に戻される。

「というわけで、シメオンへの疑いはすでに晴れている。カストネル大佐とその協力者——これらの情報を入手してイーズデイルへ流した、本物の内通者を摘発するためまだ極秘だがな。この場にいる者以外で知っているのはポワソンと陛下と、取り調べに関わったごく一部の者だけだ。そのつもりで、そなたたちも十分に注意せよ。家族にも絶対に話すなよ」

王太子殿下に厳しく言われて、アドリアン様がごくりと喉《のど》を鳴らした。黒い瞳がわたしを見据えた。

「特にマリエル嬢、後日ネタにすることも禁止だ。この命に逆らったら本気で牢《ろう》に放り込んでやるからな。……いや、そなたならこれ幸いと取材して獄中でも書き散らすか……シメオン、いちばん有効な仕置きはなんだ？」

厳格に命じるも、途中から自信をなくしたお顔になって、殿下はシメオン様に尋ねた。

「大丈夫です。萌えにまかせて暴走しているようでも、マリエルは本当に言ってはならないことに対してはきちんと口をつぐみますから。むしろアドリアンの方が心配ですね。隠し事というのがとにかく苦手ですから、家族にも言えない秘密を抱えると露骨に挙動不審になります。しばらくどこかに閉じ込めておくくらいがよろしいかと」

「兄上ぇ！」

「ああ、それはお前にまかせる」

アドリアン様の抗議はさらりと無視される。これで話はおしまいと切り上げられそうな気配になったので、わたしは急いで口を開いた。

「ご命令は承知しました。全部ご説明いただいて安心しましたので、今後の捜査を邪魔するような真似《まね》はしないとお約束します。できることなら、最初からこうして教えていただきとうございましたけどね。それならわたしだって自分で動いたりしませんでしたのに」

「部外者に話せることではない」

「そうでしょうとも。ですが、なにも知らないわたしが必死になったのは当然でしょう？　面白がって関与したのではありません。追い詰められていたのです。わたしばかりが悪いように言われましたが、殿下だってごめんの一言くらいあってもよろしいのでは？」

「マリエル！」

真っ向から殿下を非難したため、シメオン様が鞭打《むちう》つ声で叱責《しっせき》してきた。彼のこともわたしはにらんだ。

「シメオン様も、わたしはちゃんと秘密を守れるとおっしゃるくせに、打ち明けてはくださいませんでした。その秘密主義が原因とは考えてくださいませんの？」

「職務上の守秘義務というものがあります。あなたを信頼するしないの問題ではない」

「ええ、ええ、理解できますよ。それが悪いとは申しません。でも、だったら一方的にわたしだけを悪者にしないでくださいな。なにも教えていただけず、わからないから自分なりに必死に頑張ったのに、よけいな真似だったと文句だけ言われて終わるなんてあんまりです。そんなにわたしが悪いのですか⁉」

「だから――」

「ああ、待て、二人とも落ち着け」

次第に声を荒らげて言い合いになるわたしたちの間に、殿下が割って入った。シメオン様を止め、涙目のわたしに息をつく。かけられた声はずいぶんと優しくなっていた。

「そうだな、そなたの言うとおりだ。事情があるとはいえ、不安にさせてすまなかった。よけいな真似だとは誰も思っておらぬ。そなたがシメオンのために必死だったことはわかっている」

「………………」

穏やかな声にかえって落ち込んで、わたしは口を閉じた。ものすごく子供扱いされている。この口調、癇癪《かんしゃく》を起こした子供をなだめるものだ。そんなふうに見えているのね……わたし、物わかりの悪いただの子供なのかしら。

殿下は不敬と怒らず、大人の態度で謝ってくださった。わたしの気持ちを思いやってくださったのだ。こちらも不満を訴えるばかりでなく、相手の気持ちを推し量らなければいけない。

……考えてみれば、よけいな真似だとは一言も言われていないわね。よけいなことを考えるなとは言われたけれど、それは邪魔をするなという意味ではなく危ないことをするなという意味だったように感じる。シメオン様も殿下も、わたしが邪魔だから叱ったのではなく、危ないことをしたと叱ってきた。わたしを心配して言ったことだったのだ。

少し冷えた頭でようやく気付く。なにも理不尽な状況ではなかった。こんなに腹を立てて反発することではなかった。

いろいろ思うところはあるわ。わたしの心配も努力も全部無駄だったなんて、笑って流せる話ではない。一つも不満を持たずにはいられない。でも、シメオン様たちだってしかたなくだましていたのだ。わたしの行動を許してもらいたいなら、わたしだって我慢しないといけない。多分それが、大人の態度よね。

「こちらも打つ手を間違えたな。おとなしく泣き暮らす娘ではないのだから、ただ命令だけして放置するのではなかった」

殿下はシメオン様にも言う。主君に気を遣われて、シメオン様はとても申し訳なさそうな顔になった。……殿下はわたしの気持ちを汲《く》んでくださったのに、シメオン様はわたしより殿下を優先するのね。当然なのかしら……わかるけれど、なんだかさみしい。そう思ってしまうのはわがままかしら。

「正直、こうも早く核心に近付くとは思わなかった。それほど多くの情報は与えていなかったはずなのにな。どうやって昨夜の会合を知ったのか……男ならば部下にしたいほどだ」

「お戯《たわむ》れを」

冗談で流そうとなさる殿下に、シメオン様はにこりともせず短く答える。相変わらずわたしに謝ってはくださらない。男の沽券《こけん》に関わるから？　殿下のご判断が間違いだったと認めることになるから？　皆の前でわたしに頭を下げることはできないから？　……そこは、わたしが呑《の》み込むべきなのかしら……。

不満より悲しくなってくる。でもこうして殿下が謝ってくださったのに、いつまでもぐずってはいられない。わたしは息と一緒に諸々《もろもろ》の思いを吐き出して、殿下に頭を下げた。

「お騒がせして申し訳ございませんでした。非礼な態度をお詫《わ》びいたします」

「うむ、わかってくれたならよい」

「最後に、一つだけ……昨夜目にしたものですが、カストネル大佐と同席していた人たちをシメオン様も確認されました？」

問えば、シメオン様はかすかに眉《まゆ》を寄せる。まだ言うのかという表情に見えて、わたしはますます悲しくなった。ごねたいわけでも、捜査に首をつっこみたいわけでもない。ただ、重要な情報をもし見落としていたらいけないから、確認しているだけだ。わたしが気付いたことを彼も承知しているのならいい。

「殺された人は、あの中の一人でしたよね。大佐が犯人とは限りませんが、非常に疑わしい状況かと。あと、白い仮面の人物……さすがに誰とまではわかりませんが、わたしの知っている人だと思います。あの物腰、どこかで見たと感じました。おそらく貴族です」

「…………」

「それと……その、もう一人……ローズ様が、いらっしゃいました」

意を決してローズ様の名前を出す。シメオン様は――ぴくりともしなかった。かわりに殿下が聞き返してきた。

「ローズ？　ローズ・ベルクールか？」

そちらから反応が出て、少し驚く。

「はい。間違いなく、ローズ様が大佐と同席していました」

「あー……」

殿下は視線を上げて、しばし考える。

「……まあよいか。ローズ、入れ」

「え」

声をかけられたのは、わたしに向かってではなかった。隣室との間の扉を見ていらっしゃる。その向こうにローズ様がいらっしゃるというの？　どういうこと。

見つめる前で扉が開いた。ヒールが音を立てて踏み込んでくる。このうえなく女性的な肢体を男物の服が包み、独特の魅力を生み出している。肩の上で短い髪が揺れ、夜明け色の目がわたしを見て微《ほほ》笑《え》んだ。

「ローズはこちらの陣営だ。カストネル大佐の動きをさぐるために潜入してくれていた」

殿下がおっしゃる。ローズ様は警備の騎士たちと並んで控えた。近衛の制服に男装の麗人が交じり、倒錯的な雰囲気すら漂わせる。美しい人を呆然《ぼうぜん》と見つめながら、わたしは馬鹿のようにくり返した。

「潜入……」

「ローズの母親はイーズデイル人でな。しかも離婚してイーズデイルへ帰っている。向こうとつながりがあると思わせるのに、ちょうどよい口実だったのだ」

殿下の言葉が頭を通り抜けていく。意味はわかる。でもついていけない。ローズ様が潜入――内偵をしていらしたなんて。

視界の端でアドリアン様も驚いていた。シメオン様を見れば、彼はずっと冷徹な表情のまま動揺のかけらも浮かべていない。眼鏡《めがね》の向こうの瞳は揺るがない。

……胸が痛い。氷が突き刺さったようだ。

「そう、ですか……」

「混乱させてすまなかったな。心配はないので、気にしなくてよい」

「……はい。差し出口を申しました」

わたしがなにも知らされなかったと不満を見せたから、殿下はわざわざローズ様を呼んでくださったのだ。この件で謝られる必要はないのに、優しく言ってくださる。わたしは動揺と胸の痛みを押し隠してうなずいた。

「おそらく仮面の人物というのが、我々の追っている黒幕だろうな。マリエル嬢、見覚えがあると言ったな？　誰だか思い出せぬか」

抗議がないことに安心して、殿下はさきほどの話について期待を見せられた。乱れる心を抑えて、わたしは懸命に記憶をたどる。ここではっきり答えられたら、役に立ったと少しは認めてもらえるのに。でもあれだけしっかり全身を隠されていては、さすがに誰だかわからなかった。

「申し訳ございません……軍人ではなさそうだということしか」

「そうか」

殿下は残念そうだったが、しつこく食い下がってはこなかった。なにか思い出したら知らせてほしいとだけおっしゃって話を終わらせる。誰かにわたしを送らせようとされるのを、アンリエット様のところへ寄るからと断り、わたしは一人で退出した。アドリアン様はそのまま留め置かれていた。宣言どおりしばらく屋敷へは帰してもらえないのだろう。大好きな兄上のそばにいられるのだから、むしろ喜びそうだ。

あまりうろうろしないようにとだけ釘《くぎ》を刺して、それ以上シメオン様はなにも言ってくださらなかった。ローズ様が当然に残るのを横目に、わたしは一人退出する。人通りも少ない奥宮《おくみや》の廊下を、重い足を引きずりとぼとぼ歩いた。頭も心も、なにもかもが重かった。

行き会った女官にアンリエット様のご都合を尋ねると、まだお茶会から戻られないと教えてくれた。約束もしていないし、今日《きょう》の訪問は諦《あきら》める。お土産だけ言づけようかとも思ったが、なんだかもうすべてが億劫《おっくう》でそのまま馬車までまっすぐ戻った。

しょんぼり肩を落として乗り込もうとしていた時のことだ。声をかけてくる人がいた。

「あら、珍しいところでお会いすること」

自信にあふれた歌うような声に、振り返る前に誰だか悟る。うららかな庭園に薔薇《ばら》が咲いていた。大輪の黄金の薔薇だ。波打つ髪が日差しを受けて、本物の黄金のごとき輝きを放っている。長い睫毛《まつげ》に縁取られた瞳は極上のエメラルド。赤く塗られた唇が、きゅっと笑みを形作った。

「ごきげんよう、マリエルさん。可愛《かわい》らしいタンポポ色のドレスね？　どこにでも生えている雑草とは、あなたらしいわ。よく似合っていらしてよ。にしても、なぜこんなところにいらっしゃるのかしら？　ここは王族の方々の居住区域、限られた人しか立ち入りを許されない場所よ。あなたごときが出入りしてよいところではないのだけれど」

つかつかと近付いてきた極上の美女は、わたしを上から下まで眺め回して言った。背後の馬車にも目を留め、金色の柳眉《りゅうび》をひそめる。

「……その馬車に乗るつもり？　あなた、誰に招待されたの？　王妃様のお茶会にはいらっしゃらなかったわよね。王女様も出席していらしたのだから、あなたを招待されたはずはないし……そんな、紋章入りの馬車を使わせてくださる方というと、残るは……」

美しい人に親しげに名を呼ばれ、話しかけていただいて、さみしく落ち込んでいたわたしはもう我慢しきれなかった。一気に涙がこみ上げてくる。わたしは目の前の人に飛びついた。

「オレリア様ーっ!!」

「なっ――!?」

細く長い首に抱きつけば、華やかな香りに包まれる。彼女にふさわしい薔薇の香りだった。ほっそりしていらっしゃるのにまろやかな手応《てごた》えで、豊かな胸は抱きつくのに少々邪魔なほど。ああ、温かい。いい香り。やわらかなぬくもりは傷ついた心を癒してくれる。

「うわあぁん、オレリア様ぁーっ」

「ちょっ、なにっ、なんなのよ!?　やめてちょうだい、なれなれしい！」

社交界に華々しく咲き誇る女王、名門カヴェニャック侯爵家のオレリア嬢は、わたしの肩をつかんで引き剥《は》がそうとした。

「なんで泣いているのよ!?　いつも能天気でわたくしの嫌味もまったく理解できずにへらへらしているくせにっ」

「いいえ、オレリア様の嫌味は一級品です、しびれます！　さすがラグランジュ宮廷随一の悪役令嬢と崇拝しております！」

「それこそ嫌味ね!?　誰が悪役よっ」

最高級のレースで飾られた豪奢《ごうしゃ》なドレスを汚しては申し訳ない。わたしはハンカチを取り出して涙を拭《ふ》いた。

「うう、声をかけてくださってありがとうございます。オレリア様のいつもどおりの嫌味に、少し立ち直れました」

「意味がわからないわ。なぜ嫌味で立ち直るのよ」

「日常に戻れた気分ですので……オレリア様はいつお見かけしてもお美しく、自信にあふれていらして、きっと世界の終わりまで変わらないだろうという安心感が」

「なぜかしら、誉められているようで妙に腹が立つわね……」

オレリア様のこめかみがピクピクしている。ああ、そんなお顔をしても美女はさまになる。怒れる女王といったお姿だ。

そう、お茶会というのは王妃様主催のものだったのね。オレリア様も呼ばれていらしたということは、またセヴラン殿下の花嫁候補を選ぼうとなさっているのかしら。でも最近殿下はうちのジュリエンヌが気になるごようす。紹介してほしいと何度も頼まれている。身分が違いすぎるしジュリエンヌにその気はまったくないから、わたしとしては迷うところだ。あの子はお金持ちなご老人の後添えになりたがっているのよね。

「で？　呑気《のんき》と前向きだけが取り柄のあなたが、なにを泣いていらしたの」

気を取り直したようすでオレリア様が尋ねてくる。わたしはまた感激してしまった。

「オレリア様がわたしを心配してくださるなんて……！」

「喜ばないでちょうだい！　心配なんかしていないわよ、勘違いしないで！　皮肉も嫌味もまったく通じず、実力行使に出ても平然としているあなたを、泣かせることができる人なんて誰なのか知りたいだけよ！　ええ、感心しているの。よくやったと誉めてさしあげたいわね！」

「そうですね、考えてみればわたしたち、けっこう長いお付き合いですものね。よくお会いするようになったのはわたしが社交界に出てきてからですが、子供の頃《ころ》から時折ご一緒することがありましたものね」

「全然、まったく覚えていないわ！　末端の家の子供まで参加するような集まりで、いちいち全員を見ていないもの。おしゃべりにも加わらずお菓子ばっかり頬張《ほおば》っていた子なんて、わたくしが覚えているはずないでしょう！」

オレリア様は子供の頃から美しく、男の子に大人気だった。二十歳《はたち》になった今では求婚者が引きも切らない。もてにもてまくっている方だから、わたしより遥《はる》かに殿方の機微をご存じだろう。ここでお会いしたのもなにかのご縁と、意見を聞いてみることにした。

「幼なじみのよしみで、聞かせてください。殿方というものは、どのような状況であれ女に謝ることはできないものでしょうか」

「勝手になじまないで！　なぜわたくしがあなたの相談に乗らなくてはいけないのよ！」

「謝ってほしいと思うのが間違いですか？　殿方にとって、女に頭を下げるなど屈辱でしかないのでしょうか」

「はあ？　……まあ、そういう男も世の中には多いわね。頭から女を馬鹿にして、男の方が賢くてえらいのだと思い込んでいると、まず自分が悪いという意識すら持たないでしょうね」

シメオン様はそんな人ではないと思っていたのに。公正で寛大で、厳しく自らを律する人だ。自分が悪いと思えば謝罪も厭《いと》わない潔さを持っている。わたしに対しても常にそうした姿勢を見せてくださっていた。なのにどうして今回は、あんなにかたくななのだろう。

どうしてわたしだけが叱られて、わたしだけが謝って終わりなの？　シメオン様だってせめてわたしに心配をかけた分くらいは謝ってくださってもいいじゃない。

結局答えてもらえなかった不満を思い返していると、オレリア様が大きくフンと鼻を鳴らした。

「でも、男に振り回される女の方がよほどくだらないわね。いい女には自然と男の方からひざまずくものよ。男の行動にいちいち悩んでいないで、まず己を美しく気高く磨けばよいのよ。そうすれば勝手に向こうが夢中になって、なんでも言いなりになってくれるわ。相手が冷たいだの勝手だのと文句を言うのは、自分には男を動かす力もないと大声で宣伝しているようなものよ」

「おお……」

豊かな胸をぐっとそらし、金の髪をかき上げる姿はまさに女王様だ。わたしが今すぐひざまずきたかった。

「さすが黄金の薔薇姫。素晴らしいですオレリア様。おっしゃるとおり、オレリア様にはたくさん信奉者がいらっしゃいますものね」

「オホホホホ、当然よ。どんな男だろうとわたくしの前では従順な子犬になるわ！」

いえ、シメオン様やセヴラン殿下のようになびかない男性もいますけどね。ま、そこは相性ということで。

「ふっ、道端の雑草には無理難題だったかしらね。でもタンポポだって、飾りようによってはそれなりに愛《め》でられるものよ。ドレスはまあ、見られなくもないけれど、その野暮ったい眼鏡はどうにかならないの」

「外すとオレリア様の美貌《びぼう》を鑑賞できません」

「全体的に色気がなさすぎるのよ。いつまでも子供っぽくて、華や艶《つや》がないわ。もっと大人《おとな》の雰囲気を演出しなさい」

「大人の……や、やはり露出が必要でしょうか」

「……あなたでは逆効果になりそうね」

なんとなく二人揃ってわたしの胸元に注目する。うう、オレリア様の深い谷間がうらやましい。

「別に露出だけが方法では……お化粧や髪型でも雰囲気は変わるし……はっ!?　だからなぜわたくしが相談に乗るのよ!?　自分で考えなさい！」

オレリア様がわれに返った時、建物の方からにぎやかな女の子の声が近付いてきた。あんなふうに声高におしゃべりしているのは女官ではないだろう。振り返れば、わたしと同じ年頃《としごろ》の女の子二人がこちらへ来るところだった。

「あら、オレリア様。まだお帰りではいらっしゃいませんでしたの」

顔も髪の色も背格好もそっくりな、一目で双子とわかる姉妹だ。彼女たちの名前を思い出した時、同時に違う人のことも思い出してわたしの胸がざわめいた。

「ごきげんよう。お気をつけてお帰りあそばせ」

彼女たちとおしゃべりする気はないようで、オレリア様はつんとそっけなく返しただけだった。かまわずに相手はなおも話しかけてくる。

「今日は本当に素敵なお茶会でしたわね。王妃様や王女様にたくさんお声をかけていただいて、まだ胸がときめいておりますわ。きっと今夜の夢に見ることでしょう」

「そうね、あなたたちには夢の一幕だったことでしょう」

「オレリア様は慣れていらっしゃいますのね。そうですわね、もう何度もご招待を受けておいでですものね。お茶会でもすっかり常連の貫禄《かんろく》で」

にこやかな笑顔に棘《とげ》をひそませた会話が頭の上を滑っていく。なるほど。どうやら彼女たちは、王太子殿下の花嫁候補に選ばれたと思って鼻高々らしい。そして以前から候補に挙がっているはずなのに結局選ばれないオレリア様を、暗に皮肉っているわけか。侯爵令嬢に向かって度胸のよいことだ。

「ではごきげんよう。オレリア様もお気をつけて」

意気揚々と馬車に乗り込んで、双子はさっさと帰っていった。最後までわたしの存在には目もくれなかった。オレリア様の侍女だとでも思われたのだろう。

「ふんっ、男爵家の娘ふぜいが思い上がって！」

馬車が遠のくと、オレリア様は憎々しげに吐き捨てた。格下の相手に挑発されて、相当頭にきていらっしゃる。

「あの子たちなんか、ただの添え物よ！　本命で招待されたと勘違いして馬鹿丸出しね！　あんなのが殿下のお相手に選ばれるはずないじゃない！　身分を考えればわかりそうなものなのに、何様のつもりなの！」

うーん、国内外のめぼしい令嬢や姫君にはもうあらかた当たっているから、王妃様も方針転換を考えられたのかしら。範囲を広げて多少格が低くても対象に含めることにした……のであれば、もしかしてジュリエンヌでも受け入れられるかも？　同じ男爵家でも、家の力には差があるけれど。

「ちょっとばかり資産家なだけで、これといって功績も名声もない家じゃない。それにあの子たちの母親は庶民よ！　王太子妃になれる血筋ではないわ！」

王妃様の思惑はわからない。オレリア様はただの数合わせだと思っていらっしゃるようだ。わたしはさり気なく話を合わせた。

「そういえば、ベルクール男爵はお兄様が亡くなられたため家督を継がれたのでしたね」

「ええ、そうよ。まさかそんなことになるとは思わず庶民と結婚して、あの二人が生まれたのよ。偶然の幸運でたまたま男爵令嬢と呼ばれるようになっただけで、本来なら宮廷に出入りすることもかなわない立場よ。あの軽いオツムはすっかり忘れているようね！」

シメオン様と出向いた結婚披露宴で男爵夫妻を見かけたのはつい先日のこと。狭い貴族社会、あちこちでつながりに出くわす。さきほどの双子はベルクール男爵家の娘だった。

先代男爵である長男が亡くなったのはわたしがデビューする少し前の話だから、直接には知らない。お兄様やお母様に尋ねて、ローズ様がその一人娘だったと知った。つまり双子とは従姉妹《いとこ》の関係だ。同じ日、同じ時、同じ場所に、近しい血縁の女性たちがまったく異なる立場で出入りしていたのね。双子の方は知るよしもないだろうけれど、ローズ様はご存じだったのかしら。

ごく自然に、あの場に仲間として受け入れられていたローズ様。彼女はシメオン様を裏切っていなかった、敵ではなかったという事実は喜ばしい。シメオン様が傷つけられるというわたしの心配は無用のものとなった。それは本当によかったのだけれど、安堵するそばから別の疑問と不満が噴き出してくる。

シメオン様も殿下も、わたしにはなにもせずおとなしくしていろとおっしゃるのに、ローズ様には協力を頼まれるのね。風景にまぎれて情報を集めようとしていたわたしよりも、彼女の方がよほど危険な場所にいる。大佐の仲間になりすまして内偵調査をするなんて、男性でも危険な任務じゃない。わたしも彼女も同じ女なのに、どうしてこうも扱いが違うの。

ローズ様はそれだけ、シメオン様に信頼されているのだろうか。

わたしはまだ鼻息を荒くしているオレリア様を横目に窺い、なにげないふりで切り出した。

「先代男爵にもご息女がいらしたそうですね。オレリア様はその方のことをご存じで？」

「ああ……いたわね、そういえば」

オレリア様はあっさりとうなずかれた。

「知っているというほどでもないけど。特に付き合いもなかったし。社交界でちょっとばかり目立っていたから、顔と名前を知っていた程度よ。たしかローズだったかしら？　別に、大したことはなかったけどね。少しばかり美人ではあったけれど、本当に大したことなかったわ。でもまあ、遊び上手というか、男の気を引くことには長《た》けていて、ずいぶんと浮名を流していたわね」

「その方はお父様が亡くなったあと、どうなったのでしょう」

さあ、と興味なさそうにオレリア様は受け流した。

「知らないわ。社交界から消えて、まったく見かけなくなったもの。結婚したとも聞かないから、どこかの修道院にでも押し込められたのでしょう」

当たり前の口調でさらりと言われる。ずいぶんと薄情に聞こえる言葉だが、オレリア様が特別冷たいというわけではない。そういった実例が世間にはいくらでもあるのだ。

「今の男爵が姪《めい》に持参金を持たせてやるとは思えないものね。ローズから強引に家督や財産を横取りしておきながら、まともな嫁入りなどさせてくれるものですか。修道院行きでないのなら、お金だけは持っている庶民の後添えにでもさせられたのだわ」

本来ならローズ様が正当な後継者だ。ベルクール男爵家は彼女が受け継ぐはずだった。でも後ろ楯のない女性というものは弱い。結婚していたなら夫に守ってもらえるけれど、ローズ様は未婚だった。お母様はすでに離婚してイーズデイルへ帰っており、一人ではとても叔父に対抗しきれなかっただろう。そういった女性の末路は、おおむねオレリア様の言ったとおりになる。

結婚はしていないと言ってらしたし、修道院行きでもなかったようだけれど……ローズ様はその後どうしてこられたのかしら。

「そうよ、あの子たちはローズから男爵令嬢という肩書を取り上げたのよ。浅ましい真似をしておきながら、よくも大きな顔をしていられること。挙げ句王太子妃になれると思い上がるとは、愚かにもほどがあるわね！」

また双子への怒りがこみ上げたようで、オレリア様は憤然と言い放った。

……たしかに、王太子妃にはいささかふさわしくない経歴だ。王妃様が招待されたのは、数合わせというより王太子妃の友人候補といったところか。ようするに取り巻き要員だ。血筋はともかく財力はあるから、利用できるとお考えになったのかもしれない。

「まあ、みすみす権利を奪われたローズも不甲斐《ふがい》ないけど。あれだけ何人もの男性と付き合っていたのに、誰にも助けてもらえなかったのだから。結局、本気で愛されていたわけではないということよ。わたくしのためならすべてを投げ捨てるという殿方は多いけれど、ローズにはそんな信奉者がいなかったのね。しょせん彼女も男に振り回されるだけの女だったのだわ」

憤慨していたはずなのに、結局最後は勝ち誇るオレリア様だった。どこまでも自信家で前向きなお方だ。

わたしはアンリエット様へのお土産にするつもりだった包みを、オレリア様に差し出した。

「お話を聞かせてくださってありがとうございました。オレリア様のご助言、参考にさせていただきます。これ、よろしければお礼にどうぞ」

「別にあなたに助言なんてしてあげたつもりはなくってよ。……なにこれ、『嘘つきな姫君』……アニエス・ヴィヴィエの!? 幻の処女作じゃやない!」

オレリア様の頬《ほお》が薔薇色に染まる。王女様お気に入りの作家だから把握しているだけ、なんて言ってらっしゃるけれど、このごようすを見ればわかってしまう。楽しんでくださっているのね。気が強く意地悪なようでいて、オレリア様も夢見る乙女《おとめ》。実は恋物語がお好きだと、多分ほとんどの人が知っている。一生懸命隠しているおつもりなのが可愛らしい。喜んでくださってありがとう。

わたしは本に夢中なオレリア様に会釈して馬車に乗り込んだ。馭者《ぎょしゃ》はすぐに扉を閉めて、わたしを家へ送り届けるべく馬を進ませた。

揺れに身をまかせて目を閉じる。今日一日でいろんな話を聞いたわね。少し疲れた。

寝不足の頭はすぐにまどろみはじめる。半分夢に入りながら、わたしは美しい人のことを考えていた。

なんの不自由もなく社交界で輝いていた立場から一転、なにもかもを奪われてしまったローズ様。お付き合いしていた男性たちは誰も彼女を助けてあげなかった。シメオン様も彼女を見捨てた一人だとしたら……。

――もちろん、そんなはずはない。シメオン様なら恋人の不幸を放置するはずがない。後ろ楯のなくなった娘だからと、冷たく見捨てる人ではない。ということは、二人は恋人ではなかったのだ。そう気付くと少しだけ胸がなぐさめられた。

でも大佐の仲間に入り込むには、ちょうどいい口実だったでしょうね。シメオン様に恨みを抱く人間だと思わせることができただろう。おまけにイーズデイルとの関わりもある。殿下がおっしゃったとおり、ローズ様は適任者だったのだ。

……でも、危険なのに。

かよわい女性には違いないのに。どうしてわたしはだめだと言われ、ローズ様は受け入れられるのだろう。

わたしは大切に育てられた娘だとシメオン様は言っていた。不幸を知らずぬくぬく生きて、自分の趣味を好きなだけ追いかけていられた。家族は優しく、素敵な婚約者にも恵まれた。

辛酸を舐《な》め、苦労してこられたであろうローズ様とは、経験も知識もなにもかもが違いすぎる。

そこに、シメオン様からの信頼の差があるのかしらね……。

9

数日経《た》ってもシメオン様からの連絡はなく、その後どうなったのか噂《うわさ》も流れてこない。わたしは完全に蚊帳《かや》の外で、ただ待たされるばかりの時間をすごしていた。

街で新聞を買い込んできても、どこにも事件の報道は載っていない。シメオン様が拘束されたという話も出ない。見事な沈黙ぶりに当局の意図を感じずにはいられない。おそらく今回の一件は、最後まで公にされることはないのだろう。

そうやって人々の知らないところで片付けられる事件はたくさんあり、今回もその一つにすぎないという話だ。物語でもよくある展開だけど、その他大勢の立場でなにも見聞きできないのはまったくつまらなく、そしてさみしかった。

シメオン様は大丈夫だと安心できたから、いいんだけどね……でも、いつになったらまた会えるのかしら。

そうやってシメオン様に放っておかれながら、わたしは一人で結婚準備を進めている。今日《きょう》もフロベール伯爵邸へ呼ばれて、披露宴の招待客の確認をしていた。うちはともかくフロベール家のお付き合いは広範囲だから、とにかく数が多い。うっかり漏れがあったら大変なので、エステル夫人ととももに名簿にかかりきりだ。

「これで大丈夫とは思うけれど、あとでまた追加が出るかもね。準備には十分余裕を見ておきましょう」

国中の貴族を書き出したのではないかという名簿を置いて、エステル夫人が一息ついた。実に壮観だ。いちばん先頭に誇らしく記された名前はセヴラン・ユーグ・ド・ラグランジュ——最近すっかりおなじみな殿下も、あらためて正式名を見ると王子様なのよねと実感する。

続く名前もオーギュスト・シャリエ、ジャン＝バティスト・ブラシェール、モーリス・ルネ・シルヴェストルと三大公爵揃《そろ》い踏みだ。これがわたしの結婚披露宴の招待客。こんなすごい方々が。いまだにちょっと信じられない。

さすがに国王陛下はお出ましにならないけれど、セヴラン殿下が陛下の名代も兼ねられるから半分招待しているようなものだ。つくづくフロベール家の力を思い知る。

へとへとになったわたしたちに侍女がお茶を運んできてくれた。見ていると怖くなる名簿を片付けて、わたしは一服させていただいた。

長男が拘束され、次男も適当な理由をつけて帰ってこないというのに、エステル夫人はまるで気にするようすも見せず、平然とお式や披露宴の話をされている。わたしもいずれこうなれるのだろうかと思いながら、この間オレリア様から受けた助言について相談などしてみた。

「大人《おとな》の演出？」

話を聞いたエステル夫人は、にんまりと笑って身を乗り出してきた。

「あらあら、まあ、あなたもようやくやる気を出したのね。いい傾向だわ。ぜひ頑張りなさい。あの石頭を悩殺して、もっと人間らしくしてやってちょうだい」

「いえ、悩殺とまでは……それにシメオン様は十分人間らしいお方だと思います」

「そう？　まあ、婚約者が他《ほか》の男に注目されるのがいやで、野暮ったい姿でいる方を喜ぶなんて、たしかに可愛らしいとは思うけれど。でも、できればもっといい男になってほしいものだわ」

「もっと、ですか？」

あれよりいい男とは、どれほどのものだろうか。

「そうよぉ。美しい妻を存分に自慢して見せびらかして、周り中の男たちをうらやましがらせて、そんな妻を自分に夢中にさせてよそ見もさせないのがいい男よ。横から手出しされるのをびくびく警戒するなんてまだまだ小さいわ」

「なるほど」

さすが人生の先輩、言うことが違う。わたしは急いで夫人の言葉を手帳に書きとめた。

「伯爵様はそうやってエステル様を夢中にさせていらっしゃるのですか？」

「……あれは人間の女より石の方が美しいと思う変わり者よ」

ちょっぴり漂った冷気にあわてて質問を取り下げる。フロベール家の男性は、妻を放り出して仕事に打ち込むところが共通しているようだ。

夫人は侍女になにやら言いつけた。しばらくして戻ってきた侍女は、手にした盆にたくさんの小瓶を乗せていた。

「装いで変化を出すのもいいけれど、シメオンはドレスやお化粧くらいではたいして反応しないでしょう。あの朴念仁には香りで攻めるのがいちばんよ」

ずらりと目の前に並べられたのは香水瓶だ。貴婦人のたしなみとはいえ、こんなにいろんな種類を持っていらっしゃるのかと驚いてしまう。

「当然よ。昼と夜、お茶会や食事会と舞踏会などでは、それぞれ使う種類を変えるものよ。何種類か合わせて使うこともあるし、相手や雰囲気によって変えたりもするわね。その場に合わせて使いこなせるようになって一人前よ。初心者はオードトワレからはじめるのがいいのだけれど、ここはパルファムでいきましょうか」

「いきなりですか」

「大人になりたいのでしょう？　だったらぐっと雰囲気を出せるものを選ばないと」

「でも、シメオン様はあまり香水がお好きでないようですし……」

香水の中でもパルファムはもっとも濃度が高く香りが強い。使い方が難しく、敏感な人にはいやがられる。シメオン様には逆効果ではないのだろうか。

「ドレスの下、腰や太股《ふともも》の内側などにほんの少し、一滴だけつけるのよ。それでほどよい香りに抑えられるわ。直前につけてはだめよ。本番の一時間くらい前に仕込んでおくの」

言いながら夫人は小瓶を一つ選び出した。

「これがいいわね。とっておきよ。あなたの目的にぴったり」

差し出された瓶を受け取り、蓋《ふた》を取らないまま鼻を寄せてみる。

「花の系統……いえ、いくつか合わせているようですね」

「ええ。特別に調香された媚薬《びやく》よ」

「び!?」

ずばりと言われて、あやうく瓶を取り落とすところだった。そんなわたしに夫人はころころと笑う。

「なにを驚いているの、香水はそういう目的に使われるものでしょう。これでしっかりシメオンを誘惑してやりなさい」

「は、はあ」

「はじめは優しい花と果物の香りで、あとからムスクに変化するの。おしゃれに鈍感な男でも、香りの刺激には影響を受けるわ。でもつけすぎは逆効果だから、くれぐれもごく少量ね」

周りを衝立《ついたて》で囲われ、その場でドレスと下着までも脱がされて、腰にパルファムをほんの少しなじませる。その時点では香りを感じたが、服を着直すとわからなくなった。

「それでいいのよ。しばらくすればほのかに香るようになるから」

夫人はわたしに小瓶ごと譲ってくださった。淡い薔薇《ばら》色の硝子《ガラス》に三日月が浮いている。人気店「クレール・ド・リュネ」の印だ。わたしは手の中の月をじっと見つめた。

オルガさんの言った「月」とは、結局誰《だれ》を指していたのだろう。

近付いてはいけない、危険な月。それこそが大佐の背後にいる黒幕ではないかと思うのに。ざっと思い出してみても、月を家紋に使っている家はない。そういうものでないのなら、いったいなにを暗示しているのだろう。太陽の対？　丸いもの？　逆に細い三日月に似ている？　夜空に浮かぶ、美しい輝き……。

考えるほどにわからなくなってくる。もっとヒントをとお願いしたかった。

具体的に誰なのかわからなくても、多分あれだという心当たりはある。仮装舞踏会で大佐と一緒にいた仮面の人物だ。あんなにしっかり全身を隠して髪一筋も見せないなんて、よほど正体を知られたくない理由があるとしか考えられない。内偵していたローズ様も正体をつかめていないようだった。わかっていたなら、わざわざ殿下がわたしに尋ねるはずもない。

たしかに見覚えがあると感じたのよね。どうにかして思い出せないかしら……あの時の光景を脳裏に浮かべ、記憶をたぐり寄せてみる。ゆったりした優雅な動作だった。軍人たちのきびきびした動きとは反対の、どこか水面《みなも》に揺らめく月のような……。

ふと、なにかが引っかかった。さがすものが一瞬見えたような気がして追いかけるけれど、形になる前にゆらりと消えていく。つかめそうでつかめない、本当に水面の月を追っているようだった。

息を吐いて諦《あきら》める。すっきりしないけれど……もうわたしが一生懸命考える必要はないのよね。シメオン様も殿下も、わたしに協力なんて求めていらっしゃらない。わたしはこうして結婚準備をしながら、シメオン様が戻ってこられるのを待っていればいいのだ。女は家を守ることが仕事で、外の仕事は殿方にまかせるもの。殿方の領分に出しゃばってはいけない。

なんだかさみしいと感じてしまっても、それが世間の常識なのだから。

フロベール邸をあとにしたわたしは、そのまま街へ出た。馬車を先に帰してぶらぶらと歩く。単なる気晴らしのつもりだったのに、気付くと見覚えのあるホテルの前にきていた。

ローズ様とフランシス様を送った場所だ。お二人はまだここに滞在しているのだろうか。今ローズ様とお会いしたらみっともなく嫉妬《しっと》してしまいそうで怖い。内偵という危険な任務をしているのに、わたしと会うのもまずいだろう。やめておいた方がいい。

フランシス様はどうかしら。彼にはちょっと会いたいのだけれど。でもこの時間なら、仕事に出ている可能性が高いわよね。

しばし迷って、結局わたしは中へ入らずホテルに背を向けた。一人で男性を訪ねるのはいかにも外聞が悪い。供も連れずに行って二人きりで会うなんて、まるで密会だ。変な誤解をされてはフランシス様にもご迷惑だ。やっぱりやめよう。

そう思って立ち去ろうとした背中を、聞き覚えのある声が追いかけてきた。

「マリエル嬢？」

呼びかけられて振り返れば、ホテルからフランシス様が出てきたところだった。これから仕事に向かうところなのか、相変わらず地味な服装に黒い鞄《かばん》を一つ持っただけの姿だ。

「まあ、フランシス様……ごきげんよう」

これは、間がよいのか悪いのか。向こうから出てきてくれるなんて。ホテルの前というのが微妙だけれど、外で立ち話をするくらいならたまたま行き会って挨拶《あいさつ》しただけで通るかしら。

「こんにちは。こんなところでどうなさったんです？」

フランシス様は周囲を見回しながらこちらへやってきた。

「お一人ですか？」

「ええ、ちょっと買い物に出てきまして。まだここに宿泊していらっしゃいましたのね」

「他に行くところもありませんのでね」

無難な受け答えをしたつもりが、自嘲《じちょう》的な反応を引き出してしまった。言葉に詰まるわたしに気付き、フランシス様はばつが悪そうに謝る。

「……失礼。シメオンから聞いていらっしゃいませんでしたか？」

「あの……」

どこまで言っていいのだろう。たしかに聞いたけれど。

「気を遣ってくださらなくて結構ですよ。僕の母がガンディア人だというのは、皆知っていることですから」

困るわたしにフランシス様は笑って言った。優しい笑顔だけれど、完全に晴れやかなものではない。どこか陰もまとわりついていた。

「申し訳ありません。どうお答えすればよいのかと思いまして。お母様は今、ガンディアに？」

「ええ、妹もね。僕が十四の時に一家で向こうへ移ったんですよ。僕と父は時々ラグランジュへ戻っていましたが、母と妹はあれ以来一度もガンディアを出ていません」

「こちらのご親戚《しんせき》とは……」

「完全に絶縁状態です。今にはじまった話ではなく、父と母が結婚した当初からですが」

「そうなのですか……」

だから「行くところがない」となるのね。

シメオン様も少し言っていらした。親族からもほとんど縁を切られていたと。「ほとんど」では済まなかったようだ。

「身分や国籍の違う相手と惹《ひ》かれ合い、文化や価値観の違いを乗り越えて結ばれるなんて、とても運命的で素敵なお話ですのに、認めてくださらない方が多いのは残念ですね」

「芝居や小説と違って、現実はそんなものですよ。貴族にとって植民地の人間なんて、使用人以下ですからね」

ひどく突き放した言葉に驚く。フランシス様は穏やかな表情をしていらっしゃるけれど、黒い目は冷たく沈んでいた。

「そんな見方をする人ばかりではありませんわ。シメオン様や先代フロベール伯爵は差別なさらなかったのでしょう？」

決めつけられるのが悲しい。誰もがそんなに冷たいわけではないと信じたい。現実にシメオン様たちが偏見なく交流していたのだし、フランシス様のお父様もラグランジュ貴族ではないか。

そう思ったけれど、これもまた傲慢《ごうまん》なのだろうかと不安になった。フランシス様だっていい大人だ、そのくらいわかっていらっしゃるだろう。それでも嫌わずにいられないほど、この国でいやな思いをしてこられたのだ。

「……申し訳ありません、えらそうなことを」

「いや、僕の方こそ失礼しました。やつ当たりみたいなことを言って……ええ、シメオンはけして僕をいじめたり見下したりしませんでした。彼はとても強くて公平な……非の打ち所のない立派な若君でしたよ。僕を見るたびにからんできた連中も、彼の前では小さくなっていたな」

昔を思い出しているのだろう、フランシス様の表情がやわらかく、なつかしげにほころんだ。

「……そう、僕はいつも彼に憧《あこが》れていました」

「まあ、それを聞いたらシメオン様も喜ばれますわ。あちらはあちらで、フランシス様を尊敬していたと言っていましたもの」

「シメオンが？　僕を？　まさか」

今度浮かんだ笑いは、残念ながらあまりいい感じではなかった。

「本当ですよ。わたしに向かって、はっきり言われましたもの」

「尊敬されるようなことはなにもしていませんよ。彼を尊敬する人間は山ほどいるでしょうが、僕にそんな立派なところはない。僕に尊敬など……そんな価値は……」

「フランシス様」

「――いや、すみません。変なことばかり言っていますね。あなたの方が今はシメオンのことで不安でしょうに」

ついこぼしてしまったというようすだった。あわててフランシス様は話を変えた。

「いえ、わたしは……」

答えかけて、わたしは言葉を切る。フランシス様は辺りをはばかりながら小声で尋ねた。

「その後、どうなったのでしょうか」

「……まだ、なにも連絡は」

「そ、そうですか……いや、大丈夫、きっとすぐに釈放されますよ！　こんなの、なにかの間違いに決まっていますから」

「ええ、ありがとうございます」

フランシス様はそわそわとわたしから目をそらした。

「申し訳ありません、もう行かないと」

「あ、お引き止めして申し訳ありませんでした。では、また」

「ええ、失礼します」

会釈を交わして別れる。フランシス様はそそくさと足早に立ち去った。

わたしは別方向へ向かうと見せかけ、すぐに向きを変える。通行人にまぎれて、こっそりフランシス様のあとを追った。

胸がまたいやな音を立てている。同じ気持ちをつい先日も味わったばかりだ。ローズ様のことは杞《き》憂《ゆう》で済んだ。彼女はシメオン様を裏切っていなかった。でも、フランシス様は……。

わたしはなにも知らないと思って油断したのか。彼は、知っているはずのない情報を口にした。シメオン様が拘束されたことは報道されず、噂も流れていない。一般には知らされていない情報なのだ。なぜそれをフランシス様が知っていたのか。彼は軍の関係者ではない。政府の役人でもない。国営とはいえ貿易会社の社員にすぎない。披露宴会場で会って以来、フロベール家を訪ねてきてもいない。あのにくたらしいほど石頭なシメオン様が、婚約者のわたしにも教えなかった情報を友人だからと彼に教えるはずはないのに。

実はフランシス様も協力者だった、という可能性は、考えると同時に却下した。それならわたしにさぐりを入れてくる必要はない。

どうして彼は事件のことを知っていたの？

尾行をしながらわたしは唇を噛《か》んだ。これもただの杞憂で終わってほしかったのに。

ローズ様を疑い、そして真相を知らされたあと、もう一人疑うべき人がいると気付いたのだ。フランシス様も条件は同じだった。ガンディアにいて、アドリアン様の買い物に同行していた。シメオン様の幼なじみで性格や好みに詳しい。文箱の仕掛けをできる人物に当てはまっていた。

だけど、疑いたくはなかったわ。どこかぎこちない、お互い複雑な内心を抱えた関係だけど、それでも友人だと言っていた。上っ面の言葉ではなく、本当にそうなのだと見ていて信じられた。

だからフランシス様とお会いして、たしかめたかった。きっとこれもわたしの考えすぎなのだろうと、たしかめて安心したかった。

……それなのに。

どうしてと、フランシス様に詰め寄りたくなる。なぜシメオン様を陥れるの？　彼はフランシス様を差別しなかった、貴重な理解者でしょうに。

本当は嫌われていたのかもしれないと、シメオン様が言われたとおりだったのだろうか。シメオン様の行動を偽善だと嫌っていたの？　でも、それならどうして今まで付き合いを続けてきたの。

わからない。今すぐフランシス様をつかまえて、どういうことなのかと問いただしたかった。

でも、わたしがうかつな真似《まね》をしない方がいい。あんな言葉尻《じり》一つのことで騒いでも、言い逃れされてしまえばおしまいだ。他に誰も聞いていなかったのだから、証明するすべがない。

まずはフランシス様の行動を見届けよう。ただ仕事に行くだけなのか、それとも誰かに……カストネル大佐に会いに行くのか。それを見届けたあと、シメオン様に知らせよう。なにもするなと言われたけれど、手紙を出すくらいはいいだろう。殿下――に出しても、すぐ読んでもらえるかわからないわね。では副官のアランさん宛てを装って、こっそり知らせればいい。そのあとのことは、シメオン様におまかせするとして。

街の風景に溶け込み、存在に意識されないよう気配を隠すのは得意中の得意だ。わたしは一定の距離を保ってフランシス様の後ろを歩いた。

シメオン様が友人と呼んだ人にこんなことをしなければならないなんて、悲しい話だけれど……。シメオン様はどう感じるだろうか。ローズ様を疑った時と同じく、彼が受ける衝撃がいちばん気になった。それともシメオン様のことだから、フランシス様があやしいとすでに気付いているかしら。文箱の仕掛けを見破った時、当然誰のしわざかと考えただろう。

フランシス様の周囲を見回して、監視している人がいないかとさがしてみる。すると人込みの中、不自然にフランシス様へ近付いていく人たちがいるのに気付いた。

左右から寄っていって、フランシス様が気付くとほぼ同時に両脇から彼の腕を取る。逮捕の瞬間、という感じではなかった。男たちは顔だけはにこやかに、まるで友人同士がじゃれ合うかのようにフランシス様と腕を組む。顔をこわばらせるフランシス様を引っ張って、道の端に停《と》められた馬車の方へと連れていった。

……これは、なにが起きているのだろう。

当局による逮捕劇、ではないと思う。別にこっそりやる必要なんてないもの。多分誘拐……よね？

いったいどうなっているのかしら。

とにかく追跡だ。フランシス様を押し込んだ馬車が走り出すと、わたしは近くで客待ちしていた辻《つじ》馬車へ駆け寄った。

「すみません、あの馬車を追ってください！」

「へい……？」

いぶかしげな顔をした駁者《ぎょしゃ》に去っていく馬車を示す。駁者はなにを勘違いしたのか、にやりと笑った。

「なんだい、彼氏の浮気現場でも押さえるのか？」

「そうなるかもしれませんね。倍額お支払いしますから、気付かれないように追ってくださいな」

素早く手提げからお金を取り出し、前金として通常の額を渡す。駁者は不敵な顔で笑った。

「よっしゃ、乗りな。おっちゃんは女の子の味方だぜ！」

「かっこいいですわ！　お願いします！」

わたしが乗り込めば、すぐに馬車は走り出す。駁者は誘拐犯たちの馬車を見失うことなく追跡してくれた。

何度も角を曲がり、次第にせせこましい通りへと入っていく。どうやら下町方面へ向かっているようだ。窓の外の風景がなじみのないものに変わっていく。このまま進むとあまり柄のよろしくない地域に入る。街へはよく出てくるわたしでも、そうした場所へ足を踏み込んだことはほとんどないので、少し不安になった。

このまま追いかけて、どこへ入るのかを見届けて……それから、どうしよう。

わたし一人でどうにかできるはずもない。警察に知らせても、はたして真面目《まじめ》に取り合ってくれるやら。子供や女性がさらわれたならともかく、大人の男性同士となるとただのけんか扱いされて動いてもらえない可能性が高い。

予定どおり、シメオン様に知らせるしかないわよね。でも知らせるだけであとはおまかせしちゃって大丈夫だろうか。犯人は何者なのか、なぜ彼を誘拐するのか、考えると不安が膨らんでくる。

お金を持っていそうな外見ではないし、お仕事の関係でもガンディアならともかく本国で危険に遭うとは思えない。わたしはフランシス様のことをよく知らないから、なにか事情があるのかもしれないけれど……やはり今の状況では、カストネル大佐の差し金ではないかと考えずにいられなかった。

フランシス様が文箱の仕掛けをしたのなら、大佐の仲間のはず。なのにこんなふうに拉致《らち》されるなら、その理由は。

あの夜と同じことが起きてしまうのではないだろうか。血の海の記憶がフランシス様の姿に重なって、わたしは思わず服の胸元をぎゅっとつかんだ。

シメオン様……どうしましょう。どうすればいいの？

馬車の振動が大きくなってくる。舗装状態の悪い下町に入ったようだ。馬車自体の乗り心地もあまりよくないから酔いそうだ。気分が悪くなってきた頃《ころ》、ようやくフランシス様を乗せた馬車が停まった。

「お嬢ちゃん、前の馬車停まったぜ」

馭者が声をかけてくる。わたしはあまり顔を出さないようにしながら外を見た。

「そのままゆっくり通りすぎてください」

前の馬車からフランシス様が降りてきた。ここでもまだ両腕をがっちり押さえられている。こちらの馬車が彼らのそばを通ったので、わたしは気付かれないよう小さくなって隠れた。

通りすぎてからもう一度外を見れば、フランシス様たちが建物の中へ入っていくところだった。わたしは馭者に声をかけて停めてもらい、馬車を降りた。

「あの建物は、なんでしょう」

「ありゃあ、賭場《とば》だな。売春宿も兼ねてる」

馭者は顎《あご》をさすりながら、気の毒そうに言った。

「どうもこいつぁ、ただの浮気どころじゃねえな。あんなとこに出入りする男なんぞろくなもんじゃねえよ。お嬢ちゃん、悪いことは言わねえからすっぱり別れな。借金とたちの悪い女までついてくるぜ。あんたカモにされてんのかもしんねえ」

賭博場《とばくじょう》ね。彼らは遊びにきたわけではないだろう。周りを見れば、ずいぶんと猥雑《わいざつ》な雰囲気の通りだった。悪人たちが身を隠すにはもってこいといったところかしら。

わたしはここの番地を教えてもらい、手帳のページを破り取って短い手紙を書いた。細く折り畳んでリボンのように結び、後金と一緒に渡す。

「お願いします、これを大急ぎで王宮へ届けてください」

「はぁっ⁉　王宮って、あんた」

「近衛《このえ》騎士団のアラン・リスナールという人に渡していただけますか。もし不在なら――そうですね、ポワソン団長様に」

「いやいやいや、無茶言わんでくれよ。王宮なんて門番に追い払われてしまいだよ」

「正門ではなくボヌール門――西側にある騎士団官舎に近い通用門へ行けば大丈夫です」

「いや……でもよ」

わたしが押しつけた手紙とお金を見下ろして、馭者はとても困った顔をする。辻馬車で王宮へ乗り付ける人なんていないから、近付いたこともないのだろう。わたしは懸命に頼み込んだ。

「お願いします。手紙に謝礼を渡してくださるよう書き添えておきましたので、届けていただければ百アルジェもらえますよ」

「百……」

丸一日分の稼ぎより多いはずだ。お遣い一つでそれだけもらえると聞いて、馭者の顔つきが変わった。

「ええと、ボヌール門で、アラン……なんだっけ？」

「アラン・リスナールさんです。マリエルから頼まれたと言えばわかってくれます。できるだけ急いで届けてください」

「アラン・リスナールにマリエルね。わかったけどよ、あんたはどうすんだい？　あんたみたいな金持ちっぽい嬢ちゃんがいると、強盗や人さらいに襲われるぜ。ここらはちょっと危ねえからな」

「そうですね……」

下町へ来るつもりなんてなかったから、いつものドレスのままだ。どれだけ気配を抑えてもこの風景にはなじめない。通りすがる人もちらちら視線を向けてくる。どこかに隠れられないかと周囲を見回すわたしのすぐ近くに、新たにやってきた馬車が停まった。

不自然な位置での停車に意図的なものを感じて目を向けると、馬車の窓が開いた。

「あ……」

顔を見せた人に驚きの声を漏らしてしまう。わたしを見返す蜂蜜《はちみつ》色の目がいたずらっぽく微笑《ほほえ》んだ。

駅者台から降りた人が扉を開きにいく。十四、五歳くらいの黒髪の少年だ。従者らしい少年は扉を開くと脇《わき》へ控え、うやうやしく頭を下げた。

中の人物が降りてくる。今日も仕立てのよい高級な紳士服を着ていた。

「なにかお困りかな、お嬢さん」

甘い艶《つや》を含んだ声が音楽のように耳をくすぐる。彼に目を奪われながら、わたしは無意識につぶやいていた。

「ミエルさん……」

「蜂蜜《ミエル》？」

降りてきた男性が面白そうに眉《まゆ》を上げる。あ、と口を押さえるわたしに笑いをこぼした。

「これはまた、ずいぶんと可愛らしい呼び名を頂戴《ちょうだい》したものだ」

「し、失礼いたしました」

いけない、つい口に出してしまった。まとう色彩もとろりとした色気も、なにもかもが蜂蜜を連想させるものだから、ずっと彼を蜂蜜《ミエル》さんと呼んでいたのよね。

わたしの前に現れたのは、あの謎《なぞ》の金髪男性だった。今日もゆるく巻いた髪が美しく輝いている。ラグランジュ風の装いに南方の血を示す濃い色の肌が違和感なく似合うのは、優雅でどこか傲然《ごうぜん》とした、貴族的な雰囲気のためだろう。それでいて不快感を与えないのは、目元が優しく垂れているからか。

「……なにかご用ですか」

もうこの人と出会うのが偶然だとは思っていない。狙《ねら》ったようにこの場に現れるとは、わたしの行動を監視でもしていたのだろうか。

警戒を見せれば、男性は近付く途中で足を止めた。

「手伝いができるかと思ったのだが。いらぬ世話だったかな？」

「お手伝い？」

「さきほどの彼を追いたそうじゃないか」

いったいどこから見ていたのだろう。わたしは口をむうと曲げた。

「イーズデイルのお方がどうしてこの場面でわたしを手伝ってくださるのでしょう」

「おや」

男性は蜂蜜色の瞳を楽しげにきらめかせた。

「なぜ私がイーズデイル人と？」

「とてもお上手なラグランジュ語ですけど、ほんの少しイーズデイル風のなまりが残っていますわ。それにあなたのように印象的な方、わたしがこれまでに見逃してきたはずがありません」

男性の顔に少しばかり感心の色が浮かぶ。

「なるほど、規格外のはねっ返りでもさすがは生粋の貴族令嬢か。わずかなくせを聞き逃さないほどに、しっかり教育されているわけだね」

「イーズデイルの令嬢たちも同じでしょう？　発音と所作は淑女教育の初歩ですわ」

中産階級から上流階級へ嫁入りした女性たちがまず苦労するのが、発音だという。同じラグランジュ語でも階層によって使われる言葉は違うものだ。身になじんだ話し方を一から直すのは容易なことではない。どれだけ身なりを整えても口を開いたとたん生まれが知れてしまうという話は有名で、物語ではいじめの場面によく使われていた。

貴族の子供は徹底的に美しい発音を叩《たた》き込まれる。おかげで聞き取る能力も磨かれる。外国人の話すラグランジュ語なんて違いがすぐわかる。

「ふむ。敵国の人間など信用できないか」

「あら、イーズデイルは友好国でしょう。あなたが悪人の仲間だとは思っていませんわ。もしそうなら、まわりくどい真似をせずさっさとわたしをとらえればよいのですから」

きっぱりと言いきれば、男性は少し意地悪な表情になる。

「どうだろうね。別口の悪人かもしれないよ。このまま外国までさらわれてしまったらどうする？」

子供をからかうような口調に、わたしはふんと顎をそびやかした。

「けっこうですとも。あなたのように創作意欲を刺激される殿方、じっくり観察できるならせいぜい妄想の糧にさせていただきますわ。もうじきジュリエンヌの誕生日ですから、あの子好みのお話にしてあげます」

「……なんだろう、すごくいやな予感がする」

男性は笑いを消して目をそらした。ふんだ、子供ではないのだから、あなたにその気がないことくらいわかりますよ。

何者なのかはわからない。でも悪意は感じられなかった。何度も周囲に出没して、まるでつけ回されているみたいだけれど、不快感は覚えない。わたしに変な真似をしようと狙われているとは思わなかった。

シメオン様には甘いと叱《しか》られてしまうかしら。でもわたしの人間観察力はちょっと自慢できるんだから。きっと間違っていないわ。

「本当に手伝ってくださいます?」

わたしは自ら男性へと足を進めた。ずいぶんと背が高い人だ。シメオン様よりさらに高そうだ。

「危険があると予想されます。あなたはご自分の身だけでなく、わたしのことまで守ってくださいますか」

「危険と承知で乗り込むつもり?」

「応援は呼びますが、間に合うかわかりません。人命に関わるかもしれないので、できることなら助けにいきたいのです」

うんと顔を上げて高いところにある蜂蜜色の瞳を見つめる。首が痛くなりそうだと思ったのを察したのか、男性は少し身をかがめて視線を近付けてくれた。

「君の大切な人を陥れた相手なのに？　助ける価値があるのだろうか」

なんでも知っているのね。この人がすべての黒幕じゃないのと、ちょっとやけくそ気味に考えた。

「その答えを出すのは、わたしではありません。わたしは、事情もわからないまま最悪の事態になるのがいやなのです。彼にはちゃんと申し開きをしてもらい、そして謝ってもらいたいです」

声を上げて笑いながら、男性は姿勢を戻した。

「勇敢にして無謀なお嬢さんだ。そして優しい――彼の言ったとおりだね」

「え？」

「よろしい、君の願いに応《こた》えよう。そのかわりこちらの指示に従うのだよ。勝手に飛び出されては守れない」

男性は鷹揚《おうよう》に言う。わたしは笑顔になってうなずき、そして後ろを振り返った。

「どうぞ、行ってください」

やり取りを眺めていた馭者に頼む。馭者は不安そうにわたしと金髪男性を見くらべた。

「大丈夫なのかい、お嬢ちゃん」

「ええ、ご心配なく。とにかく急ぐ必要がありますので、よろしくお願いしますね」

「うーむ、まあなんだ、傷ついてる時にいい男が現れるとふらっといっちまうだろうけど、顔につられちゃだめだぜ。男は顔より甲斐性《かいしょう》で選ぶもんだ。それがいちばん間違いがねえ」

「はい？」

「そんじゃ、ひとっ走り行ってくるぜ！　おっちゃんにまかせな。あんたを裏切ったろくでなし男を成敗してくれる騎士様たちを、呼んできてやっからよ！」

たのもしく宣言して馭者は馬車に飛び乗り、馬に号令をかけた。ガラガラと音を立てて、馬車は勢いよく走り去っていった。

まだ浮気男の追跡だと思っていたのね……いいけど。

「ラグランジュ人は陽気だね」

喉《のど》を鳴らしながら金髪男性は笑う。顔で女をだます甲斐性なし扱いされたことには、怒っていないようだ。

彼は扉が開かれたままの馬車を示し、わたしをうながした。

「その格好では行けないよ。この子と服を取り替えなさい」

言われて少年従者へ目を向ければ、相手もこちらを見ていて目が合う。突然の指示に驚くようすも見せず、無表情なままだった。

「アーサー、レディの着替えを手伝ってさしあげなさい」

「かしこまりました、マスター」

少年はあっさりと承諾して頭を下げる。わたしは彼ほど素直にはうなずけなかった。

「いえあの、着替えはしかたないとしても、男の子に手伝っていただくのは。自分で着替えます」

「そのドレスを一人で脱ぐのは大変だろうに。後ろをほどくくらいは頼んでもよかろう？　アーサーだって裸で馬車から放り出されたらかわいそうだ」

「う……」

たしかに、わたしに服を提供するためには、彼は一旦下着姿にならなければいけない。どうしたって一緒に乗り込むしかない。

「レディがお脱ぎになる時には後ろを向きます。お気に障るようでしたら目隠しをなさってもかまいませんので」

アーサー少年がにこりともせず淡々と言う。なにも感じていなそうな顔を見ていると、うろたえている自分が自意識過剰な気がしてきた。

——そんなはずないんだけど。誰だってうろたえると思うんだけど。

この二人には言っても通用しなそうだ。いいわよもう、どうせ貧相だしね！

わたしは覚悟を決めて、息を吐き出した。

「……では、お願いします」

10

まだ日が高いというのに賭博場《とばくじょう》の中は酔っぱらいがゴロゴロしていて、煙草《タバコ》の煙とお酒の臭《にお》いでむせ返りそうに空気が悪かった。

「うう……」

さんざん揺られたあとにこれはきつい。気分が悪くなりそうだ。わたしは前を行くミエルさんの背中にくっついて煙よけにした。彼のまとう香りが少しだけ気分をよくしてくれる。優しいローズウッドとムスクが大人《おとな》の落ち着きを感じさせた。

名前を聞いても教えてくれず「ミエルでいいよ」としか言ってくれないので、もう開き直って堂々と呼ばせてもらっている。教えられないということは、名前だけですぐに素性がわかってしまうような人なのだろうか。

見るからに貴族的な彼には、入った瞬間から視線が集中していた。賭《か》け事は紳士の遊びの一つではあるけれど、上流階級の男性たちには専用の紳士クラブがある。こうした場末の賭博場に足を運ぶことはない。馬鹿《ばか》な金持ちが好奇心を起こして迷い込んできたと、獲物を物色する目で見られていた。

気にするようすもなく悠然と歩くミエルさんにくっついて、わたしも周囲を見回す。いくつもの遊戯台を人が取り囲んで歓声や怒号を上げている。休憩や食事のためと思われる場所では、はしたないほど胸元を開いた女性をはべらせて、お酒を飲んでいる人たちがいた。

ここへきた目的を忘れるつもりは毛頭ないけれど、せっかくだからこの光景はしっかり記憶に焼き付けておこう。のちの作品に活《い》かせるように！

「怯《おび》えてはいないのだね。度胸が据わっていることだ」

ちらりとわたしを振り返り、ミエルさんが笑う。

「あなたが目立ちすぎるおかげで、誰《だれ》もわたしには注目しませんから」

従者の服を着て化粧を落とし、髪は後ろで一つに束ねている。そんなわたしを見る人はほとんどいなかった。いくら男装しても女だとすぐにわかって、その異様さが目立つのではと心配していたのに、全然問題なかったわ。誰もわたしを気にしない。ささやかな胸はコルセットを外してジレで隠したことにより、ほとんど存在を主張しなくなった。皆わたしを男の子と思って疑わないようだ。この場合はありがたいはずなのに、なんだかしみじみ切なかった。

ローズ様は男装してもお色気満点だったのに……。

くやしいから逆に楽しんでやる。わたしは従者、わたしは男の子。自分に言い聞かせ、いつものように気配を抑えてミエルさんにつき従う。かさばる装飾や広がるスカートのない男性服は動きやすくてよかった。ローズ様のお気持ちがとっても理解できたわ！　これはちょっとくせになりそう。ただ、少し寸法が大きいのが難点だ。アーサー君はわたしと背丈がほとんど同じだから問題ないだろうと思ったのに、着てみれば袖《そで》も丈も長いし、なにより靴が大きい。ハンカチを詰めて縦幅はどうにか合わせたけれど、横幅も余るので歩きにくかった。

華奢《きゃしゃ》に見えても男の子って意外に大きいのね。

ざっと見回したところ、フランシス様の姿はなかった。ここは売春宿も兼ねているというから、それ用の部屋が二階にある。おそらくそちらへ連れ込まれたのだろう。

うーむ、怪しまれずに二階へ上がる方法は……いやいやいや、無理無理無理無理。

娼婦《しょうふ》らしき女性たちの方を見てしまい、頭に浮かびかけた考えを打ち消した。さすがにそれは無理でしょう。

と、思ったのに、向こうから近付いてくる。

「やぁだ、なにこの色男。どこの若様？」

「きれいな男ねえ。こんな美形はじめて見たわ」

む。たしかにミエルさんはとっても美形だけれど、シメオン様だって負けていないわよ。

「ねえお兄さん、あたしを買ってよ。うんと楽しませてあげるわよ」

「年増は引っ込みな。どう見ても兄さんの方が若いじゃない」

「ブスこそ引っ込んでな！」

「ねえねえ旦那《だんな》、若い女の方がいいでしょ？　この店ではあたしがいちばん若いわよ」

化粧の濃い女たちが彼を取り巻き、はじらうようすもなくくっついてくる。腕を取って豊満な胸元を押しつける姿に、わたしの方がドキドキしてしまった。あっあっ、あんなにむぎゅっと——皆さん素敵な谷間ね！

きゃあきゃあ騒ぐ女たちに群がられても、ミエルさんは動じなかった。変わらず悠然と微笑《ほほえ》んで、魅惑の艶《つや》声で言う。

「いつもと違った刺激的な遊びがしたくてね。君たちも楽しませてくれそうだが、まずはゲームがしたいな。私はカードが好きなのだけれど、入れるだろうか」

カードの台を見て尋ねる。そちらの男たちも、ある者はうるさそうに、ある者は興味津々で彼を見ていた。前者はもてる男が憎いのね。

って、遊んでいる場合ではないんですけど。

わたしは抗議の視線をミエルさんに送る。彼は一瞬だけわたしを振り返り、無言でたしなめた。

うー……指示に従うと約束したけど、なにを考えているのかしら。

娼婦たちに引っ張られるようにしてミエルさんはカードの台へ近付いた。ゲームをしていた男たちは彼が参加することを拒まなかった。最高級のカモがきたと舌なめずりせんばかりだ。

大丈夫なのかしら。こういうところではイカサマも横行していると聞くのに、身ぐるみ剥《は》がされちゃうかもよ。

ため息をつきたい気分でわたしはミエルさんが差し出した杖《ステッキ》を預かる。ずしりと重かった。中に鉄芯《てっしん》でも入っているの……というか、これってもしかして。

わたしが杖に気を取られているうちにミエルさんは腰を下ろし、ゲームをはじめてしまう。娼婦の一人が背後に立とうとしたので、わたしが強引に割り込ませてもらった。ここは従者として権利を主張させていただくわ。どこまでイカサマを防げるかわからないけれど。

にらんでくる目に対抗すれば、フンと鼻を鳴らして娼婦が離れていく。彼女が動いて後ろに座る人々が見えた瞬間、わたしはあやうく声を上げるところだった。

あわてて前に向き直る。ミエルさんは配られたカードを手にしたところだった。そちらを見ているふりで、意識と耳は全力で後ろに集中する。

「くそっ、あの若造が！」

ガン、と硬いものを叩《たた》きつける音が響いた。お酒のグラスをテーブルに置いたのだろう。

「やつめ、いったいなにをしやがった!?　上手《うま》く容疑をかけて逮捕させられたと思ったのに、そのあとがことごとく不発だ！　どうなってるんだまったく！　いつまで経っても有罪確定の発表はないし、新聞屋どももだんまりだ。ゴシップまみれの『ラ・モーム』すら一行も載せとらん。貴族たちの間に噂《うわさ》も出回っとらんようだし、なぜこうも完全に押さえられてるんだ!?」

怒りと憎しみをたぎらせた声が、ひそめられることもなく響いている。周りで戯れる男女はそうした光景に慣れているのか、見向きもしない。さらに大騒ぎしていて多少の声などかき消されるのをいいことに、背後の人物は憤懣《ふんまん》をぶちまけていた。

「こんなはずではなかったのに……やつが、あのすました近衛《このえ》の若造が手を回したのか!?　顔と家柄しか取り柄のないボンクラが！」

誰のことを言っているのか聞かなくてもわかる。そして誰のことよとつっこみたかった。

顔と家柄以外にもいっぱい素晴らしいところを持っていらっしゃるわよ！　この世でいちばん賢くて、いちばん勇敢で、いちばん強くて、いちばん萌《も》えるわたしの腹黒参謀のどこがボンクラですって!?　よくも言ってくれたわね、赤髭《あかひげ》のくせに！

——そう、背後にいるのはあのカストネル大佐だった。軍服こそ脱いでいるものの、特徴的な髭が真っ先に目に飛び込んでくる。部下なのか仲間なのか、大佐の周りにいる男の中に、フランシス様を拉致《らち》した誘拐犯がいたのも見た。やはりあれは大佐の差し金だったのだ。

なるほど、それでミエルさんはこの台へきたのね——と少しだけ意識を前に戻せば、彼のもとにコインが集められるところだった。あら、勝ったのね。

「なんか、こっちがまずくなってきてませんかね。ラザールやデジレと連絡がつかないんですよ。周りの連中もどうしたのか知らないって言うし……多分、ひそかに拘束されたんじゃないかと」

「…………」

「憲兵隊にも調査の手が入って、何人か別件で連れていかれました」

「……ええい！」

またガンと音が響く。どうやらシメオン様たちは、じわじわと包囲網を狭めているようだ。冤罪《えんざい》を着せて窮地に追い込もうとしていた相手に逆に大佐たちが追い詰められている。彼らの焦りが背を向けていても伝わってきた。

「我々は大丈夫なんでしょうか」

「ふん、そいつらを逮捕したところで、こっちには関係ない。俺《おれ》にどんな罪状がある？　俺は裏取り引きの情報をつかんで報告しただけだ。やつが逮捕されたのは、じっさいに間諜《かんちょう》と接触したからだ。俺たちがなにをした？　ただ報告しただけだぞ」

大佐は直接手を下さず、シメオン様が罠《わな》に嵌《は》まるよう準備だけを整えたらしい。シメオン様の拘束や家宅捜索に直接関与した人たちは詳しい内情を聞いていなくて、もしかすると大佐が仕向けたことだとも知らないのかもしれなかった。

証拠がないってシメオン様も言っていたものね。その証拠を押さえるために、罠に嵌められたふりで内偵を進めていた。ローズ様の協力を得てもまだ大佐の逮捕には踏み切れないのかしら。

わっと歓声が上がり、コインの音が響く。またミエルさんが一人勝ちしたようだ。

「パイヤールは始末した。あとは上のガンディアまじりを始末してしまえば、俺たちにつながる糸はなくなる」

大佐の言葉にぎくりとした。ガンディアまじり……フランシス様のことだ。先に始末されたパイヤールというのは、仮装舞踏会で殺された人だろうか。

わたしの危惧《きぐ》したことが、どんどん現実になっていく。怖い。

「やはり始末するので？」

「しかたあるまい。こんなことにならなければガンディアに追い返して終わりだったんだがな。やつとて後ろめたい身だ、どこへも漏らせん。パイヤールみたいに調子に乗って、ゆすりのネタにしようなんぞとは考えられんかっただろうに」

ふん、と大きく息を吐き出す音がして、煙の匂いが漂ってくる。大佐が煙草に火をつけたらしい。

「だが文箱の仕掛けが見抜かれていたとしたら、やつから足がつくおそれがある。さっさと始末せんと俺たちまで危なくなる。このところ、あの方からの連絡も途絶えたからな。切り捨てられたと考えるしかあるまい」

あの方――またぎくりとする言葉に、振り返りたい衝動を必死にこらえた。大佐の後ろにいる黒幕。そう、シメオン様がいちばん釣り上げたいのはそっちの方だ。冤罪より機密漏洩《ろうえい》の方を重視している。そのために大佐を泳がせているのだろう。ここで名前を聞けたら大きな手がかりになる。

わたしは一言も聞き漏らすまいと全神経を背後に集中した。大佐たちはなんだかんだと愚痴り合っていたが、結局黒幕の名前は出てこなかった。ヒントになる情報すらつかめない。話を聞いていて、大佐自身も黒幕の正体を知らないのではないかと感じた。

舞踏会の時のように姿を隠し、名前を隠し、どこの誰とも悟らせずに接触したのだろうか。シメオン様に恨みを持つ貴族とだけ認識させて……多分、大佐は無理に正体をさぐろうとはしなかっただろう。貴族同士の足の引っ張り合いは日常茶飯事だ。陰謀なんてありふれている。フロベール家に対抗している誰かとだけわかれば、大佐には十分だったのかもしれない。

わたしは唇を噛《か》んだ。あと一歩でつかめるというところまで近付けたのに、またするりと逃げられてしまった。白い仮面が脳裏で嘲笑《あざわら》っている。

シメオン様を陥れたがっている人間を見つけ出し、罠の材料を用意してやって、陰から焚《た》きつけて。自身はいっさい姿を見せず、危なくなれば切り捨てておしまい。なんて卑劣なのだろうか。

――馬鹿にしないで。わたしがつきとめてみせるから。かならず月をつかまえるわ!

ぐっと杖をにぎりしめて決意した時、また歓声に意識が引き戻された。ふと気付けば、ミエルさんの前にコインの山ができていた。また勝ったの!?　ミエルさん強すぎない!?　それともわざと勝たせて調子に乗せて、あとから一気に巻き上げようという作戦なのかしら!?

「うーん、どうにも手応《てごた》えがなくてつまらないね」

退屈そうにミエルさんが言った。

「これ以上一人勝ちするのも申し訳ないし、このくらいでやめておこうか」

カードを投げ出す彼を対戦者たちが引き止める。

「旦那、勝ち逃げはずるいや。もう一勝負といこうや」

「そうだぜ、ここから面白くなるんだからよ」

負けっぱなしで逃げられたのでは大損だ。彼らはなんとかミエルさんをゲームに戻そうとする。けれどミエルさんは席を立った。

「すまないが、私はこれ以上やっても楽しめそうにないよ。彼女たちの方が楽しませてくれそうだ」

見物していた娼婦たちへ目を向ければ、たちまち誰が相手をするかの争いがはじまる。そちらは放って、ミエルさんはわたしから杖を取り上げた。

店の人を呼んでコインを換金してもらう。分厚い札束がわたしに預けられたが、どう持てばよいのかと悩む。財布にもポケットにも入りきらない。しかたがないのでそのままにぎりしめ、ミエルさんのあとに従った。

熾烈《しれつ》な闘いに勝った娼婦を抱いて、ミエルさんは階段へ向かう。このままついていっていいのかものすごく迷うところだが、ここに残って待つわけにもいかない。それに二階へ上がればフランシス様をさがせる。お邪魔虫上等でわたしはついていった。ちなみにミエルさん、まさか本当に娼婦買いする気ではないですよね？

その気だったとしても楽しめる状況ではなさそうだ。ミエルさんと対戦していた男たちが、いやな目つきで見送っている。こちらが階段を上がると、そろりと腰を浮かせたのがわかった。

ミエルさんは娼婦と調子よくおしゃべりしながら振り向きもしない。多分、わかってやっているのだと思うけれど……本当に大丈夫なのかしら。

二階へ上がれば、廊下の左右に扉が並んでいた。全部で六部屋。どこにフランシス様がいるだろうか。すべての扉が閉じられていて中は見えない。大佐は上と言ったから、このどれかにいるのはほぼ間違いないと思うけれど……片っ端から開けて回るしかないかしら。

「こっち、こっちよ」

娼婦がミエルさんを扉の一つへ誘う。うん、あそこは除外していいのね。

けれど彼女が扉を開けもしないうちから、さきほどの男たちが姿を現した。ぞろぞろと集団で追いかけてくる。

「待ちなよ、旦那。ここで遊ぶにゃそれなりのしきたりってもんがあるんだぜ」

「勝つだけ勝って逃げられると思うなよ」

ああー、やっぱりぃ。どうしたって身ぐるみコースじゃない。

狙《ねら》われているのはミエルさんのお財布とわたしが持つ札束だろう。

「ちょっとぉ、商売の邪魔しないでよ」

「うるせえ、てめえはすっこんでな」

文句を言う娼婦にすごんで男たちはミエルさんに迫る。

「ゲームは終わった。ちゃんと勝敗がついて正当に掛け金を徴収しただけだ。なにがいけない？」

「はっ、どこの若様か知らねえが、いきがってこんなとこに入ってきたのが悪いんだよ。痛い目見たくなきゃ持ってるもん全部出しな。そっちの小僧もその金よこせや！」

わたしの存在に気付いていたのはいいけど、小僧ですか！　これだけ近くでまっすぐ顔を見ても女だとわかりません⁉

ミエルさんの大きな背中がわたしの前に立って、男たちから隠した。

「痛い目ね。たとえば、こんな？」

なんの気負いも見せず、いきなりミエルさんは手にした杖を振り上げる。まともに横っ面を殴られて、詰め寄っていた男が倒れ込んだ。

「ぎゃあっ」

「てめこの、ざけんなよ！」

いきり立った仲間たちが飛びかかってくる。ミエルさんはわたしを後ろへ押しやり、くり出される拳《こぶし》をかわした。

はじまった乱闘にわたしは身をすくめて壁際に逃げる。自信たっぷりだったし体格もシメオン様と似ているから、腕に覚えがあるのだろうとは思っていた。鍛えられた軍人とただの貴公子では見た感じからして違うのよね。予想どおりミエルさんは強かった。何人もの男たちを余裕であしらっている。

彼に殴られたり蹴《け》られたりして男たちが倒れ、廊下に大きな音が何度も響いた。娼婦の悲鳴や男たちの怒号が入り乱れ、耳をふさぎたい大騒ぎだ。ミエルさんは手加減しているようで、一撃で昏倒《こんとう》させはしない。こうした場所の常連だから、ちょっと殴られたくらいでは男たちも怯《ひる》まない。かえって頭に血を上らせて何度も彼に飛びかかってきた。

わたしはミエルさんの意図を察して身をひるがえした。けんかの騒ぎにまぎれてフランシス様をさがすのだ。今なら大佐たちもただの馬鹿騒ぎと思って見にこないだろう。フランシス様を助けることができる。

まずいちばん近くの扉に飛びつき、中を覗《のぞ》き込んだ。——そういえばここはミエルさんを連れ込もうとしていた部屋でした。空振りなので次へ向かう。

「ひゃあ！」

使用中でした！　外の騒ぎもおかまいなしにお楽しみの真っ最中だ。わたしは必死に扉を閉じた。あわわわわ。あんな、あんなふうにするのねっ。

足をもつれさせながら次の扉へ向かう。びくびくと開ければ、ベッドに人の姿はなかった。それに安堵《あんど》して室内を見回すと、椅子《いす》に縛りつけられた人を発見した。

「フランシス様！」

「え……」

わたしは室内へ飛び込んだ。ぐったりしていたフランシス様が顔を上げ、わたしを見て驚く。

「マ、マリエル嬢……？　どうして……」

殴られたようで頬《ほお》が青黒くなり腫《は》れている。でも他《ほか》に怪我《けが》はなさそうだ。わたしは彼を縛る縄をほどこうと椅子の後ろに回った。

「むむ……か、固い」

ぎっちり結ばれた縄は手ごわく、ほどこうとしても指が痛くなるばかりだ。

「マリエル嬢……なんでここにいるんですか……いや、そんなことはいい。早く逃げなさい！　あいつらが戻ってきたら大変なことになる」

自分の状況を無視してフランシス様は叱《しか》るように言う。わたしは縄から顔を上げないまま言い返した。

「大変だからきたんですよ！　このままだとフランシス様殺されちゃうんですよ。それこそ早く逃げないと！」

「知っていますよ……あいつらは追い詰められている。証人の僕を生かしておくはずがない」

「わかってらっしゃるなら」

「自業自得なんです。僕は殺されたってしかたがない……もういいから、早く逃げてください」

フランシス様はなげやりに言う。助かりたいとは思っていないようだ。

「それは、シメオン様を裏切ったからですか？」

「……………」

「自業自得とおっしゃるなら、悪かったと思ってらっしゃるんですね。自分がひどいことをしたと自覚があるんでしょう」

「……ありますよ。あるからこそ」

「だったら頑張って脱出してください！　このまま申し開きも謝罪もせずに逃げるなんて許しませんよ。ちゃんとシメオン様の前ですべて説明して、ひれ伏して謝ってください！」

「…………」

わたしは邪魔な札束を床に叩きつけて、必死に縄に取りついた。爪《つめ》が剥がれるかという痛みに顔がゆがむ。

「あなたに裏切られて、挙げ句死なれたら、シメオン様がどれだけ辛《つら》い思いをされるか想像もしてくださいませんの⁉　自分を裏切ったやつなんて死ねばいいと考える人ではありませんよ。どうしてこんなことになったのかと嘆き、もっと早く気付くことはできなかったのかと悔やみます。一生消えない傷になって残ります。シメオン様はそういう人ですよ！　あの人にそんな苦しみを負わせるなんて許しませんからね！　死にたいならここを脱出してやるべきことをやってからです。きちんと罪を償って百年くらい反省してから死んでください！　ああもう固い！」

「百年も経ったらいやでも死んでるよねえ」

あまりに手ごわい結び目に癇癪《かんしゃく》を起こしかけた時、のんびりした声が頭上から降ってきた。

「ミエルさん、外は？」

「うん、さがしものが見つかったようだから、ひとまずおとなしくなってもらった。どれ、かわりなさい」

いつの間にか廊下は静かになっていた。わたしを押しのけてミエルさんが縄に手をかける。あんなに固くて苦戦させられた結び目が、彼にかかるとあっさりほどかれてしまった。

「納得できないわ……」

「その細い指ではしかたなかろう」

縄を取り払い、ミエルさんはフランシス様の腕をつかんで立たせる。

「君がフランシス君か。ご婦人がこれだけ勇気を見せているのに、不甲斐《ふがい》ない負け犬に浸り続けるつもりかい？　自分を憐《あわ》れむのは気持ちがよかろうが、身勝手で迷惑なだけだね。君一人が死んだところで誰の役にも立たないよ。面倒ごとが増えるだけだ。ほんの少しでも償う気持ちがあるなら、今はしっかり足を動かしなさい」

優しい微笑みを浮かべながら、とてつもなくきついことを言う。フランシス様は怒るべきか驚くべきか測りかねるという、非常に複雑な顔になった。

「あなたは……」

「ミエルと呼んでいいよ。足は問題ないね。ではついておいで」

フランシス様から手を放してミエルさんは背を向ける。わたしは床から札束を拾い上げ、フランシス様のそばに立った。

「行きましょう、フランシス様」

「……はい」

そっと背中を押せば、今度はうなずいてくださった。わたしたちはミエルさんの背中を追って廊下へ出た。

「いてて……くそう……」

「なんなのよ、もう。ねえ！　あたしを買ってくれるんじゃなかったの⁉」

そこかしこで男たちがうめいていて、娼婦がミエルさんにくってかかる。ミエルさんはわたしにちょいちょいと手招きして、札束を取り上げた。

「すまないね、その時間がなくなった。これで勘弁してくれるかな」

数枚引き抜いて娼婦に渡す。額をたしかめた娼婦は怒りを引っ込めたが、ミエルさんに未練があるようでまだ引き止めたいそぶりを見せた。

「別の場所から出たいんだが、二階から裏口へ回ったりはできないかな？」

「……ねえ、急がなくてもいいじゃない。なんかそっちの人も怪我してるみたいだし、あたしの部屋で休んでいきなよ」

「また今度ね。うーん、見たところ別の階段はないし、窓から出るしかないかな」

「窓からですか？」

わたしは外から見た高さを思い出した。

「危ないのでは……怪我をしそうです」

「二階くらいたいした高さじゃないよ。大丈夫、君は私がちゃんと面倒見てあげるから。そちらの君は自力で頑張りなさい」

「はあ……」

わたしとフランシス様は顔を見合わせる。娼婦がとがった声を出した。

「ちょっと、そっちの眼鏡《めがね》、女なの⁉」

今頃《いまごろ》気付いたんですか……。

ミエルさんはかまわずわたしの背中を押して、出てきた部屋に戻ろうとする。娼婦が先回りして立ちふさがった。

「お待ちよ、どういうつもりなの⁉」

「私の従者が男だろうが女だろうが君には関係なかろう。邪魔だ、そこをのきなさい」

「馬鹿にしてんじゃないわよ！」

「おいてめえ、待ちやがれ」

復活した男たちもまたからんでくる。根性は認めるけれど本当に邪魔だわ――と、うんざり見やった彼らの後ろに、さらに人が集まっているのをわたしは見てしまった。

「ミ、ミエルさん……」

上着を引っ張ればミエルさんも気付く。大佐とその仲間たちが来ていた。

「ふん、静かになったと思って来てみれば、とんだネズミを見つけたもんだ。貴様、近衛騎士か？」

「私が？」

ふっとミエルさんは余裕で笑う。

「自分で言うのもなんだが、これだけ目立つ姿なのだから近衛騎士ならさぞ有名になっているだろうに」

ですよね――……と言っても、この状況だ。大佐たちにはどちらでもいい話だろう。彼らは殺気も隠さず、サーベルを手に詰め寄ってきた。私服なくせに武器だけはしっかり持っていたのね！

ミエルさんはわたしを後ろへ回す――と思った次の瞬間、手にした札束を宙に放り投げた。

廊下にお金が舞い散る。これに血相を変えたのは娼婦とさきほどの男たちだった。

「きゃーっ！」

「どけ、どけっ！」

「取るなよ、それは俺んだ！」

「ちょっと邪魔すんじゃないわよおどき！」

われ先にとお金に飛びついて拾い集める。彼らが邪魔になって大佐たちは立ち往生してしまう。その隙《すき》にわたしたちは駆け出した。騒ぐ人々の間をすり抜けて階段へ向かう。先頭を走るミエルさんに大佐の仲間が斬《き》りかかってきて、杖で払われた。

「このっ、どかんか！」

大佐が邪魔な人間を突き飛ばす。悲鳴と怒号を背にわたしたちは階段を駆け下りた。なにごとかと注目する人々をかきわけて出口へ向かう。わたしは懸命にミエルさんの背を追ったが、靴が大きくて走りにくい。モタモタしてどんどん遅れてしまう。と思ったらついに脱げてしまい、体勢を崩したわたしはそのまま床に転がった。

「きゃあっ」

膝《ひざ》や腕を強く打ちつけてしまって痛みに悶《もだ》える。顔を上げた先でミエルさんが振り返り、こちらへ引き返そうとしていた。けれど追手の方が早い。

「この――!!」

わたしの頭上にサーベルが振り上げられた。ミエルさんより近くにいたフランシス様がわたしに飛びついてきた。わたしを抱え込んで凶刃からかばおうとする。

「まとめて死ね！」

「いやぁっ！」

ぎゅっと目を閉じて身を縮めた時、間近で激しい金属音が響いた。衝撃は襲ってこない。ふたたび目を開くと、すぐそばにギリギリと拮抗《きっこう》する二本の刃《やいば》があった。

斬撃《ざんげき》を受け止めたサーベルが徐々に相手を押し戻す。一気にはね返し、体勢を崩した相手を軍靴が蹴り飛ばした。

「……ナイジェル卿、これはどういうことですか」

怒りをはらんだ声が低く言う。わたしたちの目の前に立つ背中が、振り返らないまま大佐たちに対《たい》峙《じ》する。ミエルさんも仕込み杖から剣を引き抜きながらやってきて、その隣に立った。

「うん、ごめん。手を引いて走るべきだった」

「そうではありません！　なぜこんな事態になっているのです!?　あなたには見守りと護衛を頼んだはずですよ！」

「護衛は遂行していたつもりだ。最後だけ失敗したが。あとは――この方が面白かったからかな？」

「なにを――」

横を向いた顔に涙が出そうになる。ああ――来てくれた。彼が来てくれた！

「貴様……っ」

大佐が驚きと怒りの声を上げる。髭を震わせて怒鳴った。

「なぜここにいる⁉　くそう、やはり拘束されたというのは芝居か！」

「カストネル大佐、虚偽申告と殺人の容疑、および殺人未遂の現行犯で貴官を逮捕します。武器を放棄して投降してください」

シメオン様は冷やかに言う。自分を罠にかけようとした人物を前にしても、激しい感情は見せなかった。

反対に大佐は全身をぶるぶると震わせている。怒りに顔が赤黒く染まっていた。

「俺を逮捕だと？　証拠があるのか？　そいつらは犯罪者だ。逃亡しようとしたからやむを得ず斬りかかっただけだ。なにが問題だ？」

この期に及んで言い逃れしようとするのに、わたしは呆《あき》れてしまった。わたしたちが犯罪者ですって？　よくもそんなデタラメを。だいたい逃げようとしているだけでなんで斬りつける必要があるのよ⁉

「証拠ならわたしがつかんでいますわ！　さきほどのお話、全部聞きましたからね！　あなたの悪巧みを法廷でもどこででも証言してみせますよ！」

「うるさい小僧、黙れ！」

「小僧ではなく小娘です！」

「いや、そこは『お嬢さん』とか……」

ミエルさんがぼそっとつっこむ。

「あなたのお仲間がフランシス様を襲って拉致する瞬間もしっかり目撃しましたわ。それを追ってこへきたんですからね！　フランシス様も、大佐の悪事を証言してくださいますよね!?」

わたしは大佐からフランシス様へ目を移す。彼は視線をさまよわせ、一瞬シメオン様と目が合ってびくりと肩を揺らし、うつむいた。

「フランシス様」

「……証言は取り調べ室と、法廷で。知っていることはすべて話します」

「貴様……っ！　家族を見捨てる気か！」

「もう無駄だ。僕がどうしようと、全部おしまいだ。あんたも僕も、おしまいなんだよ！」

激昂《げきこう》する大佐にフランシス様も叫び返す。悲鳴のような叫びだった。

「どいつもこいつも……まとめて葬ってやる！」

こうなってはもうなにをしても無駄なのに、逆上しきった大佐はまともな判断力を失っている。武器を手放すどころか構え直し、血走った目でシメオン様をにらみつけてきた。

「マリエル、さがっていなさい」

彼を見返しながらシメオン様が言う。わたしはフランシス様とともに後退し、壁際まで避難した。関係のない他の客たちもあわててその場を逃げ出す。カードやコインが散乱するフロアの中央に、シメオン様とミエルさんだけが残された。

「なるべく血を流さない方向でいきたかったんだがね」

「殺さないでくださいよ。取り調べができる程度には生かしておいてください」

大佐と仲間たちが斬りかかってくるのを、二人は平然と会話しながら迎え撃つ。数にして二対六。一人に三人がかりとなるが、まるで勝負にならなかった。

シメオン様が強いことはもう今さら言うまでもない。斬りかかってくる剣をかわし、次の瞬間には相手を仕留めている。利き腕と脚だけを狙っていた。無力化だけを目的としていた。そしてミエルさんはというと、ちょっとえげつない。相手の顔ばかりを狙っていた。額から吹き出す血に目をそむけずにはいられない。うう、怖いけれど、じっさいのところそれほど深手ではないのよね？　頭や顔は派手に出血するから、見た目よりは軽傷なはず。多分シメオン様が与える傷の方が深い。ミエルさんは心理的な衝撃を与えて、相手の戦意を奪っているのだろう。

二人に共通しているのは、卓越した剣技があるからこそできる戦い方という点だった。

あっと言う間に騒ぎはおさまった。落ち着いて見回せばアランさん以下近衛騎士が何人も来ていたのだが、彼らが手伝うまでもなかった。野次馬整理に徹していて、シメオン様の指示が出てからはじめて大佐たちを取り押さえにいった。

刀身についた血をぬぐい、鞘《さや》に収めたシメオン様がこちらへ歩いてくる。

まっすぐわたしを見据える瞳《ひとみ》は、突き刺すように鋭かった。

11

目の前に立ったシメオン様と無言で見つめ合う。叱《しか》られることは最初から予想していたし、言い分も用意している。でもこうしてにらまれるとやはり怖かった。

シメオン様はなにも言わず、右手を振り上げた。ぶたれるのだとわかってわたしは首をすくめた。目をつぶって縮こまり、身を固くする。でも痛みがこない。あまりになにもないのでおそるおそる目を開くと、シメオン様はきつく手をにぎりしめて横を向いていた。

震えるほどだった拳《こぶし》からやがて力が抜け、肩や背中も弛緩《しかん》していく。静かに息を吐いたシメオン様はふいと踵《きびす》を返す。そのままわたしに声もかけず歩き出す背中に、ぶたれるよりも激しい衝撃に襲われた。

叱られもしない……もう、完全に見放されたの……？

わたしがちっとも言うことを聞かないから、愛想が尽きてしまった……？

シメオン様は振り返らない。きっぱりと向けられた背中が遠ざかっていく。言いたいことも聞きたいこともたくさんあったのに、すべて拒絶されてわたしの手の届かないところへ行ってしまう。どうしようもなく涙があふれてきた。悲しいとかさみしいとか感じるよりも、ただ胸が痛くてたまらなかった。

「……っ」

嗚咽《おえつ》と一緒にこぼれた涙が床へ落ちていく。わたしはうつむいて上着の裾《すそ》をにぎりしめた。

「……やれやれ」

ミエルさんが大きくため息をついた。

「こんなふうに泣かせて放り出すとは、ひどい婚約者だ。わけくらい聞いてやってもよかろうに。そう一方的に責められる状況でもなかったよ。まあ、並の令嬢なら君の希望どおりおとなしく傍観していたのだろうが」

「………」

シメオン様は振り返らない。

「有能でも器は小さいということか。失望したね。ならいいよ、彼女は私がもらい受けよう」

こちらへきたミエルさんがわたしを抱き寄せる。ローズウッドとムスクの香りに押しつけられた。

「ミエ……」

「はねっかえりでけっこう。美しいだけの人形のような令嬢より百倍面白くて退屈しない。一生懸命な勇気と優しさはなによりの魅力だよ。私から見れば宝石のようなレディだ。それをみすみす投げ捨てる愚かな男など、君の方から見限ってやりなさい。君はもっと幸せになれる」

蜂蜜《はちみつ》のように甘く艶《つや》めく声が耳に滑り込んでくる。優しい響きと温かな胸は、こんな時でも女心をときめかせる。とろりとした色香にからめとられて、全身から抵抗する力が奪われていく。

――でも、満たされない。

どれほど魅力的な男性に優しくされても、胸に開いた大きな穴は埋められない。この喪失感をなくしてくれるのは一人だけだ。シメオン様以外の人では満たされない。

わたしは首を振ってミエルさんを押し返そうとした。たとえシメオン様にふられても、他《ほか》の人の手を取ることはできない。幸せになれなくてもよそ見はできない。わたしにはシメオン様しかいないのよ。

「……います」

優しい拘束から逃れようとしていたわたしの耳に、低くかすれた声が届いた。ミエルさんも気付き、二人同時に顔を向ける。シメオン様の拳がまた震えていた。

「あなたに言われずとも、知っています……どれだけマリエルが私を想《おも》って、必死に頑張ってくれたのか、見ていなくてもわかります。マリエルの優しさを世界でいちばんよく知っているのは、この私だ！」

「ほう？　それならなぜ認めてやらないのかな。よくやったと誉めてやってもいいじゃないか」

「その程度で片付く想いではない！」

シメオン様が勢いよく振り返る。冷たくそらされたと思った水色の瞳《ひとみ》は、焔《ほのお》の熱を宿していた。

「あなたになにがわかる⁉　面白半分に横から引っかき回さないでいただきたい！」

「言うだけは立派だが、泣かせたのでは意味がなかろう。面白がってなにがいけない？　私はこういう、面白い女性が好みなのだよ。君がこの子を幸せにしてやれないのなら、遠慮なく奪い取らせていただくさ」

抵抗するわたしをさらにきつく抱きしめて、ミエルさんは笑う。冷静さを失った今のシメオン様には十分すぎる挑発だった。

「その手を放しなさい、ナイジェル卿。彼女は私の婚約者だ。不埒《ふらち》な真似《まね》は許さない。それ以上やれば決闘を申し込みますよ」

サーベルの柄に手をかけて怒りもあらわに言う。それで動じるミエルさんでもなく、こちらもまた剣を一振りして答えた。

「では決闘だ。口だけではないことを示すがいい」

ようやく解放されたわたしは、止める暇もなくミエルさんに押しのけられてしまう。シメオン様も無言でサーベルを引き抜き、二人は殺気を剥《む》き出しに構えを取った。

なんでこうなるの――――!?

捕り物の最中だったのに！　周りにたくさん人がいるのに！　騎士たちもフランシス様もその他大勢の野次馬も、突然の決闘劇についてこられず呆然《ぼうぜん》としている。見てないで止めてほしいけれど気持ちはわかる。ぶつかり合う殺気が怖すぎて近寄ることも声をかけることもできない。決闘は法律で禁止されているんですよとか呑気《のんき》なことを言える雰囲気ではない！

わたしのせい!?　わたしが悪いの!?

今にもぶつかり合いそうな二人を前に、わたしはうろたえた。あの剣豪二人が本気で戦ったら取り返しのつかないことになりそうだ。もうここはわたしが身を投げ出してでも止めなければ――――！

「そのくらいにしておきなさい」

意を決して飛び出そうとしたわたしより、一瞬早く二人を止めた人がいた。

木の床にヒールが音を立てる。人垣が割れて姿を現したのは、背の高い男装の麗人だった。

夜明け色の瞳が男二人を見回し、呆《あき》れた調子で言う。

「ナイジェル卿、おふざけがすぎましてよ。シメオンも落ち着きなさい。可愛《かわい》い恋人の前でそんな怖い顔を見せるものではないわ」

大人の余裕でローズ様は二人をたしなめる。ミエルさんは飄々《ひょうひょう》と肩をすくめ、シメオン様もようやくわれに返ってサーベルを引いた。

「ローズ様……」

救いの主をわたしは拝んだ。ここにも女神様がいる！　ローズ様がいちばんかっこいい！

ローズ様はくすりと笑った。わたしを見る瞳は優しかった。

「美女に叱られてはしかたがない。勝負はお預けだ」

ミエルさんが刀身を元通り杖《ステッキ》の中に収める。シメオン様もばつの悪そうな顔で鞘《さや》に戻していた。

ようやくミエルさんに乗せられたのだと気付いたようだ。ちらりとわたしを見たお顔が少し赤かった。

ミエルさんがわたしに片目をつぶってみせる。うう、こっちも顔が熱いわ。でもどうしよう、口元がにやけてしまう。シメオン様に見放されたのではなかったと、今のではっきり教えられたわ。なんだか素直にお礼を言えない気分だけれど、でもまあミエルさんありがとう。

照れ隠しなのかシメオン様はぷいと顔をそむけ、それきりわたしたちにはかまわず部下の方へ歩いていった。指示を受けて悪人を連行していく騎士たちは、敬愛する副長のためにぬるい顔でつっこみを我慢してくれていた。

フランシス様はずっと複雑な顔でシメオン様を見つめていた。シメオン様が気付き、二人は無言で向かい合う。なにか言いたげにフランシス様の口元が動いたけれど、言葉が見つからなかったのか、結局彼はなにも言わないまま目をそらした。ただ頭を下げて、黙って連行されていく。シメオン様は怒りも悲しみも見せず、静かな顔で見送っていた。

そのまま全員まとめて王宮まで護送され、わたしは王太子宮の一室を借りてまた着替えた。女官が身支度を手伝い、お化粧もしてくれる。衝立《ついたて》の向こうではアーサー君も自分の服に戻っていた。

「ごめんなさいね、男の子なのにドレスなんて着させて」

髪を整えてもらいながら声をかける。こちらの着替えが済んだと聞いて、アーサー君は衝立の陰から出てきた。

「いいえ、おかまいなく。マスターのご命令でしたから」

年齢に見合わない落ち着きはらった顔で控える。その気《け》のない男性が女の服を着ることにはさぞ抵抗があるだろうし、まして彼は思春期だ。女装させられた上大勢の人に見られてしまい恥ずかしかっただろうに、おくびにも出さない。その素晴らしい忠誠心と職業意識に敬意を払い、ついでに自分のためにも、彼の方が似合っていたとは言わないでおいた。

かわりにわたしは、気になっていたことを尋ねた。

「あなたのご主人様《マスター》、本当のお名前はナイジェル様だと聞いたのだけど」

「はい」

「……もしかして、ナイジェル・シャノン卿？」

聞いてすぐに思い当たっていた名前を挙げると、黒い瞳にはじめて感情らしきものが浮かんだ。

アーサー君はわずかに感心したまなざしでうなずいた。

「左様です」

「……やっぱり」

わたしは深々と息を吐いた。女官が不思議そうに首をかしげながらリボンを結んでくれる。

「どうりで強いわけよね……」

「イーズデイルのお方ですか？　どういった方なのでしょう」

鏡で仕上がりを見せられる。手鏡で後ろも見られるようにしてくれながら、女官が聞いてきた。

「シャノン公爵のお名前はご存じですか？」

「はい。イーズデイルの大公爵様ですね」

「そうです。王家と血縁が深く、遡《さかのぼ》ればシュルク王家の血も引いておられるお方です」

「まあ、南の血も入ってらっしゃるんですか」

「何代か前に、イーズデイルの王女様があちらへお輿入《こしい》れなさったそうですよ。ただ、いろいろあって、ご子息がイーズデイルへ戻ってこられたわけですが」

そうしてシャノン公爵家を継いで、現在につながるというわけだ。

「あと、オークウッド地方の領主、エイヴォリー伯爵とも縁続きでいらっしゃいます」

「筋肉伯爵家ですか！」

「き……」

王宮の女官からそんな言葉が飛び出してきてちょっと驚いてしまった。ええまあ、隣国の武闘派一族はわが国でもよく知られているんだけど。ラグランジュとイーズデイルの国境を守る家で、過去には戦ったこともある相手だ。そしてあれに手を出してはいけないという教訓を残した。とにかく強くて勇猛果敢で、ちょっと頭がおかしいくらい筋肉が大好きな一族なのだ。両国の戦いを描いた物語でも、エイヴォリー一族は戦ってはいけない非常識な存在として扱われている。

「……ええ、そう、エイヴォリー伯爵家からシャノン公爵家へお嫁入りされたこともありましてね。そのご縁で公爵をお守りする騎士団が結成されたのですが、今の時代にも名前と役目を引き継ぐ人たちがいらっしゃるんです。ナイジェル・シャノン卿もその一員で、公爵様の甥《おい》であると同時に、表でも裏でもバリバリ活躍なさる、当代一の武人と名高いお方です」

シャノン公爵の懐刀として多方面に活躍する人だと聞いている。さぞエイヴォリーの血を濃く受け継いだ筋骨隆々の強面《こわもて》かと思っていたら、あんなに優雅で色っぽくて貴族的な人だったとはね。

「よくご存じでいらっしゃいますね」

珍しくアーサー君の方から口を挟んできた。国内では有名な人でも、外国でこうも詳しく知られているとは思わなかったのだろう。

「こちらの社交界でも、たまにお噂《うわさ》をお聞きするのよ」

わたしはすまして答えた。嘘《うそ》ではありませんよ。ただそれをわたしが知っているのは、たゆまない情報収集の成果ですけどね。

「ご活躍の一端を耳にして、ちょっぴり憧《あこが》れていたの。どのようなお方なのか、かなうものなら拝見したいと思っていたわ。……まさか、向こうからやってくるとは思わなかったけど」

本当にびっくりだ。そんな大物がどうしてわたしのあとをつけ回していたのだか。

……どうもそれには、シメオン様の思惑がからんでいるようだけれど。

身支度が整ったので、わたしは女官にお礼を言って立ち上がった。アーサー君とともにシメオン様たちのところへ戻る。女官に案内されて入った部屋では、またも殿下が仁王立ちで待ち構えていた。

「マ・リ・エ・ル！」

あ、ついに呼び捨てになった。

殿下はがっしとわたしの頭をつかまえた。

「おやめください、せっかくきれいにしてもらったばかりなのですから！　意地悪なさるとジュリエンヌに紹介しませんからね！」

「ぬっ、卑怯《ひきょう》な！」

「わたしの機嫌は取っておかれた方がお得ですよ。どうやら王妃様は男爵家の娘でも受け入れてくださりそうです。とにかく殿下に嫁をと必死になっていらっしゃいますから、ジュリエンヌさえその気にさせれば未来は薔薇《ばら》色です」

「まことか！　――しかし、金持ちの老人ではない私がどうすれば彼女の気を引けるのか……」

「大丈夫、もっとジュリエンヌを引きつける要素が殿下には備わっていらっしゃいますから。ちょっとそこのナイジェル卿と親密そうに寄り添っていれば、目を輝かせて飛んできますよ」

「それは男色的な妄想の糧にされているだけだろう！」

髪は乱されなかったけれど、かわりにほっぺたをぎゅーっとつままれた。

「痛ぁい！」

「私も心が痛いわ！　もう本当に泣くぞ！」

「仲よしだねえ」

わたしたちのやり取りを眺めていたミエルさんが、感心した声でシメオン様に言った。

「あっちには妬《や》かなくていいのかい？」

「あれは兄妹《きょうだい》のじゃれ合いみたいなものですから」

答えるシメオン様の声は悟りきっている。

わたしはほっぺたをさすりながら示された椅子《いす》に座った。アーサー君はまっすぐミエルさんのもとへ行き、一礼して彼の後ろに控えた。

「……大体の事情はナイジェル殿から聞いたがな、よくも場末の賭博場《とばくじょう》などに踏み込もうと思えたものだ」

殿下が肘掛《ひじか》けに頬杖《ほおづえ》をつき、ため息まじりにおっしゃった。

「だって人命に関わる事態ですもの、場所がどうとか気にしていられません」

「しかも売春宿を兼ねていたとか」

「はからずも使用中の部屋を覗《のぞ》いてしまいました」

「今すぐ忘れろ！　記憶から抹消しろ！」

べしっと頭をはたかれる。そんなことしたって記憶は吹っ飛びませんよ！

「好きで見てしまったわけではありません。フランシス様をおさがしして……そういえば、フランシス様はどうなりました？」

室内にいるのはシメオン様と殿下とミエルさんだけだ。あとはアーサー君や警護の騎士が控えているくらいで、フランシス様もローズ様も見当たらなかった。

わたしの視線を受けて、シメオン様は答えてくださった。

「彼も容疑者の一人です。留置場に入れました」

「そうですか……」

そうよね、フランシス様はただの被害者ではないものね。そうなるか。

フランシス様に対してシメオン様がどのような感情を抱いているのか、いつもどおりの静かなお顔からは窺《うかが》えなかった。

なにも感じていないはずはない。幼なじみの裏切りにさみしい思いの一つもないはずがない。でも個人的な感情はきれいに隠して、シメオン様は事務的に説明する。

「フランシスにカストネル大佐の一味が接触していることは、ローズから報告を受けていました。彼には最初から監視をつけていました」

「最初から……それは、港で会った時からですか」

「いえ、話を聞いたのはそのあとです。ちょうど例の文箱の細工に気付いた直後でしたので、犯人はフランシスだろうとすぐにわかりました。あの箱を買った時のことをアドリアンから聞き出して、フランシスがすすめたということもわかっていましたので」

もしかして、あの時だろうか。人目につかないよう内密に報告するため、ローズ様は自宅の方へ出向いたのかもしれない。その帰りにわたしとすれ違った……あれは、そういうことだったのね。

では、披露宴会場で会った時、シメオン様はすでにフランシス様の裏切りを知っていたのだ。目の前の人が自分を陥れようとしていると知りながら、なんでもない顔で笑っていたのか。

……どんな気持ちで笑っていらしたのだろう。気付いてあげられなかった。帰りの馬車の中で嫌われていたのかもしれないとこぼした、あれが唯一の弱音だったのね。

「監視がついていたということは、彼が拉致《らち》されたことも、どこへ連れ込まれたかも、全部わかっていたのですね……わたし、まるで無駄なことをしていましたのね……」

わたしはしょんぼりと肩を落とした。シメオン様はすべて承知の上で手を打っていた。わたしが心配する必要も、頑張る必要もなかった。

「たしかに監視はついていたが、そなたの介入がなければフランシス・ルヴィエが殺されずに済んだかどうかはわからぬな。監視役は報告だけが義務で、指示もないまま内部へ踏み込もうとはしないからな」

わたしがあまりにしょげているのを見かねてか、殿下がおっしゃった。

「それに、ナイジェル殿が委細を承知していた。そなたに教えてやればよかったものを、なにを考えてか知らん顔で口をつぐんだのだからな。恨むなら彼を恨め」

殿下ににらまれてもミエルさんは余裕の笑顔だった。

「私は無駄なこととは思わなかったからね。フロベール副団長の作戦と君の判断は別個の話だ。目の前のできごとに君がどうするのか、それがどういう結果を導くのか、とても興味があった。普通のご婦人ならうろたえるばかりなところを、君は自分にできるかぎりのことをしようと頑張った。それが無駄？　まったくそうは思わないね」

わたしをなぐさめる調子ではなく、自信をたたえた顔でミエルさんは言う。

「与えられた札でどう勝負するか、君は一生懸命考えた。なにができるか、なにをすべきか。人がそうやって努力したものを、私は無駄だとは思わない。その必死な気持ちがあったからこそ、フランシス君の心にも届いたのではないかな。君が落ち込む理由など、どこにもないと思うがね」

「…………」

ミエルさんはシメオン様に向かっても言った。

「本当に危険ならもちろん止めていたよ。でも私がいたんだ。じきに君たちが駆けつけることがわかっていたから逃げに徹したけれど、必要なら私一人で連中を斬《き》り伏せたよ」

「……あやうくマリエルが敵の手にかかるところでしたが？」

「そこをつっこまれると少々痛い」

ちょっとだけ苦笑して、でも明るく続ける。

「たしかに手を引いていなかったのは失敗だったが、君が間に合わなければ私が止めたよ。そこらの椅子でも投げ込めばいいだけだからね」

ミエルさんの自信は崩れない。呆れた顔をしつつ、シメオン様も否定はしなかった。言うとおりの力がある人だとは認めているのね。

わたしのしたことは無駄ではなかった……そう思っていていいのかしら。

そっとシメオン様を窺う。彼が怒ったのは、もちろんわたしを心配してくださったからだろう。でもいつものように叱って終わりではなく、もっと激しい感情が瞳に浮かんでいた。あの時振り上げた手を抑え、なにも言わずに背を向けたシメオン様は、わたしをどう思っていらしたのだろう。

「……フランシス様は、もしかすると大佐に脅されていたのではないでしょうか。家族を見捨てる気かと、大佐が口走っていました。ご家族って、お母様と妹さんですよね。人質にされたとか……」

わたしは気をとり直して質問を続けた。

「脅迫されていたのは、そのとおりですね。フランシスはガンディア側に有利になるように、不正を重ねていたのですよ。それをかぎつけた大佐たちが手を貸せと強要したのです。彼らは使える材料がないか、私につながるものを片っ端から調べていました。向こうにアドリアンがいたので、その動向や周辺をさぐるうちに発覚したのでしょう」

「不正を……」

お母様はガンディア人で、妹さんもガンディアの男性と結婚するという話だった。フランシス様は二人のために、ガンディア側に便宜を図っていたのだろうか。

「そこまで執拗《しつよう》に君を陥れようとするとは、あの赤髭《あかひげ》の男はよほどの恨みがあったのだね」

ミエルさんが言う。本当に、ちょっと気にくわないからいじめてやれとかいう次元ではないわよね。末端の仲間たちは近衛《このえ》騎士に対する反感から軽い気持ちで手を貸したのかもしれない。でも主犯のカストネル大佐はもっと強い動機を持っていそうだ。

「さあ。特に彼らと対立したことはありませんが」

シメオン様はすまし顔だ。そんな彼を少し呆れた目で見て解説してくださったのは殿下だった。

「海軍が見落としていた密輸をシメオンが摘発したことがあってな。実は背後に外国の思惑が関与していたとかややこしい話だったのだが、それはともかくシメオンのおかげで事態が明るみに出、ラグランジュにとって不利益な流れをつぶすことができた」

「たまたまです。当家の事業に多少の関わりがあったので、偶然気付いたまでにすぎません」

「まあそうだが、本来取り締まるべき海軍が袖《そで》の下を受け取って目こぼししていたため、彼らを出し抜く形で摘発することになった。大佐側にしてみれば二重の恨みだろう。表から見れば手柄を横取りされ、裏から見れば美味《うま》い収入源を取り上げられた。収賄《しゅうわい》容疑で評価を落としたから三重か」

「その時点では大佐の逮捕に踏み切れなかったのですか?」

「ああ。かなり疑わしいが確証なしとして逃げきられた。しかしそんな人物だと知れ渡ってしまったわけだからな、公の処罰はなくとも出世の道はほぼ閉ざされた。それもすべてシメオンのせいだと恨んでいたのだろうな」

完全に逆恨みじゃない。そんなところだろうとは思っていたけど、本当にろくでもない赤髭ね!

「――では、ローズ様の役割は？　フランシス様が脅されて陰謀に加担したことに気付いたのは、同僚だからで納得できますが、なぜ内偵のような危険なことまでされていたのですか」

さすがにここまでくると、単にシメオン様から信頼されているという理由だけではないとわかっていた。考えてみれば殿下までが最初から信頼されているごようすだったし、もっと違う理由があったのだろう。いじけてヤキモチを妬いて、気付かなかった自分に呆れるばかりだ。

目を見交わす殿下とシメオン様に、ミエルさんが軽く笑い声を立てた。

「私の耳を気にされても無駄ですよ。こちらもそれなりに調べているのですから。彼女は諜報員《ちょうほういん》でしょう？」

ずばりと言われて殿下は渋面になった。

ローズ様が諜報員――女諜報員が実在したなんて！

いえ、いるところにはいるだろうと思っていたわ。美貌《びぼう》とお色気を武器に、男顔負けに暗躍した女傑って歴史にも何人か登場するものね。結局男性って色仕掛けには弱いのよ。どんな英雄も美女の誘惑にはかなわない。そうした「謎《なぞ》の女」が現代のどこかにもいると信じて妄想していたけれど、ローズ様がそうだったなんて！　くうう、萌《も》えるぅ！

元男爵令嬢が、どういういきさつで転身を遂げたのかしら。ものすごく創作意欲をかきたてられる。

「……殿下」

「聞くな。部外者には聞かせられぬ話もあると言っただろう」

「いいえ、そちらではなく」

わたしはテーブルに手をついて乗り出した。

「女諜報員が実在するなら、ぜひわたしも採用してくださいませ！　情報収集なら誰よりもお役に立ってみせます！」

「却下だ!!」

殿下もバンとテーブルを叩《たた》いた。

「なぜですか!?　たしかに美貌もお色気もありませんが、かぎりなく薄い存在感で風景に擬態し、誰にも気付かれず行動するのは得意中の得意ですよ！　変装術もさらに極めてみせます！」

「極めんでよい！　萌えのために動く諜報員などいらんわ！　伯爵夫人と覆面作家だけで満足できんのか!?　すでに十分規格外なのだから、それ以上を目指すな！　そなたはシメオンを心労死させる気か!?」

「…………」

指摘されてそろそろとシメオン様を見れば、非難と悟りの入りまじった、この上なく複雑な視線にぶつかった。わたしはしおしおと椅子に腰を戻した。

ミエルさんが一人楽しそうに笑っている。

「もったいないな、面白い人材なのに。ではこちらで雇おうかな」

「ナイジェル殿」

「ラグランジュに来て早々、こんなに楽しめるとは思いませんでしたよ。堅苦しい役職に就けられて少しばかりふてくされていたのですが、どうして捨てたものではないな。彼女に出会えただけでもこの国へ来た甲斐《かい》があった」

甘いまなざしと声にドキリとさせられる。単に面白がられているだけなのはわかっているけれど、いちいち色っぽい人だから意味ありげに聞こえて困ってしまう。いい加減慣れてもよさそうなものなのに、毎回動揺せずにはいられない。この人ってば天然の女たらしだわ。

シメオン様の瞳にもまた不穏な焔がちらついているのが怖い。

それを余裕で見返して、ミエルさんは言った。

「君とフロベール副団長の迷コンビぶりは、チャルディーニ伯爵から聞いていたよ。退屈な任期のなぐさめになるかと考えていたのだが、期待以上だったな。ぜひこれからも楽しませておくれ」

「チャルディーニ伯爵って……」

わたしはミエルさんのおもちゃではありませんよ——という抗議よりも、その名前って。

「知っているだろう？」

「……まあ」

わたしはシメオン様や殿下と目を見交わし、揃《そろ》ってため息をついた。あのお騒がせな怪盗リュタンこと、ラビア公国の諜報員チャルディーニ伯爵がミエルさんとつながっていたなんて。

「別に驚くことでもなかろう。君たちと接触したように、こちらとも面識があるだけの話だ。ラビアはイーズデイルとラグランジュの間で、巧みに均衡を取って生き抜いてきた国だからね。そうそう、彼から伝言を預かっているのだった。マリエル嬢には『愛してる』と、フロベール副団長には『油断大敵』」

ビキッ、と不吉な音が響いた。発生源を見れば、シメオン様の手にカップの持ち手だけが残っていた。力の入れすぎで割れた陶器が破片となって、ポロポロとテーブルにこぼれ落ちていく。

「あのコソ泥が……」

おそろしく低い声は、全力で聞こえなかったことにした。

「――では、最後の質問です。ミエル――失礼、ナイジェル卿のことを教えてくださいな。どうして今回の一件に協力なさったのかも」

「ミエルでいいよ。その呼び名、気に入った」

「いえ……そういうわけには」

お願いですからこれ以上シメオン様を刺激しないでくださいな。

ラグランジュとは微妙な関係のイーズデイル。そこの大公爵家に連なる人が、なぜ協力してくれたのかが不思議だ。そもそも今回の事件の裏側には、イーズデイルへの情報漏洩《ろうえい》という問題がある。ミエルさんはむしろ敵になってもおかしくない人なのに。

「私がこの国へ派遣されたのは、次の大使になるためだ。今の大使が任期満了になるのでね。引き継ぎもあるので少し早めに入国した」

「はあ」

この人が次の大使。筋肉一族の血を引くイーズデイル一の騎士が大使か……たしかにちょっと、似合わない役職かも。

社交界の女性陣は色めき立つでしょうね。こんな美男子が登場したら大騒ぎだわ。その辺りは楽しみでもある。

「と同時に、ラグランジュとの間に起きている、ちょっと困った問題を片付けるよう伯父から命じられた。情報を流してもらえるのはありがたいといえばありがたいんだが、じっさいのところそれほどいいネタが入ったわけではない。しかもことが明るみに出るよう、わざと尻尾《しっぽ》をちらつかせているし。こちらも利用された立場なのだよ。さもイーズデイルが陰で糸を引いているかのように演出するためにね。いろいろあるけど友好国として大使も派遣し合っているのに、そんなおかしな真似をされて国家間に不和の種を蒔《ま》かれては困る。そこから関係がこじれれば、戦争にも発展しかねない。ラグランジュ内部でさっさと解決してくれればよかったんだが、手こずっているようだったのでね」

ちらりと目を向けられたシメオン様と殿下は、いやそうなお顔だった。

「それで協力を？」

「こちらの事情を伝え、わが国の上層部は無関係であると証言して、必要なら手を貸すと申し出た。そのかわり、拘束されたうちの諜報員をこっそり返してもらう条件でね」

「ナイジェル殿」

殿下にとがめられ、ミエルさんはそこで話を切った。もう、にらまなくても言いふらしたり小説に書いたりしませんよ。殿下ってばまだわたしを信用してくださらないのかしら。

「捜査は自分たちでやるからと辞退されたよ。でもフロベール副団長から、君の見守りと護衛を頼まれたんだ。放置するとなにをやらかすかわからないからってね」

えええ……。

わたしの視線を受けて、シメオン様は気まずいお顔になった。

「事実ではありませんか。あなたのことだから、かならずどこからか情報をつかんで騒動の中心地にたどり着くだろうと思ったのですよ」

「否定はしませんが……よくこんな方に、そんなお願いをされましたね」

わたしの護衛なんて役目を、大公爵の甥に。次期大使に。

「いえ、さすがにご本人が直接動いてくださるとは思っていませんでした。部下くらい連れてきているはずですから、そちらを配備するだろうと。近衛騎士はそういった任務には不向きですし、事件の内容的に団内でも極力情報を制限しなければならなかったので。事情を知っているナイジェル卿に、手勢を貸してくださいとお願いしたつもりだったのですよ」

「言っただろう、退屈だったんだよ」

「引き継ぎはどうなさったのですか」

「うん、私の部下がやってくれている」

思わずアーサー君を見たら、そっと視線をそらされた。きっとその部下は日頃《ひごろ》からとても苦労していることだろう。同情するとともに脱力してしまうわたしたちだった。

「……いちばん最初に、街でお会いした時からですか？」

「いや、あれは本当に偶然。あの時はまだ顔も知らなかった。あとでわかってなるほどと納得したよ。考えてみれば、猛々《たけだけ》しく暴れている軍人に飛びかかっていけるような勇敢な令嬢は、そう何人もいないよね」

「……マリエル」

「マ・リ・エ・ル⁉」

あわわわわ、せっかくごまかしていたのに！

「ミエルさん！」

殿下の拳骨《げんこつ》をくらいシメオン様からはお説教の予告をされて涙目のわたしに、ミエルさんは明るく笑い声を上げる。彼がリュタンと仲よしな理由を実感とともに理解したわたしだった。

これから数年間、お付き合いをしていくことになる。

こういう人が大使になるなら、イーズデイルとも悪くない関係を保てそうだ。

12

大佐たちを逮捕しても事件は終わらない。まだまだ取り調べやその他で忙しいが、そこから先は憲兵隊の仕事だ。シメオン様はひとまず自宅へ帰ることになった。もちろんアドリアン様も一緒だ。王宮に軟禁されている間、無為に時間をすごすのも苦痛だろうと細かい事務仕事を手伝わされていたらしい。意訳すると、無駄飯食らいはさせないということだ。

「ああもう、部屋にこもって書類三昧《ざんまい》なんて地獄だ！　一日中計算だの清書だの、気が狂うかと思った！」

「そんな台詞《せりふ》はまともに仕事をしてから言え。計算をさせれば間違えるし、字は汚いし、やり直しが必要なものだらけだ。わが弟ながら使えない……こんなことなら掃除でもさせておけばよかったか」

アドリアン様が仕上げた書類を確認しながら、シメオン様は無情な評価を下す。アドリアン様は泣き崩れていた。

家まで送ってくださるというので、わたしは彼らの支度が終わるのを待っていた。まだ少しかかりそうなので、今度こそアンリエット様にご挨拶《あいさつ》してこようと、シメオン様に断って官舎を出た。

今日《きょう》も王妃様のところでお茶会が開かれているらしい。集まっているのは殿下の花嫁候補ではなく、シャリエ公爵ご夫妻やシルヴェストル公爵ご夫妻といったご親戚《しんせき》ばかりだ。王妃様の愚痴と、いい候補がいないかとの相談が目的だろう。さきほど殿下にお聞きしたところでは、そろそろお開きになる頃合《ころあ》いだ。アンリエット様もお戻りになるはずとわたしは奥宮《おくみや》へ向かった。

女官に取り次ぎをお願いして、応接室で待たされる。少し前に誰《だれ》かが使っていたのか、かすかな残り香を感じた。

ジャスミンだ。ベルガモットも入っているかも。これは男女どちらでも使えそうな香りね。

そういえばわたしのドレスを着ていたアーサー君は、香りが移って困っているのではないかしら。エステル夫人が媚薬《びやく》だなんて言っていたパルファムだもの、男の子がまとうには少々難がある。あの冷静な顔が困っているようすを想像して、悪いけれど笑ってしまった。ミエルさんにからかわれていなければいいけれど。

一人でくすりとこぼし、椅子《いす》の背に深くもたれる。その時ふと、頭の中を一条の光が通り抜けた。

香水……ジャスミン……。

薔薇《ばら》色の香水瓶。硝子《ガラス》に浮いた月のマーク。

月……水面《みなも》に揺らめく月……。

「…………」

無意識にわたしは立ち上がっていた。胸が音を立てていた。今すぐ戻らなければ。誰かを呼んでアンリエット様にお詫《わ》びを伝えてもらって、すぐにシメオン様のところへ――

廊下へ向かおうと扉へ身体《からだ》を向けて、そこでぎくりと動きを止める。閉じられていたはずの扉が開き、人が立っていた。

「……先客か」

驚いたようすもなく、気だるげな声が言う。中に人がいると知っていたから、音を立てずに開けたのだろうに。

「一人でなにをしている？」

わたしは唾《つば》を飲み込み、不自然に見えないようおじぎした。

「ごきげんよう、シルヴェストル公爵様。アンリエット様にご挨拶をと思い、取り次ぎをお願いしたところです」

「ああ……気に入られているようだな」

口元をかすかに微笑《ほほえ》ませながら黒髪の公爵は中へ入ってきた。静かに扉を閉めて、外の空間と切り離す。ゆっくりと、優雅な足どりでこちらへ近付いてくる。わたしを見下ろす灰色の瞳《ひとみ》に浮かぶ感情はなんだろうか。退屈そうで、なにごとにも関心がなさそうな、いつもどこか遠くを見ているような不思議な瞳が、今はまっすぐわたしへ向けられている。じんわりと笑いの気配をにじませて。

「……申し訳ございません、公爵様がお使いになっていらっしゃるとは存じませず。案内の女官も気付いていなかったようです。大変失礼いたしました、すぐに出ていきます」

「別に、かまわない」

頭を下げて伝える辞去の意を公爵は無視した。他《ほか》の椅子に座るでもなく、わたしのすぐ前に立って出ていくきっかけを与えない。このようにされては、ではさようならと立ち去るわけにもいかない。

そうするには相手の身分が高すぎる。取り次ぎを頼んだ女官が戻ってくるまで、話し相手になるしかないのだろうか。

背中を冷たいものが滑り落ちていく。全力でなんでもない笑顔をとりつくろうが、額に汗が浮きそうだ。

そんなわたしを見下ろしていた公爵が、ふっと息だけの笑いを漏らした。

「どうした、いつも周りの人間を興味津々で観察していただろうに」

「え……」

「私ではお前の興味を引けないか？」

……なにを言っておられるのだろう。以前から私のことをよくご存じだったかのような口ぶりだ。わたしが周りの人を観察していたって——それは、あちこちで情報収集していた時のことだろうか。

シメオン様と婚約する以前の——婚約してからも、一人で集まりに参加する時は目立たない姿で風景にまぎれていた。噂《うわさ》話を聞き集めたり、社交界の人間模様を観察したり。シメオン様に「保護色」と言われる存在感の薄さを利用してネタ集めに精を出していたわたしを、この方はご存じだったというのだろうか。

どうして。

呼吸が浅くなりそうなのをこらえる。知っていたと告げられても怯《おび》える理由にはならない。単に公爵の目に留まったというだけなら、普通は喜ぶものだ。

だから、怯えも緊張も悟られてはいけない。なにも知らない無邪気な娘でいなくては。

わたしなどに気付いてくださっていたなんて光栄です。そう言えばいい。笑顔でうれしそうに――

「……っ」

公爵の手がわたしの髪をすくい上げたものだから、ついびくりと肩をはねさせてしまった。わたしの反応に公爵は笑みを深め、髪から頬《ほお》へと手を移す。色の白い細い手は温度がなさそうな印象を抱かせて、じっさいにふれれば温かい。優しい手つきで頬からうなじへとなでられる。それが逆にわたしを震えさせた。

「あ、の……」

「色はつまらんが、手ざわりはよいな。きれいな髪だ」

「あ、ありがとうございます」

「ずいぶん不慣れな反応だな。婚約者にこのようにされることはないのか？」

「……公爵様」

「他人の逢瀬《おうせ》は楽しそうに見ていたくせに、自分が迫られるのはいやか？　おかしな娘だ……それとも、私が怖いか？」

反対の腕が背中に回される。公爵の胸に抱き寄せられて、ジャスミンの香りに包まれた。

「お、お戯れはおよしください。奥方様がお待ちでいらっしゃるのでは？」

「それが？」

「そ……」

押し戻そうとするわたしをますます深く抱きしめ、公爵が顔を寄せてくる。セヴラン殿下や国王陛下と似通った顔立ちなのに、受ける印象がまったく違う。整っているのにどこか崩れているような雰囲気がある。じっと見つめていると無性に不安になってきて――でも、目をそらせない。

『月に近づいてはだめよ。魅入られてしまったら逃れられないから』

美しくておそろしい月につかまってしまう。誰か助けて。月を追い払って。誰か――シメオン様！

「や、やめてください！」

なんとか声を絞り出して、わたしは公爵から顔をそむけた。ほとんど抵抗できなかった腕に力を入れる。

「公爵様ともあろうお方が、悪ふざけをなさらないでくださいませ」

「なぜだ？　よくある光景だろう。お前はさんざん見てきただろうに」

「わたしは、もうじき結婚する身です。婚約者以外の殿方に、このような真似《まね》は許せません！」

公爵は笑いながらわたしを長椅子に押し倒そうとする。わたしは必死にもがいた。男性が本気で力を入れれば一瞬で倒されるところだ、公爵はまだ手加減している。それは本気ではないのか、それとも抵抗されることを楽しんでいるのか。

「だいたい、なぜ公爵様がわたしなどに迫られるのですか！　意味がわかりません、いやがらせですか⁉」

「色気のないことを言う。若い娘に迫ってなぜいやがらせになる？」

「わたしが、シメオン様の婚約者だからでしょう⁉」

灰色の瞳をにらみつける。この人がこんな真似をする理由など一つしかない。シメオン様を苦しめたいだけだ。彼へのいやがらせで、わたしに手を出してくるのだ。

「まだシメオン様を攻撃なさるおつもりですか⁉」

「まだ、とは？」

「あなたが――」

勢いにまかせて言いかけるのを、乱暴に開かれた扉の音が打ち消した。驚いて反射的に振り向いたわたしの目に、白い制服姿が飛び込んできた。

シメオン様‼

「……シルヴェストル公爵、私の婚約者から離れてください」

低くシメオン様は言う。声も視線も斬《き》りつけるような鋭さだ。相手が公爵でもおかまいなしにサーベルを抜きそうな、怒りの気配を宿していた。

「冗談にしてもいささか悪趣味ですよ。彼女はそうした遊びをする人種ではありません。お相手は他で調達していただきたい」

「冗談か……邪魔が入らねばこのまま連れ去っていたところだが」

面白くなさそうに、といって特に腹を立てるようすでもなく、公爵はわたしから身を引いた。自由を取り戻したわたしは、彼を突き飛ばしてシメオン様のもとへ走りたいのを我慢し、静かに立ち上がった。乱れた髪を急いで落ち着かせ、近付いてくるシメオン様を待つ。まだ身体が震えている。走

りたくても本当は走れそうになかった。

わたしのそばへきたシメオン様は、公爵との間に立って広い背中に隠してくださった。灰色の瞳が見えなくなり、ようやくほっと胸をなでおろす。目の前の背中が頼もしい。すがりついてしまいたい弱い気持ちが出てくるのを、ぐっとこらえて足を踏ん張った。まだだめ、しっかりしなくては。

「あなた」

シメオン様と公爵が無言で向かい合っていると、また人がきて室内に声をかけた。銀の髪の美しい女性が戸口に立っている。公爵夫人は異様な雰囲気に驚くこともなく、甘い微笑みを浮かべた。

「どうなさいましたの」

「……ふられてしまった」

答える公爵もまるで悪びれない。夫人は「あら」と小さく言って、わたしを見た。妹か娘を見るような、優しい微笑みを向けられる。

「残念……子兎《こうさぎ》狩りは、また今度にね」

「ああ、そうだな」

もうこちらに興味をなくしたように、公爵はふいと歩き出す。そのまま夫人の腰を抱いて部屋を出ていく。夫人だけが一度振り返り、わたしたちに微笑みを残していった。

……なんだったの、今のは。悪い夢から覚めた気分だ。全身にいやな汗をかいている。

「大丈夫ですか」

シメオン様がわたしを振り返る。伸ばされる腕に、もうこらえきれなかった。

「シメオン様……」

すがるわたしをシメオン様はしっかりと抱きしめてくださった。ぬくもりと強い腕に守られて震えがおさまっていく。大きな胸がわたしに気力を戻してくれる。ここにいれば大丈夫……安堵《あんど》が怯えを追い払う。

「間に合ってよかった……」

シメオン様も安堵の息を漏らす。そういえばとわたしは顔を上げた。

「どうしてこちらへ？」

「今日の茶会にシルヴェストル公爵も来ておられることを思い出して、いやな予感がしたものですから。当たらない方がよい予感ほど、当たってしまう」

「……シメオン様はご存じだったのですか？　公爵が……今回の事件の、黒幕であったことを」

モーリス・ルネ・シルヴェストル――彼が、「月」だ。

なにかの暗喩《あんゆ》かといろいろ考えたのに、答はいたって単純だった。月《リュネ》とルネでは綴《つづ》りも違うけれど、発音は似ている。直接名指しできないオルガさんが、なんとか伝わるようにと考えてくれたのだろう。

もっと早く気付けていれば……名簿にもはっきり名前が書かれていたのにね。でも、公爵は普段あまりルネを名乗られない。わたしたちもお名前を呼ぶことなどほとんどないから意識に上らなくて、なかなか月と結びつけることができなかった。

「あなたも気付いていたのですか」

「ついさっきですけどど。ようやく情報がつながって、公爵のことだと思い当たって、シメオン様におしらせしなければと立ったところだったのです」

「そうですか……」

わたしを抱いたままシメオン様は息をつく。苦いお顔だった。

「シメオン様は、なぜ？」

「……彼が、あなたを見ていたからです」

え、と目をまたたくわたしを、シメオン様は優しくなでる。わたしをなだめるためというより、存在をたしかめる手つきだった。

「まだ、あなたを離れて見ていただけの頃《ころ》、時折公爵もあなたを見ていることに気付きました。私の他にもあなたの存在に気付く人がいたのかと驚いたものです。もしかすると、私が見ていたためにその視線を追って気付かれたのかもしれません」

そんなに前から公爵はわたしを知っていらしたのか。

「さほど熱心に見ておられるようすでもなく、あなたに近付いていくこともなかったので、その頃はなにも気にしていませんでした。公爵は女遊びが激しいというわけではありませんし……あなたをそういう対象に見るとも思いませんでしたので」

少し言いづらそうな彼に、わたしは小さく微笑んでうなずく。大丈夫、気にしないで。わたしだってそう思っていましたよ。

「たまたま目について、なんとなく見ておられるだけだろうと思っていたのです。私と婚約しても、それは変わらなかった」

「そうですね」

公爵家の夜会に招かれた時、シメオン様と一緒にご挨拶をした。わたしが彼と言葉を交わしたのはあの時だけだ。特に興味を持たれているとは感じなかった。形ばかりのごく短い会話をしただけだ。いろんな人にいろんなことを言われたけれど、公爵は玉の輿《こし》に乗ったわたしを揶揄《やゆ》することも励ますこともなかった。そういう人はたいていわたしにまったく関心がないわけで、公爵も同じなのだと思っていた。

「けれど婚約後も同じことが続いて、段々気になってきたのです。公爵がなにがしかの興味をあなたに抱いているのは明らかでしたから」

「それでシメオン様を陥れようと？　……ちょっと、納得がいきません。そこまでするほど執着されているとは思えませんが」

「ええ。私にもよくわかりませんが……ローズが、例の仮面の人物の正体はもしかするとシルヴェストル公爵かもしれないと言い出して。口調や雰囲気が似ていると感じたそうです。もう何年も前の記憶ですし、公爵と親しくしていたわけでもありませんから、たしかかと聞かれると自信はなさそうでしたが」

ローズ様が社交界にいらした頃、同じ集まりに参加することは何度もあっただろう。でも男爵家の娘と公爵では、直接会話するような機会はほとんどない。おそらくローズ様も遠巻きに見ていた一人にすぎなかったのだろう。

「シルヴェストル公爵が黒幕だとして、なぜなのかが私にも殿下にもわかりませんでした。公爵が陛下を裏切る理由が思い当たらない。情報漏洩《ろうえい》など、彼の立場には見合わない話です。見返りといえば地位や金銭でしょうが、そんなものが必要な人ではない」

「……そうですね」

もっともな話にわたしはうなずいた。シルヴェストル公爵は国王の従弟《いとこ》という立場でさまざまな特別待遇を受ける人だ。莫大な財産を持っているし、今さらどんな地位を望むというのか。もっと上というと王位くらいしかないが、それを求めている人でもない。

公爵は基本的に、政治にも軍事にも口を出さない。彼から受ける印象を一言で表すのは難しいが、あえて言うなら「享楽的」だ。

面倒ごとを厭《いと》い、趣味を楽しんで気ままに暮らす。そういう人だ。

「私への個人的な恨みという線も考えにくい。公爵との間にそのような確執はありません。結局殿下は人違いだろうと結論を出されました。私も同意しかけて、ふとあなたのことを思い出したのです。公爵が私に敵対するとしたら——あなたが、唯一の心当たりだった」

「………………」

予想外なことばかりが続いて、頭がついていけなくなりそうだ。

「……しかし、それはそれで納得がいかない。それほどあなたを手に入れたかったのなら、私と婚約する前にいくらでも時間はあった。なぜ今になってこんな真似をされるのか、まったくわかりません」

シメオン様は眼鏡《めがね》の下に手をくぐらせて目元をぬぐう。気持ちを落ち着けて立ち直ろうとする時のくせだ。きれいなお顔を見上げながらわたしは考えた。

わたしにもさっぱり理解できないし納得いかないわ。公爵がわたしをほしがるなんて、どうにも信じられない。

そういう理由ではないと思う。きっかけがわたしだったとしても、多分目的は違う。

「……退屈しのぎ」

「え？」

わたしのつぶやきにシメオン様が顔を上げた。

「公爵様は、本気でシメオン様を陥れたいわけでも、陛下を裏切りたいわけでも、もちろんわたしを手に入れたいわけでもなく……ただ、いたずらを仕掛けて、人々が動き回るさまを面白がっていただけではないでしょうか」

いつも気だるげな、退屈そうなお顔をしていらっしゃる。わたしにかぎらず、誰に対しても強い関心を向けない、なにを考えておられるのかつかみどころのない人だ。そんな彼にまつわる噂を、いくつか知っている。

「たまに、妙な悪ふざけをなさるのです。他人を翻弄《ほんろう》していたぶるような……かと思うと、まるで縁のない人を無条件に助けてあげたり。公爵のいわゆる『お遊び』には理由がないと言われています。気まぐれに、その時々の気分で善にも悪にもなられる方だと」

子供のように残酷な方だとささやかれている。気に入った花を摘んだり虫をつかまえるように、人をおもちゃにして遊んでいる。気が向けば可愛《かわい》がり、悪意もなく羽根をむしりとる。そういう方だと。

「遊び……」

シメオン様は信じがたいという顔だった。そうね、公爵とシメオン様はまるで対極な存在よね。お互いに理解できないだろう。……だからこそ公爵はシメオン様で遊ぼうと思ったのかもしれない。生《き》真面目《まじめ》で石頭の朴念仁とばかり思っていた男が、一人の娘に目を留めた。何年も見つめ続け、そしてとうとう婚約までした。そんな思いがけないいきさつが、いたずら心を起こすきっかけになったのではないのかしら。

「公爵の関与を証明することは？」

「残念ながら。カストネル大佐も協力者の正体を知らなかったようです」

「では、今回の件はこれまでですね」

わたしは息をついた。

「原因が公爵の悪ふざけなら、深刻な事態には発展しないと思います。流出した情報も中途半端なものだったとナイジェル卿も言ってらっしゃいましたし。国王陛下から釘《くぎ》を刺していただくことができれば、それで問題ないかと」

「……そうですね。殿下に相談してみます」

シメオン様もしかたなさそうにうなずいた。

「個人的には腹が立ちますけどね！」

「そんなものでは済みませんよ。遊びであれなんであれ、あなたに手を出すなど……リュタン以上にたちが悪い」

怒りを見せるシメオン様に、不謹慎ながらちょっとうれしくなった。さっきは本当に怖かったけれど、わたしにはシメオン様がついている。その事実が不安も怯えも追い払ってくれた。公爵がまたなにか仕掛けてきたとしても、ぜったいに負けないわ。シメオン様と一緒に返り討ちにしてやるわよ。

わたしは手を伸ばしてシメオン様の頬をなでた。少し驚いたお顔がすぐにやわらかく微笑んでくれる。そのまま自然にわたしたちは唇を寄せ合った。

「ごめんなさい、お待たせして――あら、お邪魔だったかしら？」

開いたままだった扉からアンリエット様が飛び込んでいらっしゃる。わたしたちはふれ合う寸前で固まった。

「いいわね、婚約者がすぐそばにいる人は。わたくしも早くリベルト様とお会いしたいわ」

冷やかしとやつ当たりを込めてアンリエット様はおっしゃる。わたしたちは気まずく身を離した。うう、なんだか最近本当に間が悪いわ。最後にシメオン様と口づけしたのは、いつだったかしら。

「ふーん、石から生まれたシメオンでも、彼女の前ではちゃんと恋人らしくなるのね」

「失礼しました……私は普通に母から生まれています」

「あら、木と石が両親だというのが定説よ？」

こちらも兄妹《きょうだい》のような気安さでやり合っている。明るいアンリエット様のおかげでわたしも楽しくなってきて、二人でシメオン様の眉間《みけん》のしわをうんと笑ったのだった。

13

　わたしにも事情聴取を求められることがあり、その際にお願いして少しだけフランシス様と面会が許された。

　数日ぶりに見るフランシス様は疲れたようすだったけれど、どこかすっきりしたお顔だった。

「ご迷惑をおかけして、本当に申し訳ありませんでした」

　彼はわたしに深々と頭を下げた。

「フランシス様は脅迫されて無理に従わされていたのですよね？　本当はシメオン様を裏切るおつもりはなかった……のですよね？」

　二人の友情が失われたとは思いたくなくて、わたしは尋ねる。フランシス様はうなずくことも首を振ることもなく、苦い笑みを浮かべた。

「裏切り、ですか……そう言えるほど、僕はシメオンにとって特別な存在ではなかったと思います」

「そんなことは」

「前にも言いましたが、幼なじみといっても身分はかけ離れていて、特別親しかったわけではないのですよ。ただ、彼は僕をいじめなかった。周りの子供たちにいじめられていると助けてくれました」

この場にシメオン様はいない。係の憲兵が監視しているだけだ。

「僕の出自を知っても少しも馬鹿《ばか》にせず、だからといってあからさまに気を遣うでもなく、ごく普通に接してくれた。それだけですよ。……それだけが、とてもうれしかった」

なつかしそうに、そして切なそうにフランシス様は言う。

「アドリアンはいつも兄を自慢していましたが、僕にとってもまぶしい存在でした。彼のことが大好きで……同時に、妬《ねた》ましくてならなかった。由緒正しい伯爵家の嫡男。文武両道に優れ、容姿にも恵まれ、誰《だれ》からも馬鹿にされることのない、常に輝かしい舞台に立つ人間。一つも僕が持てないものを彼は当たり前に持っている。うらやましくて、妬ましくて、くやしかった」

「………」

「この国に僕らの居場所はなかった。ガンディアでも混血はいろいろ言われるけれど、ラグランジュの方がもっと冷たい。だから罪を犯すことにさほど罪悪感は覚えませんでした。僕らを受け入れてくれなかった国のために忠義を尽くす気なんかなかった。母と妹が向こうで暮らしやすくなれる方が、僕には大事でした」

「……シメオン様を裏切ることも？」

もう一度尋ねると、彼は目を伏せる。

「大佐たちが僕を脅してきた時、はじめはとんでもないことだと思いました。シメオンにそんな濡《ぬ》れ衣《ぎぬ》を着せるなんてと思いました。なに一つ汚点のない、まっすぐで輝かしい男に傷をつける……なんておぞましく醜悪な企《たくら》みかと思う一方で、僕こそがそれをずっと望んでいたのではないかと気付かされた。彼をうらやみ妬み続けてきた僕の醜い心が、悪人たちを呼び寄せたのではないかと思いました」

フランシス様の肩が揺れる。うつむいた前髪の間からこぼれる雫《しずく》が見えた。

「僕の不正がばれて職を失えば、母と妹を養っていけなくなる。ラグランジュでなら下町か、あるいは田舎《いなか》へいけば再就職もかなうでしょうけど、母にまた辛《つら》い思いをさせることになります。妹の結婚もどうなるかわからない。僕には、脅しに従うことしか選べなかった。しかたがなかった……そう、言い訳していたんです。濡れ衣といってもシメオンにとってはたいしたことではないだろう。ちょっと出世できなくなるくらいで、彼なら職を失っても伯爵家の跡取りという立派な立場がある。生活に困ることなどない。なにも死んだり怪我《けが》をしたりするわけではない、少し評判が落ちるだけだ……そんな、くだらない言い訳を並べて、自分の醜い心をごまかした。本当は心のどこかで歓迎していたんですよ……僕が味わってきた屈辱のほんの一部でも、彼に味わわせてやれる機会を喜んでいた……全部、僕が悪いんです……」

声もなくむせび泣く男性を、わたしは黙って見つめていた。

美しい人、才能のある人、成功している人——自分より優れていると思う相手に、人は憧《あこが》れと同時に妬みも抱くものだ。なにも珍しくはない、ありふれた感情だ。きっかけがなければフランシス様はその感情を押し殺したまま生きていたのだろう。たしかに誘惑に負けてしまったのは彼の弱さだ。でも、責める気にはなれなかった。わたしが責めなくたって、誰よりも彼が自身を責めている。己の罪をいやというほど自覚している。そこに追い討ちをかけるつもりはなかった。

もちろん許すこともしない。それはわたしではなく、シメオン様が判断することだ。多分、シメオン様はとうにフランシス様を許しているだろうけれど。

「フランシス様、しっかり罪を償ったら、いつかまたお会いしましょう。その時にきっとわかっていただけると思います。シメオン様はあなたをちゃんと友人だと思っていらっしゃるってね」

「え……」

顔を上げたフランシス様にわたしは微笑《ほほえ》む。胸を張って堂々と自慢してあげた。

「子供の頃《ころ》から彼を見ていて、憧れて妬んでいらしたくせに、ちっともわかってらっしゃいませんのね。わたしの方がよく知っていますわ。シメオン様は、けっこう不器用な方ですよ。あの方が友人と言ったなら本当に友人なのです。大切な人だと思うからそう呼ぶのです。ただの顔見知りとしか思っていないなら、幼なじみなんて特別な呼び方はしません。うわべだけの友人ごっこができる人ではないんですよ」

「…………」

「幼なじみに勝てたなんてちょっと快感ですね。わたしの方がシメオン様を理解していますわ！　なので、フランシス様を妬まないでさしあげます。次にお会いしたら、わたしともお友達になってくださいね。シメオン様大好き同盟の会員番号三番を空けておきますから」

あっけにとられていたフランシス様の顔が、やがてくしゃりとゆがむ。彼は泣き笑いで「はい」とうなずいてくれた。

フランシス様の罪はそれほど重いものではない。職はもちろん失うだろうけれど、数年も待たずにご家族のもとへ帰れるはずだ。それまでの間お母様と妹さんがどうしていくのかは、もちろん心配なところである。でもね、きっと大丈夫。あの人が知らん顔で放置するはずがないから。友人が自由の身になって帰れるまで、代わりに助けると思うわ。

面会時間が過ぎて、フランシス様が留置場へ戻されていく。見送ってから廊下へ出ると、そこにシメオン様とローズ様が立っていた。

「まあ、盗み聞きされていましたの」

壁にもたれたシメオン様は口元を隠してそっぽを向く。これは照れている時のくせ。ふーんだ、実はひそかに落ち込んでいないかと心配する必要はありませんでしたね。

わたしは彼を無視してローズ様へ向かった。

「ローズ様、ごきげんよう！」

「こんにちは、マリエルさん」

今日《きょう》もローズ様はきりりとした男装でいらっしゃる。凛々《りり》しさと女らしい色香を兼ね備えた女神様に萌《も》えが止まらない。しかも、しかも！　この美女の正体が女諜報員《ちょうほういん》だなんて！　腹黒参謀に並ぶ萌えの極致だわ！　ああでも、モデルにできないのが実に惜しい。きっと読者も萌えさせられるのに！

「ガンディアへ帰る前にご挨拶《あいさつ》しようと思ってね。あまりお話できなかったのが残念だったから」

「えっ、もう帰ってしまわれるんですか!?」

これからいろいろお話を聞かせていただこうと思っていた矢先の言葉に、ものすごくがっかりさせられた。それに、本来ローズ様が帰る場所はラグランジュでしょうに。

……もう、そうは思っていらっしゃらないのかしら。

「今はあちらでの仕事が中心なの。今回の件でなおさらこっちでは動きにくくなったわ。ナイジェル卿がどれだけ秘密にしてくださるかわからないものね」

「むー……その、お仕事をやめたりとかは、考えていらっしゃらないのですか？　も、もしですね、ローズ様にそのおつもりがあるのでしたら、わたしいっぱい協力しますよ！　社交界の人々のいろんな秘密をにぎっているんです。ローズ様が財産を取り戻すお手伝いができるかと」

言っていいのか迷いつつ、もう時間がないならと思いきる。少し驚いた顔をしたローズ様は、すぐに優しい笑顔に戻った。

「あらあら、見かけによらず怖い子ね。どんな秘密か興味はすごくあるけど、それはいいのよ」

「……不躾《ぶしつけ》で申し訳ありません。わたしだったら、とても許せないと思って」

自分の権利や居場所を奪った叔父家族がのうのうと暮らしているのを、帰国して目《ま》の当たりにしたことだろう。取り戻したいとは思わなかったのだろうか。女諜報員という響きはかっこいいけれど、女男爵になる道もいいと思うの。

「そうね、まったくなにも思わないわけではないわ。でも、今さらという気分よ。仮に叔父たちから家を取り戻せても、時間は戻らない。もう昔の自分には戻れないの。悪い意味じゃないわよ？　今の自分がけっこう気に入っているの」

強がりを感じさせない明るさでローズ様は言う。たくさん辛い思いをした過去からいろんな経験をして、今の自分になっている。うん、それは、恨みに思うよりも誇るべきことなのでしょうね。

「差し出口を失礼いたしました。わたしも、ローズ様とたくさんお話がしとうございました。また機会があれば、ぜひご連絡くださいませ」

「ええ、ありがとう。フランシスやシメオンのことが心配で直接見届けたくて帰国したのだけれど、あなたみたいな人がいるなら大丈夫ね。結婚式には行けないけれど、お幸せに」

「ありがとうございます」

ローズ様は颯爽《さっそう》と踵《きびす》を返す。歩きかけて、そうだわと振り返った。

「大事なことを言い忘れていたわ。わたしとシメオンは別に恋人でもなんでもなかったから、安心して」

「え……」

「気にしていたでしょう？」

「う……」

お、お見通しでしたか。ちらりとシメオン様を見れば彼もこちらを見ていて、ぶつかった視線をお互いあわててそらした。

そんなわたしたちにローズ様は声を立てて笑う。

「横で恋人がやきもきしているのにまったく気付かないのだから、相変わらずの朴念仁よね。まあ、完全にただの友人……とは、言いきれなかったかもしれないけど。見た目は極上だから、ちょっと手を出したことはあるわ」

「えっ」

「ローズ！」

とがめるシメオン様を無視してローズ様は続ける。

「でも反応があまりに真面目《まじめ》すぎてつまらなくてね。遊びの恋を楽しむ人ではないから、押し切られてしかたなくって感じでしか相手してくれなかったの。当時のわたしには誠実な男性のよさがわからなくて、もっと遊び慣れた男性の方が魅力的に感じられたのよ」

「お、押し切られたのですか……」

「いや、それは――ローズ！」

かつてないほどにシメオン様が焦っている。……そう、否定できないのね。

「大丈夫よ、今はあなたがいるもの。はたで見ていても呆《あき》れるほどあなたしか目に入っていないから。同時に複数の女と付き合えるような器用な男じゃないしね」

「ローズ、いい加減にしてください」

「独り者の前で見せつけるからよ。言っておきますけど、今でも言い寄ってくる男はたくさんいるのよ？　シュルクの王子にも熱烈に求愛されちゃって、ちょっと逃げるためにも帰国したのよ」

「えっ、えっ、そこ詳しく！」

「いけません、マリエル、あなたにはまだ早い！」

「使用中の部屋を見てしまったあとではなにも怖くありません！」

「それは忘れなさい！」

わたしたちをあたふたさせておいて、ローズ様は去っていく。シベットの香りがかすかに残り、すぐに消えていった。

残された沈黙をどうしてくださるのよ……笑えばいいのか拗《す》ねるところなのか。まあ、一人で勝手に妄想して落ち込んでいるより、聞かせてもらえた方がすっきりしたかしら。

昔の話だものね。シメオン様のお顔を見れば、心配しなくていいということはいやでもわかる。

「……帰りましょう」

「……はい」

シメオン様にうながされ、わたしは外へ出た。

穏やかな日差しが暖かい。日増しに春めく空の下、梢《こずえ》にさえずる小鳥もうれしそうだ。花壇のチューリップは、早咲きの品種が可愛《かわい》らしい花を並べていた。

「シルヴェストル公爵のこと、その後どうなりました？」

馬車までのんびり歩きながら尋ねれば、シメオン様はどこか疲れたお顔になった。

「殿下と団長に報告して、陛下にも伝えていただいたのですが……どうも、陛下はうすうすご承知だったようです。遊びついでに――いや、遊びの方がついでと言うべきですが、逆にしか思えず……それはともかく、軍部の粛清も兼ねていたようです」

「ええ？」

「たしかに、今回の一件で問題人物をかなり処分できました。類は友を呼ぶというか、カストネル大佐の協力者は元から素行の悪い人物ばかりでしたからね。彼らを逮捕できたことで、以前追及しきれなかった汚職事件もあらためて検挙することができそうです。ついでにイーズデイルの出方をたしかめることもできて、結果的にはよかった……と、言えるのかどうか」

「よくないですよ！　なぜそれにシメオン様が巻き込まれなければいけないんですか！」

「……それが、公爵の『遊び』なのでしょうね」

わたしとシメオン様は顔を見合わせて、二人同時に深々とため息をついた。

もう、本当になんて迷惑な方だろう。ただの悪人なら成敗して終わりなのに、悪と断じきれないところが始末に負えない。そして陛下も結構腹黒い。公爵の考えを察し、シメオン様なら自力でなんとかするだろうし、できないようなら息子をまかせられないとお考えになって、黙っていらしたそうだ。

なにそれかっこいい。腹黒陛下素敵。でも腹が立つ！

さすが従兄弟《いとこ》同士ね……セヴラン殿下に腹黒が受け継がれなかったのは、この際喜んでおこう。

やさぐれ気味なシメオン様をなぐさめながら馬車に乗る。わたしの家へ向かうよう指示されるシメオン様に、横から急いでお願いした。

「お屋敷へ寄らせてくださいな」

「なにかあるのですか？」

「披露宴の準備で、少し用事が。ああ、ナイジェル卿も名簿に追加しておかなければ」

「……彼を招待するのですか」

「それは、当然でしょう。これからお付き合いが続くのですから」

「また引っかき回されそうないやな予感がする……」

「いくらなんでも、おめでたい席を壊したりなさいませんでしょう。わたしはそれより、シルヴェストル公爵をお招きしていることの方がいやですよ」

「同感です」

シメオン様は行き先変更を告げる。フロベール伯爵邸へ着き、執事と打ち合わせをして用事を片付けたわたしは、シメオン様が書斎にいらっしゃると聞いてお手伝いにいった。憲兵が乗り込んだ時に荒らされたまま片付けが後回しにされていたのだ。シメオン様に無断で勝手にさわれないので、使用人たちもそのままにしておいたらしい。

「シメオン様、お手伝いをいたします」

部屋へ入ると、シメオン様は資料の確認をしていらした。

「用事は済んだのですか」

「ええ。片付けをと思ったのですが、案外きれいですね。もっと散らかっているのかと」

さぞ悲惨な状態かと思われた室内は、ほとんど元通りに片付いていた。これは、わたしの出番などなさそうだ。

「本の整理は使用人に手伝ってもらいましたから。あとはなくなった資料がないかの確認だけですので、私が一人でするしかありません」

「うーん……では、肩でもお揉《も》みしましょうか」

シメオン様は少し笑い、資料を机に置いた。

「いえ――話したいことがありますので、そちらへ」

壁際にある休憩用の長椅子《ながいす》を示される。しばしば彼は、ここで寝てしまうらしい。寝室まで戻る時間も惜しむなんてちょっと仕事中毒がすぎるだろう。結婚したらうるさく言って改善していただかねば。

シメオン様は使用人を呼んでお茶を運んでもらった。わたしだけ座らせて、ご自分は窓にもたれて立ったまま飲まれる。硝子《ガラス》の向こうの空はそろそろ赤くなりはじめていた。

「シメオン様、お話とは？」

なんだかいつもと違う雰囲気にわたしは戸惑う。シメオン様もどう切り出そうかと考えていらっしゃるようだった。

「……今回の件で、いろいろ話をしましたが、あなたとの決着はつけていませんでしたから」

机にカップを下ろして静かに言う。わたしの胸がドキリと跳ねた。

「あなたの方も、私に言いたいことがたくさんあるでしょう」

「それは……」

うやむやで流れていた話を持ち出されて、どう答えようと迷う。たしかにわたしの中にも片付けられない思いが残っていた。シメオン様もそれを言い出すのって……仲直りのため？　それとも、まさか。

「……シメオン様のお話からどうぞ」

彼がなにを言おうとしているのか、そちらの方が気になってお願いする。わずかな沈黙のあと、シメオン様はうなずいた。

「今回はあなたになにも教えず、突然のことでずいぶんと驚かせました。さぞ不安で、落ち着かなかったでしょう。もちろん最初からわかっていた。あなたを心配させる、不安にさせると承知していましたが、教えるわけにはいかなかった」

「……はい」

さんざん言われたことだ。もうそこに抗議する気はない。

「あなたが事情を知ってからも、まだいろいろと隠していた。そして今も、言えないことがいくつもあります。家族だろうと婚約者だろうと、話すわけにはいかない内部の事情が、たくさんある」

「……はい」

「私はそれを、謝りません」

「え」

きっぱりと告げられた言葉に驚いて、思わず聞き返してしまう。シメオン様は揺るぎないまなざしでわたしを見つめた。

「隠しごとも、だましたことも、謝りません。謝るわけにはいきません。謝ってしまえば、その行いを改めるという約束になる。それはできない。私はこれからも必要に応じてあなたにたくさんの隠しごとをするでしょうし、だましていくでしょう。二度としないなどと軽々しい約束は口が裂けても言えません」

「………………」

「守れない約束はできません。最初から裏切るつもりで実のない言葉を捧げて、なんの意味があるのか。かえってあなたを傷つけるだけでしょう。だから、言います。私は謝りません」

開き直りのような言葉に絶句した。いつも優しくわたしを思いやってくださるシメオン様が、こんなに一方的なことをおっしゃるとは思わなかった。

けれどシメオン様の瞳《ひとみ》はとても真剣だ。女に話す必要はないとか、女には理解できないといった意識で見下しているわけではない。一生懸命に自分の気持ちを訴えかけてくる。わかってほしい、伝わってほしいと願うまなざしだ。

「……こんなことを言えば愛想を尽かされてもしかたがないと自覚しています。謝らなければ謝らないで、それもまたあなたを傷つけるでしょう。私は本当につまらない男です。フランシスにはずいぶんと立派に見えていたようですが、じっさいはこんなに窮屈な人間です。あなたを喜ばせる言葉の一つもかけられない。……結婚をとりやめると言われても、いたしかたない」

「今頃《いまごろ》そんなことをおっしゃいますか。お式までもう二ヶ月もないんですよ」

「わかっています。本当に、もっと早くに話し合うべきでした。これほど差し迫ってから言うなど卑《ひ》怯《きょう》な話です。あなたと婚約した直後は、正直なところ……忘れていました」

「忘れて、って」

「浮かれていたのです……なにも問題はなく、幸せな結婚ができるつもりでいました。しかし考えてみれば問題だらけだ。こんなはずではなかったと、あなたを失望させるのが目に見えている。だから、このままあなたを妻にしてしまうわけにはいかないと思ったのです」

シメオン様は一旦言葉を切り、その先を言うことにためらいを見せる。わたしは胸元をぎゅっとにぎりしめた。

「……あなたが望むなら、婚約の解消を。そのあとのことは、すべて私が責任を持ちます」

とうとう口に出してしまう時も、腹が立つほど彼はまっすぐに、目をそらすことなくわたしを見つめていた。強い、信念を浮かべて。

「けっしてあなたに悪い評判が立たないよう、問題は私にあることがはっきりわかるよう、責任を持って世間に知らしめます。クララック家への賠償もします。なにも心配しなくてよい。あなたの望むとおりにしてください」

「…………」

両脇《りょうわき》に下ろされたシメオン様の拳《こぶし》が震えている。お顔は冷静でも、ちょっと視線を下へ向ければ隠しきれない感情に気付いてしまう。本人はわかっていないのかしら。わたしはため息をついて立ち上がった。

シメオン様の前まで歩いて、近くでまっすぐに見つめ合う。

わたしは大きく息を吸い込んだ。

「この――くそ真面目!!」

力いっぱい、怒りを込めて怒鳴れば、水色の瞳が驚いた。

「もう、本当にほんとーにっ、くそ真面目っ。四角四面の石頭！　本当に石から生まれたんじゃないんですか!?　ちょっとエステル様に聞いてらっしゃい！」

「…………」

ぷんぷん怒って怒鳴るわたしに、シメオン様は目を丸くしていた。

まったく本当に本当に本当に、どこまでも真面目すぎるんだからっ！　そこまで思い詰めることかしら⁉　何度もけんかになって、もうしないと約束したくせに、けろりとまた同じことをくり返すって世の中にあふれ返っている普通の話よ！　うちのお父様だって何度もお母様の誕生日をうっかり忘れて、ご機嫌取りのために高い買い物をさせられているわ。そういうお母様もおしゃべりがすぎて、うっかりよけいなことを言ってばかりだし。お兄様はいくら言っても庭いじりで泥だらけになったまま家の中に入ってくるし。お隣の愛犬は何度うちの猫に撃退されても懲りずに侵入してくるし。そしてわたしも――ええ、わたしがいちばんやらかしてますよ！　目下いちばんの被害者はシメオン様よね。どれだけ叱《しか》られたか数えきれない。

そうやって、泣いたり怒ったりけんかしたり、文句や愚痴をいっぱい言っても、お互いを思う気持ちがあればまた仲直りができる。家族なんてそんなものよ。

何度も謝っていいのよ！　同じことをくり返すってわかっていても、そのたびに一生懸命謝ってくだされぱいいのよ。わたしはきっと、毎回怒ったり嘆いたりするのでしょうけど、毎回許すわ。それでいいじゃない。どうして婚約解消なんて極端に走るのよ⁉

そんなに人はまっすぐ一直線に生きられるものではないわよ！

「世間体とかそんなことよりも！　シメオン様にふられちゃったらわたしが死ぬほど悲しむ方が大問題でしょう⁉　そちらは心配してくださいませんの⁉」

「それは……っ、しかし、結婚してからの嘆きは一生で」

「シメオン様はそんなに婚約解消したいんですか⁉　もうわたしがいやになりました⁉　言うことを

聞かないで暴走してばかりだから、うんざりしたということですか。この間はついに叱る気もなくしたという態度でしたよね。シメオン様がわたしを見限りたいのではありませんか⁉」

「違います！」

シメオン様の方も血相を変えて大声で否定した。

「そうではありません！　この間のことは、それこそ私の隠しごとがあなたを翻弄《ほんろう》した結果だと――私にあなたを責める資格はないと思ったからです。あなたが目の前で危機に陥った人間を見捨てるはずがない。止めても助けに行く人だと知っています。止めたいなら、先に私が助けるしかない。そんなことであなたを見限ったりなどしない。私はただ、あなたを悲しませたくないだけです！」

「だったら手を放さないでくださいませ！」

わたしは突き飛ばす勢いでシメオン様の胸に飛び込んだ。ぎゅうと力いっぱい彼の身体《からだ》を抱きしめる。全然抱ききれない広い背中に、必死にしがみついた。

「変なことをおっしゃらないで、わたしをつかまえていてください！　どうしてそっちへ行っちゃうんですか！　別に謝ったっていいじゃありませんか。また同じことがあるとしても、とりあえず今謝って仲直りできれば、それでいいでしょう？」

「そんな不誠実な真似はできません」

「だったらわたしはどうなるんですか⁉　何度もシメオン様を心配させて、叱られてばかりなのに」

「いや……それはたしかに、あまり危ないことはしてほしくありませんが」

「わたしだって危ないことはいやですよ。でもどうしようもない時だってあるじゃないですか。絶対無理だって、どうにもできないってわかりきっていたらわたしも諦《あきら》めます。でも可能性があるなら、なんとかしたいと思ってしまいます。どんなに叱られてもきっとくり返しますわ。それをシメオン様は不誠実だとおっしゃいますか？」

「……いいえ。しかしそれと私の事情とは話が異なる」

シメオン様は頑固に首を振る。わたしの必死な訴えにも意見を曲げてはくださらない。もう本当に、石どころか鋼鉄の頭でしょう。どうやったらあのご両親からこんなのが生まれるのよ。絶対木と石が両親よ、アンリエット様に同意するわ！

「私はあなたを愛しています。心から、いとおしく大切で、なにからも守りたいかけがえのない人だと思っています。その私自身があなたを傷つけるなどあってはならない。守れないとわかっている約束などできない」

「今まさに傷つけてなに言ってらっしゃるんですか！」

わたしはシメオン様の胸を、ドンと拳で叩《たた》いた。どうやったらこのカチコチの岩石鋼鉄を打ち砕くことができるのだろう。押してだめなら引いてみろ？　引いたらこの人はあっさり手を放してしまうわよ！　では北風より太陽か。怒るのではなく、甘えて情に訴えかけるとか？　シメオン様が押し切られてしまうように、うんと可愛く色っぽく誘惑したりして……って無理ぃー！

「もう、あとは泣き落とししか……」

わたしはがっくりとうなだれて息を吐き出した。

どこでずれてしまったのかしら。シメオン様はひたむきにわたしの幸せを考えてくださっている。

わたしもシメオン様が大好きで、いっぱい幸せにしてあげたい。お互いの気持ちは完全に同じなのに、なぜ向く方向がずれてしまったの。

「……わかりました。謝らなくてかまいません」

もうこちらが考え方を変えるしかない。そう悟って、わたしは顔を上げた。そうよ、シメオン様に謝らせようと考えるからだめなのよ。謝ってほしいというのはわたしの希望だ。できないと言っている人に押しつけるのは、こちらも強情を通そうとしているだけだ。

引くは引くでも、違う引き方を。

「シメオン様が謝れないとおっしゃる理由はよくわかりましたから、今後わたしも望みません」

「しかし、それではあなたに不満を強いることに」

「ええ、ですから」

一歩、シメオン様から身を引く。

「今、一生分謝ってください」

「は……？」

わたしは腰に手を置いて、ふんと胸をそらした。

「先払いでお願いします。そうしたら今後一生謝罪は求めませんから」

「先払い……いや、ですから」

シメオン様は額に手を当てて、しばらく沈思した。混乱した思考を懸命にまとめていた。

「……そういうことを言っているのではなく」

「そういうことでいいんです！　隠しごとをしてわたしをだますことも、それを何度もくり返すことも、まとめて謝ってくだされればいいんです。わたしもまとめて許します。一度っきりで終わらせて、あとはすっきりしちゃえばいいんです」

「……すっきり？」

理解しがたいというお顔で首をひねる。あんまり真面目に考えすぎて、かえって思考がもつれてしまっているのね。話の本質は、きっととても単純なのに。

お互いが大好き。お互いが大切。それだけよ。

「シメオン様はご存じないのですね。ちょっと周りに目を向けて耳をすませば、たくさん聞こえてきますのに。夫の悪口を言わない妻も、妻の悪口を言わない夫もいませんよ。皆さん相手に不満を抱えています。大小の差はあっても、完全に不満のない家庭なんてないんですよ。世の中そんなものです。それでも皆上手《うま》くやっているんです。不満があってもそれ以上に愛しているから。不満ごと受け入れられるから」

「不満ごと……」

「一つも不満が許せないなんて言われたら、わたしの方がよほど困ります。わたしそんな完璧《かんぺき》人間ではありませんもの。萌えも捨てられないし、小説も書き続けます。しょっちゅうシメオン様を困らせてばかりですけど、そんなわたしをシメオン様は許して、受け入れてくださっているでしょう？　なのにどうして、ご自分は許されないと思い込むのですか。おかしいと気付きません？　別に今回のことにかぎらず、シメオン様の真面目すぎて融通が利かないところには、前々からちょっぴり不満を持っていましたよ。仕事中毒で積極的に忙しい毎日を送られて、そのせいでお会いできる時間が少ないのも不満と言えば不満です。結婚準備はほとんどわたしとエステル様で進めていますもの。花嫁衣装を決めた時だって、本当は一緒に選んでほしかったんですよ」

「…………」

「そんなシメオン様が好きになってしまったのですもの、しかたがないと受け入れています。この先また隠しごとをされても受け入れられます。だからここでけじめをつけて、お互いの気持ちをすっきりさせちゃいましょう。お願いですから、わたしを手放さないで。シメオン様にふられちゃったら不満どころの話ではありません。もう二度と小説も書けなくなるくらい大打撃を受けて、立ち直れなくなります。妄想もできない涙の日々を送ることになります」

一生懸命訴えるわたしに、シメオン様は妙なお顔になった。

「……そういう例えを出されると、真面目な話が一気におかしくなるのですが」

「わたしは大真面目ですよ！　わたしにとって妄想ができないのは、ご飯を食べられなくなるのと同じなんですから！」

「まあ、そうでしょうけど」

脱力した調子で言い、そしてようやくシメオン様はくすりと笑った。

「あなたは、本当にそれでよいのですか？　あなたばかりに我慢を強いる話ですよ」

「お互い様です。シメオン様がわたしを許してくださるのなら、わたしもシメオン様を許します」

「……わかりました」

しばらくわたしを見つめたあと、シメオン様は静かにひざまずく。ドレスの裾《すそ》をそっと取り上げて、わたしの騎士はいとしげに口づけを落とした。

「――あなたに謝罪を。私はけしてあなた一人をいちばんに優先することはできない。職務のため、主君のため、国家のために、あなたに多くの秘密を抱え、だましていくことになるでしょう。あなたを傷つけたくないと言いながら、同じこの身で裏切っていく。よき夫にはなれないかもしれない。あなた一人にすべての忠誠を捧げられないことを、謝罪します」

金色の髪が深く下げられる。

「こんなつまらない男でも許せると、受け入れられるというなら、どうかマリエル、生涯私のそばにいてください」

「許します」

わたしは身をかがめてシメオン様を抱きしめた。

「頑固で真面目ないとしい人、あなたの不器用さを愛しています。人生はもっと楽しいということを教えてさしあげますわ。あなたの裏切りを全部許します――そのかわり」

わたしを抱き返そうとしていたシメオン様の腕が、最後の一言にぴたりと止まった。固まる彼の耳元に大事なことを告げる。

「あなたになにかあれば、またわたしは飛び出しますからね。事情がわからないうちは黙って待っていられません。わたしはエステル様のように、まかせておけばいいと笑っていられません。シメオン様がとてもしたたかで強いことは知っていますけど、もしかしたらの可能性を考えて、自分にできることをさがします。それは諦めてくださいませ」

「……ここでそう切り出しますか」

「今言わなくていつ言うのですか。ここが攻めどころでしょう。平等に受け入れ合って、話がきれいにまとまるではありませんか」

「卑怯な……」

そう言ってため息をつくシメオン様は、けれど怒ってはいなかった。わたしの腰をつかんで持ち上げながら立つ。お顔は優しく苦笑していた。

シメオン様は机に腰掛けて、お膝の上にわたしを座らせた。

「どっちもどっちですね。私たちは、実は似た者同士なのかもしれない」

「性格は正反対ですけど、自分の信念を貫こうとするところは似ていますわね」

くすくすと笑い合う。わたしを腕に抱き込んで、シメオン様は髪に頬《ほお》をすり寄せる。わたしも彼の肩にもたれてひさしぶりのぬくもりを堪能した。

このぬくもりさえあれば、不満なんて全部溶けてしまう。シメオン様はいくらでもわたしを色仕掛けで籠絡《ろうらく》できるのに、ちっとも気付いていないのだから。これだけ日々萌えを訴えているのに、なぜまだわからないのかしらね。どんなに腹が立っても、泣けてしまっても、抱きしめられれば許せてしまうのに。

そんな人だからなおさら萌える。悪意に負けない、罠《わな》も陰謀もはねかえす鬼副長。手出ししてきた方が逆にやられてしまう怖い人。わたしをときめかせてやまない萌えの塊なのに、ご自分の魅力にとんと自覚がないのだから。無自覚にわたしを誘惑してくる悪い人。そんなあなたが可愛くて、大好きよ。

シメオン様もひさしぶりのふれ合いを楽しんでいた。こめかみや耳の下に軽く唇がふれてくすぐったい。ついでに眼鏡《めがね》も当たって冷たさがまたくすぐったい。笑いながら身をよじるわたしをつかまえて、彼はさらに吐息を感じさせる。

「最近、香水を使うようになったのですね」

「エステル様からいただいて……あの、やっぱりお気に障ります？」

はじめてシメオン様が香りを指摘してくださったけれど、あまり好意的な雰囲気に感じられなくて不安になった。

なるべくほんのちょっぴりにして、強く香らないよう気をつけているけれど、香水を使わないシメオン様にはやはり不快なのだろうか。

「このくらいなら別に……ただ、あなたにこの香りはまだ早いのでは」

「えー」

「もっとこう、爽《さわ》やかで明るい香りの方が似合いますよ。柑橘系《かんきつけい》がよいのでは？」

「……そんなに、子供っぽいですか？」

大人の香りは似合いませんか。エステル夫人がとっておきと保証した媚薬《びやく》は、わたしには不釣り合いですか。

むくれてにらむと、シメオン様は困った顔で目をそらした。

「そういうわけでは……いや、むしろ子供でいてくれた方がよいというか」

「そんな」

「他の男にも香りは届くのですよ。それに、やっとここまできたのですから……せっかく耐えてきたのに、揺さぶらないでほしい」

む？　んん？

ほとんど聞こえない小さな声で落とされた最後の言葉も、わたしはしっかり聞き逃さなかった。シメオン様のお顔を追いかけて下から覗《のぞ》き込む。シメオン様の手が口元を隠した。

――これは、もしかして媚薬が効いている？

おおお！　さすがエステル様！　お母様のおっしゃったとおり！　この石頭朴念仁にも香りは威力を発揮したのね！

わたしはにんまり笑ってシメオン様のお顔をつかまえた。

「……今夜は、泊めていただきましょうか？」

「馬鹿なことを言うのではありません！　はしたない！」

「もうあと二月足らずですよ。いいではありませんか。エステル様たちだって許してくださいますわ。むしろ応援されそうな気がします」

「……間違いなくするでしょうね。今から孫の話題を出すくらいですから……し、しかし」

「それに、またシメオン様がおかしなことを考えないように、もう結婚するしかない関係になってしまいたいですわ」

「なんということを！」

「大丈夫、それなりに知識はあります。並の令嬢よりよく知っています。わからなかった部分も、先日ばっちり見学しましたし！」

「だからそれは忘れなさいと言うのに！」

シメオン様がわたしを押しのけようとする。それに逆らって、わたしは笑いながら彼に抱きついた。

「だめですか？」

「だめです！　けじめです！　誓いの前に手出しするなど、あなたのご家族に対しても申し訳が立ちません」

「くそ真面目！」

「汚い言葉を使うのではありません」

たわいのないやり取りが幸せで、笑いが止まらない。戻ってきた日常をかみしめる。

これから先も、いろんなことがあるのだろう。わたしはいつも怒ったり心配したりして、シメオン様の帰りを待つのだろう。時々待ちきれないで迎えにいったりもしちゃうだろう。ずっと変わらず、くり返していくのだわ。

楽しいことばかりでないのは承知している。でも、もっと大きな幸せがある。シメオン様とともに歩く人生は、どんな苦労や不幸があろうとも、かならず光に守られる。

お互いを想《おも》い合う、愛という光にね。

笑いをおさめたわたしに、気を取り直したシメオン様が顔を寄せてきた。わたしも背を伸ばして彼を受け入れようとする。先に眼鏡がふれ合って音を立てた。

一旦身を引いたシメオン様が眼鏡を外す。この微妙な間がちょっぴり恥ずかしいような、かっこ悪くてなんともいえない気分よね。わたしが外した眼鏡も取り上げて机に置いたシメオン様が、また抱き寄せてきた。

今度こそ、ひさしぶりの甘いときめきを堪能しようと目を閉じたのに。

「兄上ーっ！　今日はもうそこまでにして、出てきてくださいよ！　そろそろ晩餐《ばんさん》の支度が整います。今夜は蟹《かに》ですよ！　蟹！」

上機嫌で飛び込んでくる、子犬が一匹。

「…………」

動きを止めたシメオン様が、肩を震わせていた。

「やっと帰ってきたんですから、いろいろ話をしましょうよ！　……と、眼鏡女もいたのか。ふん、まあ、お前の分も夕食は用意されている。食べていっていいぞ」

アドリアン様は気付かず、わたしにツンツンと言う。

「どう見ても考えても、兄上には不釣り合いなブスだがな。でもまあ、なんだ、根性は認めてやる！兄上のために奔走したのは評価できなくもない。時々理解できない変な女だけど、そう悪いやつじゃないとは、うむ、認めてやる」

「…………」

無言でシメオン様はわたしを下ろし、立ち上がる。つかつかとアドリアン様の方へ歩き出すのに、まだアドリアン様は気付かない。

「お前には化粧という裏技があるからな。詐欺顔になれば兄上の隣に立ってもそれなりに見られるし、フロベール家の体面も守られるだろう。あとは外で妙な本性を見せないようしっかり猫を被っていられるなら、その……あ、義姉《あね》と認めてやってもーーふぎゃっ!!」

一人で話し続けるアドリアン様の頭に容赦のない拳骨《げんこつ》を落とすと、襟元をつかんでシメオン様は引きずった。扉へと大股《おおまた》に歩いていく。

「いてて、あ、兄上？　なんで……なにを」

ぽいっとゴミを投げ捨てるように、アドリアン様を廊下へ放り出す。そして勢いよく閉めた扉に鍵《かぎ》をかけた。

「兄上ーっ⁉　なんで⁉　俺《おれ》なにかしましたか⁉　兄上ぇー‼」

ドンドンと叩かれる扉に冷たく背を向けて、シメオン様はこちらへ戻ってくる。「だから今は行くなって言ったのに」とノエル様の声も聞こえた気がした。

……お邪魔虫の存在も、受け入れていかないとね。いつでも二人きりではいられないことも、覚悟しなければ。でもにぎやかで楽しそうだわ。

「お夕食の時間だそうですよ」

残念だけどなんだか笑えてきて、わたしはシメオン様をなだめて眼鏡を取ろうとした。それをシメオン様は遮り、わたしの腰をさらって長椅子に放り出す。尻餅《しりもち》をついたわたしにシメオン様がのしかかってきて、そのままクッションに押し倒された。

「先にこちらをいただきます」

有無を言わさず唇を奪われて、そのまま甘い熱に引きずり込まれる。何度も何度もわたしに口づけるシメオン様を夢中で抱きしめて、わたしも何度も受け入れる。もうなにも聞こえない、なにも感じない。ただお互いの熱だけを感じている。

至福の瞬間を味わうために、わたしたちは生きている。互いを満たし合う悦《よろこ》びに身をまかせ、明日《あす》を迎える力にするの。毎日毎日、そのくり返し。一生ずっと、くり返し。

あなたとくり返す日々が、わたしのかけがえのない幸せよ。二度とこの手を放そうなんて考えないで。放されたってしがみついてやるんだから。

いとしいあなた。わたしの可愛い石頭さん。

春の一日が優しく終わろうとしている。夕日の当たる机の上で、二人の眼鏡が光をはじいていた。

セヴラン王子の哀愁

うらやましくも妬《ねた》ましい、婚礼目前の男が疲れた顔でため息をついている。どうせマリエルがらみだろうと、私は心配してやる気にもなれなかった。

「冤罪《えんざい》騒動も片付いたというのに、今度はなんだ？　マリエルとけんかでもしたか。それとも逆に仲よくしすぎで疲れたのかこの幸せ者め」

野菜と白身魚のフライを挟んだパンにかぶりつき、私はやつ当たり気味に言った。これに大きなカップでスープがつき、食後にお茶が出る。庶民のように簡素な昼食だ。私が冷遇されているわけでも王宮の財政が厳しいわけでもなく、忙しい合間に手早く食べられるものをという理由でこうなった。王太子など他人が考えるほどよい職業ではない。毎日のように視察や会議があり、外国の要人が来たとなれば交流に駆り出される。もちろんそれらの合間に事務仕事も山盛りだ。週に一度は安息日のある庶民の方が、私よりよほど優雅な暮らしをしているだろう。

おかげで私は恋もままならない。気になる相手との接点が少なすぎる上に時間も取れないのでは、進展のしようがない。私に結婚を望むなら口説きにいく時間をくれ。切実にくれ。

私と同じ内容の昼食に手をつけながら、シメオンはうなずいた。

「ええ……マリエルがしきりに誘いをかけてくるようになりまして。どうも背後で母が煽《あお》っているようなのですが、昼に会えないのだから夜をともにすごしたいなどと、もう露骨に言い出して」

「本当に幸せだったか！　人が忙殺されている前でよくも！　誓いの前に手出ししないと言ったのはどこの誰《だれ》だ！」

食べかけのパンを投げつけなかった自分を誉めてやりたい。一瞬本気で殺意がわいたぞ、くそう！

私の剣幕に不思議そうな顔をしたシメオンは、すぐに「いいえ」と首を振った。

「違います、そういう理由で疲れているわけではありません。毎度マリエルを追い返すのに苦労しているのですよ。母や弟や最近では使用人たちまでが協力しているものですから、一筋縄ではいかなくて。油断すると寝室に二人で閉じ込められそうで、この数日は自宅に帰らず官舎に泊まり込んでいるほどです」

そういえば、三日ほどシメオンは帰宅していないのだった。思い出して私は手から力を抜いた。つぃパンを握りつぶしそうになっていた。もったいない。

「なんだ……てっきり毎晩楽しんでいるのかこの幸せ者めと思ったら」

残りを口に放り込み、スープで流し込む。王太子の優雅な昼食が終了だ。このあとは、たしか面会予約が入っていたのだったか。少し遅れてもいいかな。せめてお茶の一杯くらい、ゆっくり飲みたい。

「しかし、それはそれでやはり幸せそうだな。なんだそのうらやましい悩みは」

ちょっと同情しかけたが、よくよく考えてみればのろけ話だ。また腹が立ってきた。

「なにもそこまで必死に抵抗する必要もなかろうが。当の本人と、ついでに周りも乗り気ならば、ありがたく受け入れたらどうだ。どうせじきに夫婦になるのだから、さして問題なかろう」

シメオンも食事を終了し、ため息とともにカップを下ろした。

「本当に理解して言っているのならね……私とて、そこまでかたくなになる気はありません。自然な流れがあるならば乗ってもよいのですが、あれは違います。マリエルはちゃんと理解していません。本人は詳しいと自負していますが、絶対になにか勘違いしています。わかったつもりになっているだけなのを知りながら、これ幸いと手を出す気にはなれません」

困りきった顔で言う。私は首をひねった。

「普通の令嬢ならばそうだろうが、マリエルだぞ？　いろいろ情報を仕入れていそうだが」

「クララック子爵と奥方は、娘にそういった話を聞かせるような人たちではありませんよ。多くの親と同様、そちら方面の情報からは遠ざけて育てたはずです」

「しかし、他《ほか》から知ることも」

「知っていたならば、恥じらいもなく堂々と誘ってはこられないでしょう。どうせ先日目撃したというのも、男女が寝台で抱き合っていたという程度にしか認識していませんよ。理解していないからこそ、平気で大胆なことが言えるのです」

「ううむ……」

私は腕を組んで考えた。たしかにシメオンの言うとおりかもしれない。色事に詳しい女にはそれなりの雰囲気があるものだ。そんな艶《つや》があの娘にあるかというと……ないな。まったくない。艶どころか子供っぽい。全力で萌《も》えを叫ぶ娘だ。あれに色気は感じられない。

「ただでさえ歳《とし》が離れているのにそんな状況で手出ししたのでは、私は悪人以外のなにものでもありません。正式に夫婦と認められてからでないと、犯罪に手を染めるようでいたたまれません」

「……お前も大変だな」

あまりにシメオンがげっそりしているので、さすがに気の毒になってきた。周りから見れば幸せでも、当人には頭の痛い問題なのだな。

真面目《まじめ》で誠実なのはこの男の美点だが、同時に融通が利かないという欠点でもある。同情半分おかしさ半分で、私はシメオンをなぐさめた。

「まあ、あと一月余りの辛抱だ。式を挙げてしまえば、もうなにもはばかることはないのだからな」

「ええ……ですが、その一月が長い。マリエルは本当に可愛《かわい》くて、無邪気にすり寄ってこられるのが辛《つら》いのです」

「う、うむ？」

「ぬくもりとやわらかさの威力は強烈です。好いた女性が相手だとああも理性を揺さぶられるとは思いませんでした。抱きしめれば本当に小さくて、マリエルは気にしていますが細い身体《からだ》もむしろ愛らしい。守らねばと思うのに、同時に貪ってしまいたいという衝動もこみ上げるのです」

「………………」

「背伸びをして蠱惑《こわく》的な香りをまとっているのがいじらしい。なんとか私に気に入られようと懸命で、本人は計算しているつもりでしょうがよけいに子供っぽさを強調しています。けれどそれがまた可愛くてたまらない。なにより私を見上げるあの顔が――全力で好きと訴えてくるまなざしが破壊的で、見つめ合っているうちにうっかり押し倒してしまいそうな自分が怖くて」

「さあ、時間だな！　客人を待たせている。早く行こうか！」

最後まで聞かず、私はさっさと立ち上がった。苦悩する男を無視して背を向ける。聞いてやった私が馬鹿《ばか》だった。永遠に困っていろ、幸せ者が！

シメオンを放って面会室へ向かう。まったく、なぜあの男はああも幸せで、私は楽しくもない公務に忙殺されるのだ。不公平きわまりない。王子だぞ？　私は王子なのだぞ？　もっと恵まれていてもよいではないか！

足音も荒く廊下を歩いたが、面会室へ入る直前に少し深呼吸して気を落ち着けた。怒った顔で客の前には出られない。内心やさぐれながらも、私は笑顔を貼《は》り付けて侍従に合図し、扉を開かせた。

「お待たせしたかな、遅れて申し訳ない」

室内へ踏み込めば、驚いた顔をしている客人と目が合った。その瞬間、私も驚いて足を止めてしまった。せっかく貼り付けた笑顔も吹っ飛んだ。そこにいたのは、まだ十代の少女が一人きりだった。

「でっ、殿下⁉」

ぴょこんと、子兎《こうさぎ》か子栗鼠《こりす》が跳ねるように椅子《いす》から立ち上がる。豊かな黒い巻き毛が揺れた。

「ジュリエンヌ嬢……？　なぜ、あなたが」

「わっ、私はマリエルに連れてこられて、ちょっと用事があるからと待たされていたのですがっ」

どういうことだ？　部屋を間違えでもしたのか——と、視線をめぐらせた私は、扉の陰からこっそり覗《のぞ》き込んでいる娘の姿を見つけた。妹も一緒だ。いたずらっぽく目を輝かせる二人の背後では、シメオンが困った顔で視線をそらせていた。

……そういうことか。

「申し訳ありません！　お部屋を間違えてしまったようで——す、すぐに失礼を」

なにも知らないいらしいジュリエンヌ嬢はあわてて立ち去ろうとする。私は笑顔で彼女を引き止めた。

「いや、休憩しにきただけだから気にしないでくれ。よければお茶でも一緒にいかがかな」

せっかくの機会だ。逃してなるものか。恐縮するジュリエンヌ嬢をなだめてお茶に誘う。毎日頑張る私を天は見てくれていたのだな。神に感謝だ！　……まあ、マリエルたちにも一応感謝しておこう。

思いがけなく意中の人との時間をすごせ、その日私の午後は実に有意義なものとなった。ジュリエンヌ嬢との距離を少しは縮められたように思う。本当に、毎日頑張っていてよかった。

「殿下があの本を読んでいらしたなんて……！　共感されたのですね、素晴らしい……！」

ジュリエンヌ嬢の好きな本をマリエルから聞いておいたのもよかった。感想を語り合えば親近感が増すものだ。好きな子から好かれる喜び——ああ、きらきらしたまなざしがまぶしい。シメオンの気持ちがよくわかったぞ。たまらなく可愛くて……なんとも言えない複雑な気分だな。

「わたしも主従の誓いの場面には涙が出るほど感動しました！　主従、いいですよね……尊い……」

うるんだ彼女の瞳《ひとみ》はもう現実を映していない。きっと私の姿を、物語の主役に重ねているのだろう。

それはよいのだが、聞いてくれるかなジュリエンヌ嬢。私が好きなのはあなただからな？　物語は悪くなかったが、男同士の恋愛には共感していないからな？　そっちの趣味はないからな？

想《おも》いはなかなか届かない。幸せへの道のりは、まだ遠い……。

あとがき

三冊目です。快挙です。桃春花ですこんにちは。

ありがたくもマリエル・クラフック三巻を出すことができました。今回も編集様には大変お世話になり、そしてまろ様には素晴らしいイラストを描いていただきました。他にも、本ができあがるまでには多くの方のご尽力があり、なにより読者様のご支持あればこその続編発行です。皆様本当にありがとうございます。

物語はいよいよ春。待ちかねた季節、目前に迫った結婚式。うきうき幸せ真っ盛りなマリエルとシメオンですが、好事魔多しと申しまして、ゴールまで一直線とはいきません。ドタキャンの危機です。

お笑い中心で綴ってきましたこの物語、今回は一転してシリアスです。登場人物も増え、逆に甘さは減りました。はたして受け入れていただけるだろうかと不安もありますが、読み応えのある話を目指してこうなりました。一巻から続けて読んでくださっている読者様は多分そろそろ耐性がついてきたのでは……と期待して、事件要素増量です。でも調子に乗ると恋愛を放り出して限りなくビターな話を書いてしまうので、これはラブロマンス！　メインテーマは愛！　たまに笑いを！　と自分に言い聞かせておりました。

バカップルの紆余曲折と痴話喧嘩、お楽しみいただけますとよいのですが。

今回新登場のあのお方、実は「小説家になろう」で連載している別の物語につながっています。その物語と同じ世界という設定でマリエル・クララックを書きはじめ、いずれ双方のキャラクターが顔を合わせたら面白いなと思っていました。しかし進めるうち、これは時代が違うなとなりまして。結局直接の対面はかなわず、子孫に登場してもらうことになりました。あくまでも裏設定なので、マリエル・クララック単体で問題なく読んでいただけますが、あちらの話もご存じの方は、背後の諸々を想像していただくと違う楽しみ方ができるかもですね。まろ様が私のこだわりを受け止めて、とてもかっこよく描いてくださいましたので、ああこれは……とわかる方は、ぜひ一緒に萌えてやってくださいませ。

元々突然の思いつきからはじまったこの物語、どこで終わってもいいよう全話最終回のつもりで書いてきました。でもここまできたら、ちゃんと結婚させてやりたいですね。シメオンも今回は「待て」の連続でしたので、早く「よし」と言ってやりたいです。

願わくば、無事にウェディングベルが鳴り響く日を迎えられますように。

マリエル・クララックの誘惑《ゆうわく》

2018年３月５日　初版発行
2020年９月14日　第２刷発行

著者　桃 春花

イラスト　まろ

発行者　野内雅宏

発行所　株式会社一迅社
〒160-0022 東京都新宿区新宿3-1-13 京王新宿追分ビル5F
電話　03-5312-7432（編集）
電話　03-5312-6150（販売）
発売元：株式会社講談社（講談社・一迅社）

印刷所・製本　大日本印刷株式会社
ＤＴＰ　株式会社三協美術

装幀　AFTERGLOW

ISBN978-4-7580-9043-8

おたよりの宛て先
〒160-0022 東京都新宿区新宿2-5-10 成信ビル8F
株式会社一迅社　ノベル編集部
桃《もも》 春花《はるか》 先生・まろ 先生

マリエル・クララックの
誘惑
Marielle Clarac III
temptation